UM ENCONTRO COM HOLLY

Obras da autora publicadas pela Editora Record

ABC do amor
Um amor desastroso
Arte & alma
As cartas que escrevemos
Um encontro com Holly
Eleanor & Grey
No ritmo do amor
Sr. Daniels
Vergonha
Eleanor & Grey

Série Elementos
O ar que ele respira
A chama dentro de nós
O silêncio das águas
A força que nos atrai

Série Bússola
Tempestades do Sul
Luzes do Leste
Ondas do Oeste
Estrelas do Norte

Com Kandi Steiner
Uma carta de amor escrita por mulheres sensíveis

BRITTAINY CHERRY

UM ENCONTRO COM HOLLY

1ª edição

Tradução de
Adriana Fidalgo

1ª edição

RIO DE JANEIRO • SÃO PAULO
2023

CIP-BRASIL. CATALOGAÇÃO NA PUBLICAÇÃO
SINDICATO NACIONAL DOS EDITORES DE LIVROS, RJ

C449e Cherry, Brittainy
      Um encontro com Holly / Brittainy Cherry ; tradução Adriana Fidalgo. - 1. ed. - Rio de Janeiro : Record, 2023.

      Tradução de: The Holly dates
      ISBN 978-65-5587-814-1

      1. Ficção americana. I. Fidalgo, Adriana. II. Título.

23-84789
                  CDD: 813
                  CDU: 82-3(73)

Gabriela Faray Ferreira Lopes - Bibliotecária - CRB-7/6643

TÍTULO EM INGLÊS:
The Holly Dates

Copyright © 2022. The Holly Dates by Brittainy Cherry

Publicado mediante acordo com Bookcase Literary Agency.

Texto revisado segundo o Acordo Ortográfico da Língua Portuguesa de 1990.

Todos os direitos reservados. Proibida a reprodução, no todo ou em parte, através de quaisquer meios. Os direitos morais da autora foram assegurados.

Direitos exclusivos de publicação em língua portuguesa somente para o Brasil adquiridos pela
EDITORA RECORD LTDA.
Rua Argentina, 171 – Rio de Janeiro, RJ – 20921-380 – Tel.: (21) 2585-2000, que se reserva a propriedade literária desta tradução.

Impresso no Brasil

ISBN 978-65-5587-814-1

Seja um leitor preferencial Record.
Cadastre-se no site www.record.com.br e receba informações sobre nossos lançamentos e nossas promoções.

Atendimento e venda direta ao leitor:
sac@record.com.br

DEDICATÓRIA

Para todos os caras com que topei em aplicativos
de relacionamento:
Obrigada pelo material de escrita, seus esquisitos.
Espero que tenham um Feliz Natal.
Exceto você, Marty.
Quero que você se dane.

PRÓLOGO

Holly
Véspera de Natal

— Você tem certeza? — perguntou Cassie, enquanto prendia meu véu. Parada na frente de um espelho de corpo inteiro, eu me admirava. Parecia minha mãe no dia de seu casamento. A lembrança por si só quase me fez chorar.

Minha mãe era a mulher mais linda que eu já tinha visto na vida, então o fato de reconhecer algumas de suas características no meu rosto era um presente. Minha pele marrom-escura era do mesmo tom da dela. Meu nariz de botão e o rosto em formato de coração eu havia herdado dela.

Eu também tinha o sorriso dela, mas os olhos eram de papai. Castanho-escuros, com pintinhas douradas.

Mamãe ficou comigo no quarto de vestir até agora há pouco, mas teve de sair, porque não parava de chorar e repetir:

— Meu bebê está se casando.

Se minhas emoções eram como a correnteza de um rio, as de minha mãe eram como um oceano... expansivo, complexo e com profundas nuances.

Meu coração disparou quando me vi no mais lindo vestido de noiva. Cassie continuou falando enquanto minha mente girava.

— Porque casamento é um compromisso sério, e nós ainda somos tão jovens, Holly, e...

— Eu o amo — eu a interrompi, me virando para minha amiga, o coração explodindo. Baixei o olhar para o anel de noivado em meu dedo. O afeto me inundou o peito, a alegria dançando nas batidas do meu coração. Eu sabia que estava tomando a decisão certa. Estava escolhendo o homem que havia me escolhido. — Estamos juntos há anos, e não vejo sentido em esperar. Então... entendo que, como minha melhor amiga, seja seu dever fazer o tal discurso "é sua última chance de escapar", mas não precisa se preocupar. Escolhi o homem certo. Não vai ter nenhuma noiva em fuga hoje.

— Ótimo — disse ela, alisando o vestido de seda carmesim. — Porque a cidade inteira está na igreja agora, esperando você chegar ao altar, e eu não queria ter que usar o meu discurso de dama de honra para explicar que a noiva deu um perdido no noivo no dia da cerimônia.

Estalei os dedos.

— Ah, e por falar em cerimônia... — Levantei o pesado vestido em meus braços e corri até minha enorme bolsa. Então peguei uma pilha de papéis e entreguei tudo a Cassie. — Terminei os capítulos que você me mandou e editei algumas coisas.

— O que isso tem a ver com a cerimônia?

Aquilo não tinha nada a ver com cerimônia nenhuma, mas minha mente seguia uma lógica muito particular, graças à forma como meu cérebro funcionava.

— Você sabe que isso aqui não tem relação real com nada do que está acontecendo hoje. Só lembrei que trouxe os capítulos para te entregar.

Cassie balançou a cabeça.

— Você está trabalhando no dia do seu casamento? — Ela riu. — Faltando alguns minutos para entrar na igreja?

— O que eu posso dizer? Sou apaixonada pelo que faço. — Peguei uma caneta na bolsa e arranquei algumas páginas da mão dela. — Pensei no que poderíamos acrescentar...

— Holly — censurou-a Cassie, pegando os papéis de volta. — Nada de trabalhar hoje.

Fiz beicinho.

— Só casamento hoje?

— Só casamento hoje.

— Tudo bem, mas volto ao batente assim que o dia acabar.

— Talvez devêssemos tirar folga no Natal também.

— Não seja ridícula. Romances não se escrevem sozinhos.

Desde que éramos adolescentes, Cassie e eu escrevíamos livros juntas. Fizemos sucesso cedo sob o pseudônimo de H.C. Harvey. No momento, estávamos correndo para cumprir um prazo bem urgente com nossa editora. O que não era de surpreender, porque estávamos sempre trabalhando com um deadline apertado.

Tínhamos nos tornado melhores amigas durante o ensino fundamental I, e crescemos na mesma cidadezinha de Birch Lake, Wisconsin, onde todos não só sabiam seu nome, como também seu nome do meio e, provavelmente, os últimos quatro dígitos de seu CPF. Eu me mudei para Chicago com Daniel fazia alguns anos, mas sempre quis me casar em nossa pequena cidade, com nossa família e nossos amigos presentes.

Meu endereço talvez me definisse como uma garota da cidade, mas meu coração sempre teve uma queda pela Wisconsin rural e pelos meus conterrâneos. Todos os trezentos e dois — correção — trezentos e três indivíduos. Esqueci que Kelly, da padaria, teve seu terceiro bebê no último domingo.

Não seria um grande casamento em Birch Lake a melhor maneira de comemorar a véspera de Natal?

— Ok, bem, vamos continuar focadas no momento presente. Vamos casar você — disse Cassie, sem permitir mais nenhum assunto de trabalho. Ela me entregou o buquê parecendo estar à beira das lágrimas.

— O que foi? — perguntei.

— Nada, nada. A ficha caiu agora, sabe? Vendo você com o vestido. Estou com medo de perder minha melhor amiga.

— Ah, caramba, Cass. Não chore. Sei que você e o Daniel se odeiam, mas prometo que não vai me perder. Além do mais, você é metade do H.C. Harvey. Não tem como você me perder. Se isso acontecesse, minha conta bancária sofreria um baque.

Ela deu uma risadinha e enxugou as lágrimas que lhe escorriam pelas bochechas.

— Só para constar, não odeio o Daniel. Só não acho que ele é o homem certo para você.

— Mas ele é. Ele é minha cara-metade.

— É, dá para ver. Ok. Vamos casar você. — Ela me acompanhou até o corredor e parou na frente da porta que me separava de meus pais, que estavam à minha espera.

Antes de abrir a porta, Cassie olhou para mim.

— Tem certeza, Holly? — insistiu ela, uma última vez.

Daquela vez, pareceu sério.

O tom de ansiedade nas palavras dela me deixou um pouco abalada.

— Cassie, está na hora de dizer sim.

— É. Com certeza. — Ela abriu a porta, me deixando passar.

Mamãe chorou ao me abraçar, enquanto papai permanecia calado, mas com um sorriso no rosto. Meu irmão mais novo, Alec, comentou que eu estava mais bonita naquele dia, pois não aparentava estar desleixada, como sempre; a forma mais elevada de um elogio de irmão.

Alec e eu não éramos nada parecidos. Ele puxou ao nosso pai. Era alto, esguio e tinha a cabeça raspada. Eu era toda curvilínea, enquanto Alec parecia um graveto. No ensino fundamental I, era chamado de Palito, apelido que odiava. Eu invejava o fato de ele poder comer qualquer coisa e não engordar. Só de pensar em um biscoito, era bem capaz de eu ganhar um quilo.

Após o amável semielogio de Alec, ele e mamãe foram para seus lugares.

Papai me levou até o altar, onde Daniel esperava por mim. Daniel parecia nervoso, o que não era surpresa. Sempre que precisava encarar uma multidão, ele tinha urticária. Falar em público era seu maior medo, então a ideia de recitar os votos diante da cidade toda com certeza havia feito sua mente entrar em parafuso.

No momento em que papai me entregou ao meu noivo, minha ansiedade entrou em ação. Eu me virei para entregar o buquê a Cassie, que o pegou com um pequeno sorriso.

Ela também parecia nervosa, o que era estranho. Cassie resplandecia diante de multidões. Havíamos participado de dezenas de sessões de autógrafos nas quais sua personalidade extrovertida se sobressaíra. Ela estava suando? Mesmo com todas aquelas pessoas no salão, o ambiente não estava quente.

Pastor Thomas deu início à cerimônia de casamento, e senti meu nervosismo me embrulhar o estômago quando ele disse:

— Se alguém presente tem algo contra esta união, fale agora ou se cale para sempre.

Aquela era uma frase tão esquisita para uma cerimônia de casamento... Eu queria cortá-la do roteiro, mas fazia parte da tradição. Eu não podia argumentar contra as tradições, mesmo que elas fossem uma bobagem. Imagine se alguém realmente se levantasse e dissesse...

— Eu tenho!

Pisquei uma vez.

Então duas vezes.

Então três vezes.

Olhei para Daniel.

As palavras haviam jorrado de sua boca.

Minhas sobrancelhas formavam uma linha quando inclinei a cabeça.

— O quê?

— Eu tenho algo contra esta união — repetiu ele, balançando a cabeça sem parar. — Eu tenho algo, eu tenho algo, eu tenho algo, eu...

Pastor Thomas se inclinou para Daniel.

— Acho que todo mundo ouviu você da primeira vez, filho.

Daniel correu as mãos pelo terno.

— Tá. É claro. Desculpe. — Ele fez uma careta quando olhou para mim. — Sinto muito, Holly.

— O que você está fazendo? — perguntou Cassie ao meu lado, segurando meu buquê. — Não se atreva a fazer isso, Daniel. — Ela balançava a cabeça rapidamente; os olhos arregalados, cheios de pânico.

— Não se atreva a fazer o quê? — indaguei. — Ele não está falando sério. É só brincadeira. Uma brincadeira sem graça, mas, ainda assim, uma brincadeira. — Voltei a encarar Daniel. — Não é isso? Você não falou sério, não é?

Ele apertou a ponte do nariz.

— Holly... me desculpe... eu...

— O que você *está* fazendo? — disparei, repetindo as palavras de Cassie e me virei para ela. — O que ele está fazendo?

Os olhos dela pareciam vidrados. O choque em seu olhar se transformou em remorso.

— Ele está deixando você.

Dei uma risada, balançando a cabeça, sem acreditar.

— Não, ele não está.

— Estou, sim — afirmou Daniel, agora cheio de confiança. Ele aparentava estar confiante demais para um homem na posição dele. *Seja mais humilde, seu babaca!*

— Você está me deixando? — Engoli em seco, assim como todos os convidados na igreja. Várias exclamações foram ouvidas desde a divertida confissão do "Eu tenho algo contra esta união". Teria soado melódico se não tivesse acontecido durante o momento mais excruciante da minha vida. — Ai, meu Deus, você está me deixando!

— Estou apaixonado por você — disse ele, olhando na minha direção.

Pisquei rapidamente, confusa com aquela confissão. Apaixonado por mim? Jamais me sentira mais perplexa na vida. Como ele poderia estar admitindo que estava apaixonado por mim e ao mesmo tempo estar me deixando no dia do nosso casamento?

Continuei atônita até perceber que ele não estava olhando para mim, e sim para Cassie.

Minha Cassie.

Minha coautora.

Minha melhor amiga.

Minha melhor amiga, que estava segurando meu buquê, ali em pé no altar, na minha cerimônia de casamento, encarando Daniel.

Meu Daniel.

Meu noivo.

Meu melhor amigo.

Eu ia vomitar.

— Cassie — bradei, enquanto ela estava ali, imóvel, como nunca a vi antes. A boca ligeiramente entreaberta, as lágrimas escorrendo pelas bochechas. Acenei com a mão na frente do rosto dela, tentando tirá-la do transe em que havia caído. Estalei os dedos. — Cassie! O que está acontecendo?

— Eu também te amo — disse ela a Daniel, como se eu não existisse.

Daniel deu um passo em direção a Cassie e estendeu a mão.

Meu coração se despedaçou.

Ela pegou a mão de Daniel e soltou meu buquê, deixando-o se espatifar no chão. O caule de um dos botões de rosa se quebrou, e as pétalas dos copos-de-leite se separaram do arranjo. Flores de mosquitinho roçavam meus calcanhares.

Meu.

Coração.

Despedaçado!

Daniel apertou ainda mais a mão de Cassie, e os dois dispararam pela nave da igreja, passando por todas as trezentas e duas — correção — trezentas e três pessoas de nossa cidadezinha. O bebê recém-nascido de Kelly estava chorando. Eu não podia culpar o garoto. O evento se transformou em uma moderna tragédia shakespeariana.

Daniel e Cassie me deixaram confusa, sozinha e com o coração partido.

Incrível como você pode se sentir sozinha mesmo com trezentos pares de olhos em você.

Mamãe correu para o meu lado, me envolvendo em seus braços. As narinas de papai se dilataram, como se ele fosse acabar com Daniel pelo que havia feito. Ele se levantou e, com a maior gentileza do mundo, pediu a todos que saíssem.

Alec não zombou da situação nem discutiu comigo. Não fez nenhum comentário espirituoso de irmão. Parecia triste por mim. De alguma forma, aquilo deixou tudo ainda pior.

Naquele exato momento, jurei que nunca mais amaria de novo. Duvidava muito que aquela traição fosse algo que eu seria capaz de superar tão cedo. Não queria correr o risco de me magoar do modo como fui magoada naquele dia. Jamais daria a alguém o poder de me ferir tão profundamente.

Sim, aquela era a maior certeza que eu tinha na vida.

Eu nunca, jamais namoraria alguém de novo.

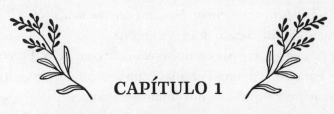

CAPÍTULO 1

Holly

Dez meses depois

— Não consigo acreditar que estou fazendo isso de novo — murmurei, enquanto embarcava no banco traseiro de um táxi e afundava como um balão murcho no estofado manchado.

Alguns meses antes, prometi a mim mesma que jamais cometeria o mesmo erro, depois de uma primavera tentando me recolocar no mercado. Prometi a mim mesma que não voltaria a mergulhar no mar do namoro e, ainda assim, ancorei intencionalmente meu barco na piscina de Satanás.

A solidão tinha a tendência de fazer uma pessoa retornar às piores situações.

Com as festas de fim de ano chegando e o mundo se rendendo à estação do chamego, eu procurava alguém para distrair as ideias. Poderiam distrair meu corpo também, se alcançássemos esse nível. Já tinha mais de um ano que um homem havia me tocado intimamente.

Tudo bem, eu até saí com alguns caras, mas nunca chegamos a ter nenhum grau de intimidade. Eu me sentia meio que uma banana velha, esquecida na fruteira, agora machucada e nada apetitosa. Tinha quase certeza de que, se um homem tocasse minha coxa, eu desabaria em uma pilha de pudim de banana.

Quando entrei novamente nos aplicativos de relacionamento, juro que os apps riram da minha cara. *Engraçado encontrar você aqui de novo, Holly. Você se lembra da primavera passada, quando pensou que era boa demais para nós? Foi hilário. Fique à vontade. Todos os idiotas que você deixou para trás da última vez ainda estão aqui, dispostos a chupar seus dedos dos pés no banco traseiro do Honda Civic da mãe deles.*

O primeiro foi Bentley, o designer gráfico.

Íamos nos encontrar para um simples café com bolo. Eu era fã de encontros em cafés. Algumas pessoas eram absolutamente contra, mas eu preferia marcar um café a um jantar. Imagine encontrar alguém e, no meio da entrada, perceber que aquela pessoa não é certa para você? E depois ainda ter de degustar o prato principal e agir como se estivesse interessada nela.

Um encontro para um café vinha com um plano de fuga. Eu pedia um *espresso*, ou um cortado, se quisesse dar uma de sofisticada, então seguia meu caminho feliz se o encontro azedasse. Não precisava aturar nenhuma conversa constrangedora. O segundo encontro podia ser um jantar. Mas primeiros encontros? Um café estava ótimo, principalmente porque eu não tinha muito tempo a perder. Tinha um trabalho no qual precisava me concentrar. Agora eu era uma autora solo de romances em tempo integral, com um prazo infernal para cumprir. Para ser sincera, nem deveria ter cogitado namorar, mas estava tentando não passar os meses seguintes sozinha.

Enquanto estava no táxi, seguindo até o café, peguei o último romance que estava lendo. Eu andava por aí com romances da mesma forma que as pessoas andavam por aí com seus cigarros eletrônicos — sempre à mão. Imagine estar em uma situação embaraçosa e não ter com o que manter as mãos ocupadas. Os livros já me salvaram várias vezes em ônibus. Vocês se impressionariam com a quantidade de vezes que eu havia me refugiado em uma leitura em situações desagradáveis enquanto me deslocava pela cidade.

Os romances salvavam milhões de pessoas de situações desconfortáveis.

O taxista parou o carro no meio-fio.

— Chegamos. Dez e cinquenta.

— Obrigada — eu lhe agradeci ao pagar a corrida com meu cartão de crédito. Ele não respondeu. Saltei do carro e bati a porta.

Enfiei o livro de volta na bolsa e vi Bentley se aproximando.

Uau.

Por alguma razão, os caras sempre eram mais bonitos pessoalmente que nos aplicativos de relacionamento. A grande maioria parecia não ser nada fotogênica, então era quase sempre uma agradável surpresa vê-los ao vivo. Não havia como negar que Bentley era bonito. Alto, com lindas mechas loiras, cada uma caindo perfeitamente no topo da cabeça. Ele usava roupas de grife. Um casacão Ted Baker e mocassins Salvatore Ferragamo. A culpa era da minha mãe por eu saber identificar roupas de grife.

À medida que Bentley se aproximava, o cheiro de uma colônia refrescante, porém com toques de tabaco, invadiu meu nariz.

Nada mal, Bentley. Nada mal.

— Oi... Holly, certo? — cumprimentou-me ele com uma voz grave, suave e inebriante.

Os óculos escuros Tom Ford protegiam seus lindos olhos cor de avelã. Sorri, minhas bochechas coraram.

— Sim, Bentley. É um prazer conhecer você.

Estendi a mão para apertar a dele, mas, antes que eu conseguisse fazer isso, Bentley disse:

— Você parece um pouco maior que nas fotos.

Meu Deus! Como assim? O que foi isso?

— Maior? — perguntei, arqueando uma sobrancelha. O sorriso que eu havia reservado para ele morreu.

— Sabe... — Ele apontou para mim, estendendo as mãos como se tentasse abraçar a pança do Papai Noel. — Mais larga.

Pisquei algumas vezes e depois corri atrás do táxi em que cheguei, batendo repetidamente na janela.

— Táxi! Táxi! — Embarquei outra vez no carro depressa, e o motorista me lançou um olhar confuso, antes de eu me fundir com o tecido do banco traseiro. — Me leve de volta ao nosso ponto de partida — gemi.

Ele se afastou da calçada, e nós começamos nosso caminho de volta.

Eu odiava os homens. Se alguém me perguntasse uma curiosidade interessante sobre mim, seria esta: eu odiava os homens. Queria desprezá-los da cintura para baixo com a mesma intensidade que os desprezava da cintura para cima.

Quando chegamos ao meu condomínio, o taxista me cobrou quinze dólares.

— O quê? Foi dez e pouco há cinco minutos! — argumentei.

Ele deu de ombros.

— A inflação está uma loucura. — Ele deu um tapinha no taxímetro, mostrando o preço. — Quinze e cinquenta e quatro.

— Está brincando.

— Por acaso eu estou rindo? — rebateu ele secamente.

Resmunguei comigo mesma. O taxista foi o segundo homem a me irritar naquela manhã, e eu ainda não tinha tomado nenhum *espresso*. Meu humor naufragou mais rápido que Jack segurando as mãos de Rose naquela porta boiando no mar.

Paguei a corrida a contragosto e desci do táxi. Enquanto seguia até a frente do meu prédio, o porteiro, Curtis, sorriu para mim.

— Ei, Holly. Voltou rápido. Jurava que você tinha acabado de sair.

Sorri para ele. Curtis era um senhor de mais idade, na casa dos setenta, e trabalhava no meu prédio havia uns três anos. Era o mais gentil dos homens e sempre me cumprimentava da maneira mais doce possível. Talvez eu não odiasse todos os homens. Odiava principalmente os da minha faixa etária.

Vasculhei a bolsa e saquei minha leitura atual.

— Digamos que, às vezes, os livros são melhores que a realidade.

— Devo confessar que quase não a reconheço quando não está com um livro nas mãos.

— No momento, é meu uniforme.

Ele tirou o quepe de porteiro enquanto segurava a porta para que eu entrasse no prédio. Comecei a ler o capítulo em que havia parado e fui andando. Alguns autores diziam ter dificuldade de ler enquanto escreviam, mas não eu. Antes de ser escritora, eu era leitora. Uma das únicas coisas consistentes em minha vida era que eu pretendia ler todos os livros possíveis. Já estava em duzentos e cinquenta por ano, e não tinha dúvida de que seria capaz de atingir minha meta de trezentos e sessenta e cinco até a véspera do Ano-Novo.

Posso até não ter chegado a um orgasmo com um homem de verdade nos últimos tempos, mas inúmeros homens fictícios disseram coisas que me fizeram corar.

Entrei no saguão do prédio de cabeça baixa, lendo alguns dos melhores diálogos com os quais já havia me deparado. A química parecia de outro mundo, e tudo em que eu conseguia pensar era *Uau, gostaria de escrever tão bem assim*. Eu admirava autores absurdamente talentosos. Fiquei tão envolvida com aquelas palavras que senti um frio na barriga.

Estava tão absorta em minha leitura que, do nada, dei de cara com uma parede.

Peraí, não. Não era uma parede coisa nenhuma.

— Merda! — gritou uma pessoa. Segundos depois, ouviu-se um estridente som de algo se quebrando. Senti um líquido espirrando em mim. Guinchei e dei um pulo para trás da cena de vidro estilhaçado e fluidos derramados.

Álcool escorria da minha cabeça até meus pés.

Meu cabelo cheirava a uísque, e meu trench coat tinha um toque distinto de tequila.

— Mas que merda é essa?! — vociferou o estranho.

Ergui o olhar e dei de cara com um homem com a expressão mais ranzinza do mundo estampada no rosto. Eu nem sabia que a arte da careta podia chegar a tal nível. Sua camiseta cor de creme estava ensopada, assim como a camisa de botão de manga comprida quadriculada de marrom e bege que vestia por cima. Seus Adidas brancos também não pareciam tão brancos, e a barba perfeitamente aparada pingava de tão encharcada.

— Você está de onda com a minha cara? — disparou ele, com um bico.

Meus olhos se alternavam entre ele e meu romance.

— Você destruiu o meu livro! — eu o censurei, sentindo uma razoável onda de aborrecimento assomando dentro de mim.

As páginas agora estavam pegajosas e manchadas. Justo quando começava a ficar bom! O casal estava prestes a dar o primeiro beijo, depois da tensão sexual mais épica que eu já havia testemunhado!

— Você está de sacanagem, né? Você esbarrou em mim, e não o contrário — rosnou, a voz grave carregada de frustração.

Ele passou a mão pegajosa pelo cabelo castanho-escuro e sacudiu um pouco da bebida. Tinha olhos castanhos. Olhos castanhos com lampejos de esmeralda. Olhos capazes de fazer uma pessoa se apaixonar por aquele homem, ou odiá-lo. Tudo dependia do modo como aquele homem olhava para você.

Eu estava sendo alvo de um olhar de ódio.

— Eu estava aqui antes — argumentei. — Além disso, você não deveria ficar perambulando por aí com uma caixa enorme de bebida sem prestar atenção por onde anda.

— Você não deveria ficar perambulando por aí com o nariz enfiado em um livro sem prestar atenção por onde anda — rebateu ele, com ironia.

— Está tudo bem? — perguntou Curtis, entrando no saguão e dando de cara com aquela grande confusão.

— Não! — respondemos ao mesmo tempo o estranho e eu. Provavelmente a única coisa sobre a qual iríamos concordar.

— Ela me fez derrubar isso tudo porque não estava encarando a realidade — disse o cara a Curtis.

Fiz beicinho para Curtis e levantei meu livro.

— Ele manchou as páginas.

Curtis abriu um sorriso presunçoso e deu de ombros.

— A vida acontece quando não estamos olhando em todas as direções. Às vezes é uma bagunça mesmo.

O bom e velho Curtis e sua filosofia de porteiro.

O cara bufou, sem enxergar o encanto nas palavras de Curtis.

Uma coisa era certa, algumas pessoas não davam o devido valor aos diálogos, mas eu, sim.

Curtis foi até o cara e deu um tapinha em suas costas.

— Não se preocupe, Kai. Vou chamar o pessoal para dar um jeito nessa bagunça. Pode ir, vá se limpar.

Kai.

Nossa, eu não gostava nada daquele nome. Ele parecia mesmo um Kai. Presunçoso. Arrogante. Safado. Mas não o tipo de safado do qual eu gostava.

Eu estava com ódio de todos os nomes masculinos naquela manhã, exceto o do adorável Curtis.

Primeiro Bentley, depois o taxista e agora Kai.

Os homens estavam me obrigando a cogitar ficar mais um ano sem sentir alguém passando a mão na minha coxa.

— Tinha mais de mil dólares em bebida ali — gemeu Kai. — Quem vai arcar com o prejuízo? — Seus olhos se viraram para mim. Mesmo de cara feia, ele ainda era bonito. Fiquei me perguntando como estaria sua pressão arterial. O homem parecia estressado.

Joguei as mãos para o alto.

— Não olhe para mim. Você me deve um livro.

Ele revirou os olhos.

— Sim, porque seu romance crótico custa o mesmo que tudo isso aqui.

— É um romance de época, para sua informação. E o fato de você não conseguir enxergar a qualidade dele não significa que ele não vale tanto quanto a sua bebida.

Ok, o livro custou cinco dólares e noventa e nove centavos no Walmart, mas ele não precisava saber daquele detalhe. Ele e sua personalidade arrogante. Aposto que era a alegria das festas.

Além do mais, não gostei de como a palavra "erótico" saiu daquela boca. Ele a usou como um insulto quando, na verdade, era um elogio. Romances eróticos haviam me ajudado a enfrentar meu período de seca. Romances eróticos eram o que eu levava para a cama todas as noites e o motivo de eu manter meu ventilador de teto sempre ligado. O calor das páginas parecia quase suficiente para provocar um orgasmo.

Quase.

Kai não disse mais nada, apenas resmungou e fez uma careta enquanto esfregava o nariz com o polegar. Ele começou a pegar os grandes cacos de vidro e colocá-los na caixa. Os braços ligeiramente flexionados enquanto se agachava. Os bíceps ficaram marcados no tecido da camisa xadrez, e meus olhos registravam aquilo. Não pude deixar de notar o quanto suas coxas eram musculosas também. Aposto que ele poderia esmagar uma melancia entre aquelas meninas más caso se empenhasse bastante.

Dia desses, acabei parando em um segmento muito esquisito de uma rede social e fiquei assistindo a um homem sem camisa cortar lenha por, tipo, cinco horas seguidas, então ele esmagou uma melancia com as coxas. Por que ele estava esmagando frutas com as coxas? Nem me pergunte. Por que eu estava vendo esse cara esmagar a tal fruta? Bem. Era meio que... impressionante.

Aposto que Kai poderia fazer o mesmo. Com uma cara emburrada, é claro.

Odiei quando o encarei e senti uma onda de desejo me inundar. Meu corpo me traiu. Deveríamos surfar em uma onda de ódio, não de atração. Por que todos os idiotas eram tão atraentes? Era uma pena que Kai fosse tão bonito. Sua personalidade lhe rendia facilmente aquela expressão de Grinch.

Por um momento, me senti um pouco mal pelo vidro quebrado ali no chão. Fui ajudar a recolher alguns cacos.

— É melhor sair daqui — ordenou Kai, com um leve rosnado.

— Você não pode me dizer o que fazer — cuspi em resposta, pegando um caco de vidro. Joguei-o na caixa, o que pareceu irritar Kai ainda mais.

— Só porque tem uma carinha bonita não significa que você pode semear o caos e ficar por perto para testemunhar as consequências. Vaza.

— Vá se foder, seu rabugento.

— Em seus sonhos, Olívia Palito.

— Como assim?

— Você já assistiu a *Popeye*? Sabe a namorada ingênua e sem noção dele, a Olívia Palito? É você.

— Você acabou de falar que eu sou bonita?

Ele piscou para mim, sem entender.

— O quê?

— Você deu a entender que sou bonita.

— Não, eu te chamei de Olívia Palito.

Balancei a mão num gesto de negativa

— Não, antes disso. Você disse... só porque tem uma carinha bonita.

— Jesus Cristo — bufou ele, passando a mão pelo cabelo. — Foi tudo o que você captou do meu comentário? Que é bonita?

Senti as bochechas esquentarem um pouco. O que eu poderia dizer? Trezentos e poucos dias, gente.

Peguei um caco grande de vidro, e Kai estendeu a mão para tomá-lo de mim.

— Cuidado. Você vai se cortar.

— Não, não vou — argumentei, puxando o caco para mim.

— Eu não pedi a sua ajuda. — Kai puxou o caco para si.

— Não pedi que você pedisse! — rebati, puxando o caco de volta.

Ele tentou arrancar o caco de mim uma última vez e, ao fazê-lo, provocou um corte na palma da minha mão. Um filete de sangue começou a escorrer por ela e pelo meu antebraço.

— Veja só o que você fez! — gritamos juntos.

— Eu?! — bradamos os dois.

— É, você! — censuramos em eco.

Ele levou a mão às costas e tirou um pano branco do bolso da calça.

— Não se mexa — disse ele, segurando minha mão. Ele enrolou o tecido em minha palma e o pressionou. — Segure isso aqui.

— Você faz muitas exigências para um homem que acabou de me cortar.

— Eu não te cortei!

— Cortou, sim! E o corte foi bem profundo! — declarei, de modo dramático.

Por um segundo, ele ficou mudo, a mão ainda segurando a minha até que eu a desvencilhei de seu calor. Eu estaria mentindo se dissesse que não estava doendo, mas meu orgulho não permitia que eu demonstrasse dor na frente de Kai.

Eu me levantei enquanto pressionava o ferimento, e bufei para ele.

— Eu diria que foi um prazer conhecer você, mas não gosto de mentir.

— Como quiser, Olívia Palito. — Ele fez uma pausa antes de colocar o caco de vidro que me cortou na caixa de garrafas quebradas. — Melhor dar uma olhada nisso. Pode ser que tenha que levar ponto.

— Por que você se importa?

— Vai por mim — murmurou. — Eu não me importo.

Foi a última coisa que ele me disse.

Interpretei a falta de palavras de Kai como um sinal de que nosso diálogo estava encerrado. Eu não ia permitir que aqueles olhos castanhos com flocos de esmeralda demonstrassem sua repulsa por mim outra vez.

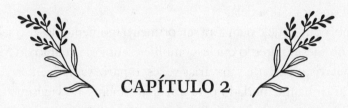

CAPÍTULO 2

Kai

Mil dólares em bebidas desperdiçados.

Puto não chegava nem perto de descrever o modo como eu me sentia.

— Não é nada de mais. Foi um acidente — disse Ayumu, quando entrei no Mano's Bar e Restaurante. — Esqueça isso.

— Não sei você, mas eu não sou do tipo que descarta mil dólares em álcool com um simples dar de ombros, não. Principalmente na nossa primeira semana.

Passei os últimos dois anos e meio preparando a inauguração do Mano's, e agora, na semana da inauguração, eu já estava no vermelho.

— Está tudo bem, Kai. Confie em mim — falou Ayumu.

Ayumu era meu melhor amigo e meu sócio. Ele era o descontraído da dupla, e quem assumia esse papel quando necessário. Eu, por outro lado, era bem diferente. Tenso era meu primeiro nome, meu nome do meio e meu sobrenome.

Quando encomendei algumas garrafas especiais, acidentalmente coloquei a minha casa como endereço de entrega, em vez do restaurante. Aquilo até podia ter sido culpa minha, mas todo o restante era culpa da Olívia Palito. Ela era a verdadeira vilã do dia.

Não porque a mulher derrubou a caixa da minha mão, e sim porque teve a ousadia de tentar me culpar pelo acidente, mesmo estando com o rosto enterrado naquele livro. Nenhum átomo daquela mulher parecia atento ao que acontecia ao redor, e, quando ela esbarrou em mim, ficou evidente que foi culpa dela.

Eu sabia que aquele nem fora seu primeiro momento de distração. Eu morava no mesmo prédio que essa mulher, a um quarteirão do Mano's. Eu a havia visto entrar e sair várias vezes, o nariz sempre enterrado nos livros. Eu tinha me mudado para um apartamento no vigésimo quarto andar alguns anos antes e, sempre que a encontrava no elevador, ela estava mergulhada em um livro, desconectada do mundo ao redor. Reparei que as pessoas se desviavam dela enquanto vagava distraída por aí, como se fosse a Bela, na cidadezinha de *A Bela e a Fera*, e não uma pessoa de carne e osso que morava em Chicago. Sua falta de noção me deixava furioso. Nem sei como ela nunca foi atropelada por um táxi, de tão desatenta que era.

Ayumu me deu um tapinha nas costas, aquele sorriso largo e bobo ainda no rosto.

— Já encomendei o que perdemos. Estamos em excelente forma para abrir no final dessa semana. E mais: você viu a lista sofisticada de drinques que elaborei?

— Achei que não íamos oferecer drinques sofisticados. — Eu detestava drinques sofisticados. Demoravam demais para ficar prontos. Eu gostava de simplicidade. Cosmopolitans, Negronis, Manhattans. Não precisávamos de nada daquela baboseira chique. Além disso, o principal atrativo do restaurante era a comida, que era responsabilidade de Ayumu. O Mano's era um restaurante de culinária fusion, havaiano-japonesa, que Ayumu e eu sonhávamos em montar havia mais de uma década. Eu era nascido e criado em Kauai. A família de Ayumu era do Japão, mas emigrou para Chicago antes de ele nascer. Ayumu foi meu colega de quarto na faculdade, quando me mudei para a cidade, aos dezoito anos, mas depois ele foi cursar gastronomia. Desde então, éramos melhores amigos e sócios.

O Mano's era um sonho, uma ideia que se tornou realidade para nós, e eu sabia que os dotes culinários de Ayumu seriam o pulo do gato para fazer o restaurante se destacar. Já tínhamos recebido resenhas elogiosas de alguns dos melhores críticos gastronômicos da cidade, e não havia mais reservas disponíveis para a semana de inauguração. Nosso menu básico de drinques não importava. As pessoas queriam ir lá pelo prato principal.

Além do mais, eu sabia preparar drinques tradicionais ótimos. Uma das coisas que Ayumu e eu, assim como nossos bartenders contratados, tínhamos em comum era a habilidade de fazer drinques clássicos. Se alguém queria aquela porcaria chique, que fosse a qualquer um dos milhares de restaurantes em Chicago. Nós optamos por drinques simples, mas bons. Às vezes, menos era mais.

— Então você não quer nem ver o cardápio? — insistiu ele. — Posso ensinar a equipe a preparar tudo antes da inauguração.

Franzi as sobrancelhas.

— Você já produziu um cardápio?

— Não, mas posso fazer isso! — exclamou ele, como se eu tivesse acabado de lhe dar permissão para prosseguir com a ideia dos tais drinques. Nada foi autorizado. Uma coisa que decidimos quando combinamos de abrir o Mano's foi que eu cuidaria do bar, e ele, da cozinha. Ele tinha autorização para elaborar um sofisticado cardápio de comida.

Aquele era o território dele.

O álcool era o meu.

Antes que eu tivesse outra chance de desencorajar Ayumu, a porta do Mano's se abriu, e meu irmão mais novo veio marchando com a mochila nas costas. Ele exibia um enorme sorriso no rosto, o que era de praxe. Eu podia jurar que aquele garoto não sabia o que era uma carranca. Era difícil acreditar que éramos parentes.

— Bom dia, cavalheiros! — cantarolou Mano.

Olhei para meu irmão e ergui uma sobrancelha.

— Você não deveria estar na escola?

— Meio período, lembra?

Merda. Ele tinha razão. O trabalho havia consumido tanto do meu tempo que acabei esquecendo que Mano me disse que teria um dia de meio período naquela semana.

Ele se sentou no bar.

— Só preciso voltar à noite para o treino de futebol. — Ele começou a estalar os dedos. — Me sirva algo forte.

— Não vou te servir nada além de água — respondi.

— Qual é o sentido de batizar um restaurante em homenagem ao seu irmão mais novo predileto se não vai liberar bebida de graça? — Ele resmungou.

— É uma boa maneira de te zoar. Gosto de te zoar.

— Ei, Ayumu. Aposto que você quer acender a grelha e testar alguns itens do cardápio comigo — disse Mano, encarando meu sócio com um olhar de adoração.

— Posso preparar uma coisinha para você, sim — concordou Ayumu.

— Assim você vai estragar o moleque. Seria melhor se não o mimasse — pedi.

— Diz o homem que colocou o nome do menino no restaurante — retrucou Ayumu.

Justo.

— Eu mataria pelo seu loco moco — disse Mano, fitando Ayumu com um olhar sonhador, cheio de esperança. E nem dava para culpar o garoto. Ayumu fazia o melhor loco moco de todo o Illinois. Sempre que eu comia aquele prato, me sentia como se estivesse de volta à ilha, respirando as ondas do mar.

Ayumu foi para a cozinha preparar o almoço para meu irmão. Mano tirou a mochila dos ombros e a jogou no chão.

— Em vez de largar a mochila no chão, não acha que seria melhor abri-la e fazer seu dever de casa? — comentei.

— Não tenho dever hoje. Além do mais, já sou um aluno nota dez. O que mais você quer de mim?

Eu queria que ele continuasse assim. Meu irmão era quinze anos mais novo que eu. Havíamos crescido em mundos completamente diferentes também. No mundo dele, havia dinheiro para esportes depois da escola, oportunidades para tutores e um guardião em casa, supervisionando tudo.

Eu não havia desfrutado do mesmo estilo de vida. Muito embora tivéssemos os mesmos pais, não tivemos os mesmos pais. Cresci com uma mãe e um pai jovens e instáveis, que estavam mais preocupados em beber e farrear do que em me criar. Eu passava a maior parte do tempo sozinho.

Mano veio ao mundo quando meus pais tomaram juízo. Eles deram um jeito na vida e acabaram construindo uma carreira de muito sucesso na fotografia. Chegaram inclusive a ter várias fotos publicadas na *National Geographic* e trabalharam com algumas das famílias mais ricas do mundo. Para Mano, nossos pais eram santos. Ele teve a infância com a qual eu sempre sonhei. Quando eu tinha quinze anos e Mano nasceu, cheguei a nutrir um grande ressentimento por ele. Conforme ele crescia, percebi que não era culpa dele que minha infância tivesse sido difícil. Além disso, Mano era o melhor irmão do mundo. Sempre foi o garoto mais gentil e doce.

Era impossível não o amar.

Durante a maior parte de sua vida, meus pais educaram Mano em casa, enquanto viajavam pelo mundo. No primeiro ano do ensino médio, Mano disse que queria ter a experiência completa no colégio e perguntou aos nossos pais se poderia morar comigo durante o ano letivo e estudar em uma escola particular perto da minha casa. Todos concordamos com a ideia. Eu não ia reclamar nem por um segundo de ter meu irmão ao meu lado durante o ano escolar. Era bom ter a família por perto. Eu sentia saudade daquele idiota quando ele passava feriados e verões com nossos pais.

— Mamãe e papai perguntaram se você daria as caras no Dia de Ação de Graças, já que perdeu o período de festas do ano passado — disse Mano, enquanto eu servia a ele um copo de água gelada.

— Já disse que preciso trabalhar no Dia de Ação de Graças.

— O Ayumu não precisa trabalhar no Dia de Ação de Graças.

— É, o Ayumu não trabalha tanto quanto eu. Além disso, não posso largar tudo e voar para o Havaí no Natal e no Ano-Novo.

— Por quê? É o que eu faço. A mamãe e o papai disseram que também pagariam a sua passagem.

— Não preciso do dinheiro deles — rebati, com um leve rosnado.

— Cara... — Mano se recostou no banquinho e deu de ombros. — Confesse logo que não gosta de passar as festas de fim de ano com a família porque nossos pais te causaram feridas emocionais durante quinze anos. Enfrentar seu trauma é o caminho para a cura.

A geração Z era totalmente a favor de se lançar no trauma, agarrá-lo pelos chifres e sair cavalgando aquela baboseira rumo ao pôr do sol. Quando eu tinha a idade de Mano, nem sabia o que era trauma. Sabia que a vida era uma droga e me ressentia dos meus pais por isso. Como um bom millennial, enfrentei meus traumas do mesmo modo que a maioria das pessoas. Enviava memes autodepreciativos para meus amigos, trabalhava mais horas para não ter de lidar com minhas emoções e enterrei o tal trauma profundamente, bem lá no fundo, enquanto relembrava como a música dos anos 1990 era boa.

— Ok, terapeuta Mano. Obrigado pelo conselho.

— Fica a dica, cara. Quanto mais cedo você enfrentar seus demônios, mais cedo vai poder libertá-los.

— Prefiro manter meus demônios perto de mim. Isso me ajuda a dormir à noite.

Eu esperava uma risada, mas, em vez disso, Mano me lançou um olhar patético que me fez querer mergulhar na música emo. Música emo do início dos anos 2000, óbvio, porque eu era um millennial.

— Entendo que você não curta passar as festas de fim de ano com a mamãe e o papai. Antes estava tudo bem, porque você tinha a Penelope...

— ... não, Mano...

— ... Eu sei, eu sei, não vou mais falar o nome dela. Mas, agora que você não passa mais o Natal e o Ano-Novo com ela, a ideia de você celebrando sozinho é triste, cara.

— Quem disse que vou ficar sozinho? Jack vai estar comigo.

— Por favor, não me diga que está falando de Jack Daniels.

Eu estava, sim, falando de Jack Daniels. Qual o problema, afinal? Aquelas festas não passavam de um estelionato institucional para endividar pessoas e forçá-las a passar tempo com os membros da família que eram a raiz de suas contas de terapia.

— Mas, Kai, com a Penelope...

Senti a raiva borbulhar em meu estômago quando Mano mencionou o nome daquela mulher pela segunda vez, mas me controlei para não demonstrar minha raiva na frente dele, como nosso pai costumava fazer comigo.

Abri um sorriso tenso.

— Que tal mudarmos de assunto? — sugeri, me afastando do bar e pegando um pano. Comecei a esfregar as bancadas com agressividade, tentando desconectar meu cérebro de uma sobrecarga de Penelope.

Ela era a última pessoa que eu queria na minha mente.

Ainda assim, às vezes ela invadia meus pensamentos sorrateiramente, sem ser convidada.

Ninguém merecia ouvir Mano citando-a assim, a torto e a direito. Aquilo era o suficiente para arruinar o mês inteiro para mim. Eu havia trabalhado duro nos últimos dois anos tentando superar a perda. Penelope era a última coisa em que eu queria pensar a uma semana da inauguração do restaurante.

— Tudo bem. Me conte como foi a sua manhã. Alguma coisa emocionante aconteceu? — perguntou Mano, bebendo sua água.

A bolha de raiva só se intensificou quando me lembrei daquela manhã. Senti um leve latejar no olho quando, de súbito, minha mente evocou as garrafas de bebida quebradas e o corte na mão da Olívia Palito. Resmunguei e segui para as mesas do restaurante a fim de limpá-las.

— Nada que valha a pena comentar.
— Tem certeza?
— Tenho. — Assenti. — Tenho certeza.

Três anos antes

— Tem certeza? — perguntei.

Eu não sabia que um coração podia se partir tão irremediavelmente depois de acreditar que estava prestes a celebrar a possibilidade de trazer uma nova vida ao mundo.

— Tem certeza? — repeti, sentando em frente à mesa do médico. Em minha mão direita estava a de Penelope, seus dedos entrelaçados aos meus. Eu nunca havia segurado a mão de uma pessoa com tanta força enquanto seus dedos tremiam em meu aperto. Eu me sentia enjoado. Quase fraco.

— Tenho. — Ele assentiu. — Tenho certeza. — O médico folheou seu arquivo. — Infelizmente, sim. Revisamos os exames várias vezes, confirmando que Penelope tem câncer em estágio três. É um tipo muito raro, e nós podemos iniciar os tratamentos imediatamente e...

— Sinto muito, pare, mais devagar. — Acenei com a mão livre enquanto meu cérebro se esforçava ao máximo para processar o que estava acontecendo. — Na semana passada, nossos testes de gravidez deram positivo. Viemos só fazer um exame de sangue para confirmar. Então, dias depois, você está nos dizendo que em vez de um bebê ela tem um câncer?

O médico franziu a testa. A expressão dele me irritou. Parecia um pedido de desculpas por algo que não era verdade. Não podia ser verdade. Aquilo não podia...

Ele pigarreou.

— Sr. Kane, sei que é muita coisa para processar...

— É muito grave? — interrompeu-o Penelope.

A careta do médico se intensificou.

Eu ia vomitar.

— Precisamos começar o tratamento o mais rápido possível — explicou.

Lágrimas começaram a rolar pelo rosto de Penelope. Segurei as minhas. Eu não podia desmoronar quando minha esposa mais precisava de mim. Eu me aproximei mais dela e a abracei forte.

— Tudo bem — sussurrei em seu ouvido, enquanto suas emoções se derramavam em meu ombro. — Estou com você.

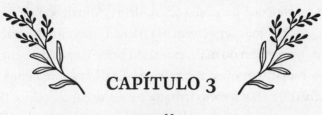

CAPÍTULO 3

Holly
Presente

Levei três pontos na mão ontem à tarde, depois de ir a um "não encontro" com um cara que me chamou de larga. O que resumia bem como andava minha vida atualmente.

O terrível dia anterior devia ter sido um sinal para cancelar o almoço com minha mãe, mas eu sabia que, se suspendesse os planos, ela ficaria preocupada e apareceria no meu apartamento sem avisar.

— Meu Deus! Querida, quanto tempo não vejo você! — Mamãe correu até mim no café e me apertou com força em seus braços. Eu me perdi naquele abraço maternal. Ela estava certa. Fazia muito tempo desde a última vez que eu tinha ido a Birch Lake para fazer uma visita. E eu precisava desesperadamente de um abraço de mãe. Estava trabalhando duro em meu novo romance, o que significava que eu havia ativado com tudo o modo caranguejo-eremita. Por "trabalho duro" eu queria dizer que ficava olhando para uma página em branco durante doze horas por dia, me perguntando por que meu cérebro se permitiu um bloqueio criativo de quase um ano.

Cassie já havia revelado seu primeiro projeto solo para o mundo enquanto eu estava nas profundezas da falta de inspiração. Não parecia nada justo.

— O que aconteceu com a sua mão? — perguntou mamãe, atordoada, quando se afastou de mim e reparou no machucado.

— Eu cortei a mão. Está tudo bem. Só levei uns pontinhos.

— Ah, querida, você precisa ter mais cuidado. Por que não me ligou quando se machucou? Eu podia ter ajudado. Afinal, sou médica.

— Sim, você é, mas ser veterinária não é o mesmo que trabalhar na emergência, mãe. Além do mais, está tudo bem. Vamos nos sentar. — Eu me sentei à mesa, sem querer entrar em detalhes sobre como eu tinha cortado a mão. Já estava meio irritada com a situação, ciente de que eu não poderia escrever confortavelmente por um tempo.

Como se as palavras estivessem fluindo sem esforço, Holly.

— Como estão as coisas com o Barry? — perguntou ela, enquanto desenrolava o lenço Burberry do pescoço. Minha mãe era a mulher mais bonita que eu já tinha visto. Nenhuma supermodelo chegava aos pés da beleza de Lisa Jackson. Recentemente, ela havia alisado os cabelos naturalmente cacheados. Os fios estavam compridos, lisos e brilhantes, passando da metade das costas.

Pisquei algumas vezes enquanto suas palavras enchiam minha cabeça.

Quem?, pensei comigo mesma.

Não, sério. Quem era Barry?

— Ãhn? — perguntei, esfregando a orelha, fingindo que não a tinha ouvido bem, esperando meu cérebro pegar no tranco.

— Ah... o Barry. O engenheiro. Você estava tão animada na última vez que conversamos.

Ah, droga.

Aquele cara.

Os olhos da minha mãe estavam arregalados de esperança. Se havia uma coisa que se podia dizer sobre mamãe, era que ela era uma amante do amor. Talvez viesse daí meu vício, a ponto de eu fazer dele uma carreira. No entanto, ao contrário de mim, minha mãe estava casada havia mais de cinquenta anos com o namoradinho do ensino médio. Meus pais eram a definição de "Como assim? Isso só acontece na ficção".

Meu amor pelo amor veio dos meus pais. Eu me perguntava se podia processá-los por dores e danos causados à realidade do namoro.

Eu não partia o coração da minha mãe com minhas desventuras amorosas desde que Daniel deu no pé. Parecia que o lance com Barry tinha rolado tanto tempo atrás. Foi em junho. Desde então, eu havia tido mais seis — sim, conte, mais seis — encontros desastrosos, com mais seis decepções. Pensei que morando em uma cidade como Chicago seria capaz de encontrar pelo menos um cara legal para namorar, mas não.

Chicago era chamada de cidade dos ventos por um motivo; os homens entravam e saíam da minha vida como um furacão.

Credo, o nome dele era Barry? Com tantos nomes por aí, escolhi me relacionar com um homem chamado Barry. Eu pensava mesmo que minha alma gêmea seria um homem chamado Barry?

— Ah, Barry e eu não demos certo — confessei.

Ela começou a chorar.

Que porra é essa, mãe?! Pare de chorar.

— Mãe, pare com isso. Por que você está chorando?

— Me desculpe, me desculpe. Sei que tem sido um ano difícil para você, e eu tinha esperança...

Suspirei e lhe dei um lenço de papel.

— Tudo bem. Eu estou bem, mãe.

Ela enxugou as lágrimas.

— Está mesmo, Holly? Você está feliz?

Eu não disse que estava feliz. Disse que estava bem.

Forcei um sorriso.

— Sim, mãe. Estou bem.

— É só que... com as festas de fim de ano chegando, e com tudo o que aconteceu nessa época no ano passado... eu tinha esperança de que você estivesse com alguém, sabe? Alguém para criar lembranças doces com você.

— Mas não preciso de ninguém. Estou bem.

— Mas no ano passado...

— Mãe — eu a interrompi. Inspirei fundo e soltei o ar pela boca. — Podemos não falar sobre isso? Sim, aconteceu. Já superei. Estou bem.

— Eu tentava não pensar em dezembro do ano passado. As lembranças traziam uma onda de desconforto que eu não estava pronta para enfrentar. Sabia que era por isso que mamãe queria que eu encontrasse alguém para amar na época do Natal... porque, no ano anterior, havia perdido as duas pessoas mais importantes da minha vida.

— De qualquer forma, preciso contar uma coisa sobre Daniel e Cassie — começou ela.

— Não — insisti. — Por favor, não. Me conte tudo, não me esconda nada, desde que não seja sobre os dois. Me conte uma coisa boa.

Mamãe hesitou por um momento, depois concordou em mudar de assunto.

— Ah, você falou com o seu irmão? Ele está saindo com alguém! Tem sido um relacionamento turbulento. — Mamãe fingiu que ia desmaiar e levou as mãos ao peito. — Assim como os que você escreve nos seus livros. O jeito como se conheceram foi — disse ela, estalando os dedos —, como você chama? Fofíssimo?

— Fofésimo — falei, sentindo uma pontada de ciúme. Alec estava namorando? Mal podia esperar para que ele esfregasse aquilo na minha cara em algum momento. Meu irmão e eu tínhamos um relacionamento típico de irmãos. Zoávamos um ao outro por pura diversão.

— Sim! Isso! Eles se conheceram de um jeito fofésimo! Eles estavam no parquinho para cães, e seus cachorros se enrolaram nas coleiras, derrubando Alec e MJ no chão. — Ela ria como se tivesse testemunhado a interação.

— Isso nem é tão fofo assim — murmurei, com leve amargura.

— O que foi, querida?

Forcei um sorriso.

— Nada. Acho que é a coisa mais fofa do mundo! — comentei, me esforçando muito para não revirar os olhos. Ou não chorar. Por que eu estava com vontade de chorar?

— Ah, e o Alec me disse que a empresa dele está trabalhando para garantir a grande fusão com aquela construtora — mencionou mamãe.

— Sério? — perguntei, impressionada de verdade.

Muito embora me irritasse, meu irmão era um gênio. Aos dezenove anos, ele havia criado uma empresa de segurança com a melhor tecnologia já vista no mercado. Alec era talentoso, e eu sabia que tinha se esforçado muito para chegar aonde chegou na carreira. Eu também sabia que aquela fusão com a Construtora Trading era importante. Fazia anos que ele falava disso.

Eu tinha orgulho daquele cretino.

Continuamos conversando sobre tudo e qualquer coisa, exceto sobre minha vida amorosa, Daniel e Cassie. Os três tópicos proibidos.

O encontro para um café se transformou em mamãe planejando as mais extravagantes atividades para o fim de semana do Natal. Eu sabia que ela estava tentando manter a visita do Natal agitada para que minha mente não ficasse muito ocupada com a dor. Mães eram muito boas em dar o melhor de si para proteger os filhos do sofrimento.

Ela me abraçou e tocou meu rosto antes de ir embora.

— Eu me preocupo com você, Holly.

— Não precisa se preocupar, mãe. Estou bem.

— Sim, está, mas quero que você esteja mais do que bem. Você passou por uma grande desilusão no inverno passado. Este ano não precisa ser igual. As coisas sempre podem melhorar, se acreditarmos no melhor. — Ela se inclinou e me deu um beijo. — Vejo você no Dia de Ação de Graças, ok?

— Te amo, mãe.

— Também amo você, minha Holly.

Eu também queria estar mais do que bem, mas não tinha certeza de como ou quando isso poderia acontecer. Certo, eu me sentia bem no geral, mas seria mentira se dissesse que minha ansiedade não estava aumentando à medida que o inverno se aproximava. A ideia de voltar à minha cidadezinha para encarar todo mundo novamente estava me deixando estressada.

Eu já estava contando os dias para o fim do período de festas, ainda me sentia extremamente emotiva depois do Natal difícil que vivi no ano anterior. Estava doida para que janeiro chegasse. As férias tinham sido contaminadas por uma sensação de tristeza com a qual eu não sabia bem como lidar.

Mas talvez mamãe estivesse certa. Talvez eu precisasse de alguém para me ajudar a superar os próximos meses de solidão. Alguém para sair comigo. Alguém para me distrair. Alguém para me abraçar à noite, então eu não precisaria chorar no travesseiro. Eu já sentia o peso da temporada de festas me esmagando de novo. Era por isso que eu não pretendia deletar os aplicativos de relacionamento tão cedo. Minha solidão ansiava pela atenção de alguém.

ALEC
Mamãe me disse que o Barry terminou com você.

Suspirei quando vi a mensagem de texto do meu irmão no celular. Sabia que teria notícias dele assim que meu almoço com mamãe acabou. Encarei a mensagem por um segundo, antes de pousar meu telefone outra vez ao lado do computador. Não tinha tempo para conversar com meu irmão sobre minha vida amorosa frustrada. Estava mais interessada em tentar escrever o capítulo que eu vinha elaborando nos últimos cinco meses.

Meu celular apitou novamente.

Resmunguei enquanto o levantava.

ALEC
Gostaria de falar sobre isso?

Definitivamente não, Alec.

Antes que eu pudesse responder, ele me mandou outra mensagem.

ALEC
Eu estava conversando com o MJ sobre a sua vida amorosa. Mamãe te falou sobre ele, não foi? Ele é fantástico. Eu estava dizendo para ele que precisamos te apresentar a alguém.

HOLLY
> Não quero que você me apresente para ninguém, Alec. E, por favor, não fale de mim com o seu novo namorado.

ALEC
> Ele falou que conhece algumas pessoas bacanas. Posso mostrar umas fotos suas para ele, se quiser.

HOLLY
> Tenho companhia para o Natal.

ALEC
> Mentira.

HOLLY
> Eu tenho. É recente e eu não estava pronta para contar à mamãe sobre ele, mas é verdade.

ALEC
> Bem, mal posso esperar para conhecê-lo. Que emocionante! Nunca conheci uma pessoa invisível.

Coloquei meu celular no modo silencioso e virei a tela para baixo. Mal podia esperar para conhecê-lo também.

Eu sabia que não podia deixar meu irmão pensar que tinha a obrigação de me apresentar a alguém. Achei meio irritante a maneira como ele agiu, como se fosse o sabe-tudo dos relacionamentos, quando estava namorando MJ havia pouquíssimo tempo. Além disso, eu tinha certeza de que MJ era o primeiro relacionamento sério de Alec. Ele sempre pareceu muito ocupado com o trabalho até mesmo para cogitar ter um namorado.

Em vez de escrever o capítulo do meu livro, peguei o celular e voltei a deslizar para a direita e para a esquerda nos aplicativos, torcendo para conseguir dar um match antes do Natal.

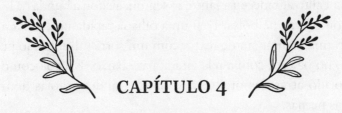

CAPÍTULO 4

Kai

A semana passou rápido, e a noite de inauguração do Mano's havia enfim chegado. Admito que estava de bom humor por conta da emoção da abertura, mas uma grande parte de mim estava estressada, torcendo para que tudo corresse da melhor forma possível.

— Relaxe os ombros. Você vai ficar com enxaqueca — disse Ayumu, enquanto se movia atrás de mim com seu sorriso bobo de animação. Eu me perguntei como funcionava uma mente que não lidava com ansiedade. Parecia relaxante.

Eu estava prestes a soltar um comentário sarcástico com Ayumu quando a porta do restaurante se abriu e minha nova arqui-inimiga entrou. Olívia Palito.

Ela entrou, óbvio, com a cara enfiada num livro e aquele sorriso bobo nos lábios enquanto ria para as páginas. Observei seus movimentos enquanto ela conseguia, sei lá como, se esquivar de todos os obstáculos que surgiam em seu caminho.

Se ao menos ela tivesse sido tão talentosa assim alguns dias antes...

Olívia Palito ergueu o olhar das páginas o suficiente para correr os olhos pelo restaurante, entrou na fila do balcão da recepcionista, em seguida assentiu e rapidamente voltou sua atenção para o livro.

Quando chegou a hora de acomodá-la, Jane, a recepcionista, a conduziu até o bar com dois lugares postos na extremidade.

— Aqui está — disse Jane, apontando. — Quando seu convidado chegar, eu o encaminharei para cá.

Olívia Palito agradeceu a Jane e se sentou, ajeitou a bunda na banqueta e guardou o livro na bolsa. Deu uma olhada rápida no celular antes de disparar uma mensagem de texto, com um sorrisinho. Então pousou o aparelho no balcão, com a tela virada para baixo. Ela colocou o cabelo encaracolado atrás das orelhas, expondo grandes argolas douradas, e cruzou as pernas.

O vestido preto abraçava seu corpo exatamente nos lugares certos, deixando pouco para a imaginação, mas, mesmo assim, fantasiei com o que estava sob o tecido. Mesmo sem me importar com aquela mulher, sua beleza era inegável.

Ela olhou na minha direção e tomou um susto quando nossos olhares se encontraram.

— Você! — Ela apontou para mim de modo dramático.

— Eu — respondi secamente. A última coisa que eu queria fazer era servir uma bebida para ela, mas meus barmen estavam ocupados, atendendo a outros clientes.

Eu me aproximei e coloquei um guardanapo ao seu lado e outro na frente do assento vazio.

— O que vai querer? — perguntei.

— O que você está fazendo aqui? — questionou ela.

Ela não era rápida em captar a imagem de uma pessoa em seu ambiente de trabalho.

— Trabalhando.

— Você trabalha aqui? — retrucou, chocada com aquela revelação.

— Eu *mando* aqui — eu a corrigi. — O restaurante é meu e do Ayumu.

— Ah, não. — Ela balançou a cabeça em desaprovação. — Você não pode ser o *dono* daqui. Eu não gosto de você.

— Isso parece mais uma questão sua do que um problema meu. A porta da rua é serventia da casa.

— Você não está entendendo. Este lugar faz parte da minha estratégia há alguns dias, moro a dois quarteirões daqui. Tinha esperança de que fosse se tornar o meu *Cheers*.

— Seu o quê?

— Meu *Cheers* — repetiu, como se aquilo significasse alguma coisa para mim. A perplexidade em meu rosto provavelmente a irritou, porque suas narinas começaram a se dilatar. — Fala sério! *Cheers*! *Cheers*!

— Para você também — murmurei. — Vai querer uma bebida ou não?

— Você só pode estar brincando. Não é possível que você não conheça a série *Cheers*. Onde todos sabem o seu nome... E estão sempre felizes quando você aparece... Com Ted Danson! Kelsey Grammer. Kirstie Alley.

— Acho que o nome da série era *Frasier*.

Suas mãos voaram para o peito como se ela fosse ter um ataque cardíaco.

— Que blasfêmia! Você não pode estar falando sério!

Eu não estava.

Só era bom pra caralho irritá-la.

Eu conhecia a série *Cheers*. Mas não entendia o que aquilo tinha a ver com a situação atual.

— O que o Mano's tem a ver com essa série? — perguntei.

— Bem, a série é sobre um lugar no bairro onde todos te conhecem. Eu queria que o Mano's fosse o meu lugar, já que fica perto do meu apartamento. Então você não pode trabalhar aqui, porque a gente se conheceu de um jeito horrível.

— Horrível?

— Isso. O oposto de um jeito fofésimo de se conhecer alguém.

— Fofésimo?

Ela me olhou como se tivessem brotado três cabeças do meu pescoço ou algo assim.

— Não tenho tempo para isso. Vou conhecer um cara em dez minutos e preciso me concentrar. Posso ver o seu menu de drinques especiais?

— Não temos um menu de drinques especiais.

— O quê?! Como assim você não tem um menu de drinques especiais?! — exclamou ela, como se eu tivesse acabado de atirar uma adaga em seu peito.

— Eu te falei! — disse Ayumu do outro lado do salão.

Resmunguei uma resposta e coloquei o menu de drinques clássicos na frente dela.

— Escolha um drinque daqui ou me diga o que você quer. Mas nada extravagante.

— Tudo bem. Quero uma vodca com água e bastante limão. Só que, quando o cara chegar, vou pedir outra, mas pode ser só água, porque não quero ficar muito embriagada, mas quero parecer que estou relaxada e me divertindo muito, tá?

Pela minha experiência trabalhando em bares, aquela não parecia uma exigência insana. Era comum as mulheres me pedirem que trocasse álcool por água quando estavam em um encontro.

— Combinado. — Servi o drinque dela, colocando-o sobre o balcão, e fiquei agradecido quando outros clientes entraram no restaurante, assim eu podia desviar minha atenção da Olívia Palito, sentada na ponta do bar, bebendo sua vodca com água enquanto verificava o celular de tempos em tempos.

Quando o tal cara chegou, estava meia hora atrasado, o que já teria sido um sinal para eu me levantar e sair, mas ela se levantou do banquinho com um brilho de esperança no olhar e andou até ele, já se apresentando.

— Oi, sou a Holly — disse, em um tom que pingava doçura.

— Martin — respondeu ele, apertando sua mão.

O nome dela era Holly. Eu não sabia por quê, mas parecia combinar com sua personalidade.

Ela parecia bem contente com o fato de ele ter aparecido. Os dois se sentaram na ponta do bar, como se ele não tivesse chegado nem um minuto atrasado. Pediram comida e continuaram conversando. Mais algumas pessoas chegaram ao restaurante, e eu andava de um lado para o outro, verificando as mesas para garantir que todos estivessem se divertindo bastante.

Às vezes, um pequeno lampejo de curiosidade se acendia em mim conforme eu olhava na direção de Holly para ver como estava indo aquele primeiro encontro. Toda vez que tentei escutar, o cara estava falando sobre seu extravagante estilo de vida ou citando nomes de pessoas famosas que conhecia. Ele contava piadas péssimas, e Holly ria como se elas fossem engraçadas. Os olhos do sujeito ficaram praticamente colados nos peitos dela o tempo todo, e ele não fez uma única pergunta sobre ela.

Então ele sugeriu dividir a conta.

Ela falou que poderia pagar tudo, e o babaca aceitou.

Ele disse que ligaria para ela depois. Eu duvidava que o fizesse, visto que ela não aceitou o convite para ir ao apartamento do sujeito e tomar uma saideira. Resumindo, um encontro dos infernos, mas, estranhamente, Holly parecia esperançosa. Como se estivesse ansiosa para que ele ligasse.

Aquilo tinha sido um jeito fofésimo de conhecer alguém?

Porque, se tivesse, eu entubaria um jeito horrível qualquer dia da semana.

Holly apareceu todos os dias nas duas semanas seguintes com um cara diferente a cada noite. Eu não tinha certeza se o Mano's estava se tornando seu *Cheers* do bairro ou seu território de acasalamento. Eu havia sentido vergonha alheia por causa dela nas últimas duas semanas.

Aquela mulher era uma paqueradora em série profissional. Saiu com catorze homens desde que inauguramos o restaurante. Eu sabia que estava fora do universo dos encontros amorosos havia um bom tempo, mas aquilo parecia demais.

Como ela não estava exausta? Como ela não trocava o nome dos caras?

A parte bizarra era que ela parecia extremamente esperançosa com cada homem que a acompanhava ao Mano's. Alguns lhe ofereciam um aperto de mão, enquanto outros partiam para o abraço. Um até passou a mão em sua bunda e fingiu ter sido um acidente.

Eu só sabia o nome dela porque ela se apresentava com charme e carisma toda vez que conhecia um cara. "Oi, eu sou a Holly. Ei! Eu sou a Holly! Olá! Meu nome é Holly."

Ad nauseam.

Eu fazia a mesma coisa todas as noites quando Holly aparecia. Eu a cumprimentava com um aceno de cabeça, e ela solicitava a troca do drinque pela água. Holly até inventou um gesto codificado, que era esfregar o nariz quando fosse a hora de passar da vodca para a água. Então ela me dava um sorriso de agradecimento e voltava a se concentrar em seu encontro. Embora fosse insana, Holly tinha um belo sorriso.

Seu sorriso por si só era o suficiente para atrair a atenção de um cara. Some a isso os profundos olhos castanhos como os de uma corça, a pele marrom-escura beijada pelo sol e um corpo cheio de curvas... Não era de admirar que ela saísse com tantos caras.

Mas, quando se sentava na ponta do bar com esses homens, ela sempre cometia o mesmo erro fatal: agia como se cada cara fosse único. Isso era um sinal vermelho enorme.

Os olhos de Holly se iluminaram quando ela viu o décimo quarto cara entrar pela porta do bar. Os olhos dele fizeram o que os olhos da maioria dos caras faziam. Valsaram por sua silhueta, antes de parar nos seios, a terceira parte mais bonita daquela mulher, atrás do sorriso e daqueles olhos, e só depois ele ergueu o olhar e encontrou o dela.

— Oi, eu sou a Holly! — cantarolou ela, correndo até ele.

Número Catorze a puxou para um abraço. Ele ficou abraçado a ela por um tempo meio excessivo para um estranho, mas, bom, eu não tinha nada a ver com aquilo.

— Eu sou o Bill — falou ele, enquanto suas mãos massageavam as costas de Holly.

Quem massageava as costas de uma pessoa que havia acabado de conhecer?

Que dedo podre, Holly.

— Reservei um lugar para nós no cantinho — comentou Holly, apontando para a banqueta em que se sentou nas últimas duas semanas. Eu tinha quase certeza de que a bunda dela ficaria impressa no assento para sempre. Quando ela se afastou do Número Catorze, os olhos do cara foram direto para a parte de baixo do corpo dela. Sua bunda e seus seios fartos estavam em uma competição acirrada pelo título de terceiro melhor atributo.

O encontro foi medíocre, Holly parecia satisfeita, e, quando Bill se despediu com um abraço, prometeu marcar um segundo encontro em breve. Eu sabia que isso nunca ia acontecer. Uma parte de mim sentia muito por ela. Holly estava dando a cara a tapa, e sendo esbofeteada várias e várias vezes. Certo, eu não gostava daquela mulher, mas era doloroso vê-la fracassar repetidamente.

E outra parte de mim, a maior parte, queria aquela mulher fora do meu restaurante. O Mano's não era o cenário de *The Bachelorette*. Eu não tinha nenhum interesse em que meu restaurante se tornasse sua arena de namoro. Portanto, tinha de garantir que Holly recebesse um convite de um daqueles idiotas para o segundo encontro. Aí os dois poderiam encontrar outro local para acasalamento o mais rápido possível.

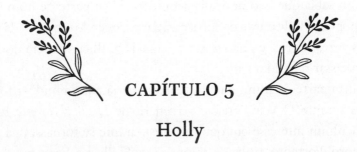

CAPÍTULO 5

Holly

— Acho que correu tudo bem — comentei, juntando as mãos depois que o décimo quarto cara saiu do Mano's.

Se eu fiz reserva no mesmo restaurante todos os dias nas semanas seguintes? Sim. Eu só via vantagens. Não gastava dinheiro com táxi, e a comida era incrível. Ainda assim, estava desapontada com a ausência de um menu de drinques especiais, e lembrava Kai desse detalhe a cada vez que eu entrava. Ele reagia revirando os olhos para mim todas as vezes também.

Aquela talvez fosse a única desvantagem do Mano's: o rabugento Kai Kane.

— Mentira — comentou Kai, me deixando completamente desnorteada.

— O quê?

— Ele não vai te ligar para te convidar para sair de novo.

— Do que você está falando?

Kai perambulava na minha frente, recolhendo os pratos vazios.

— Aquele cara disse que ia te ligar. Ele não vai ligar.

— Ele disse que ia.

— Os homens falam um monte de besteira só por falar.

Estreitei os olhos e cruzei os braços.

— Ele vai me ligar. Já estamos planejando sair uma segunda vez — falei, e ele me lançou um olhar que dizia "você é tão ingênua". — O que foi?!

— Como posso dizer isso sem parecer um babaca? — Ele murmurou para si mesmo, antes de me encarar. — Você está parecendo meio desesperada.

— Isso é você tentando não parecer um babaca?

— É.

— Bem. — Engoli em seco. — Falhou, então.

Ele deu de ombros.

— Às vezes as pessoas precisam de um babaca para fazer com que elas percebam que estão muito descoladas da realidade. Sua abordagem de encontro romântico é toda errada, e não está te favorecendo em nada.

— E você acha que me chamar de desesperada ajuda?

— Com certeza. Se seus amigos prestassem, falariam a mesma coisa.

— Como isso pode ser útil? Você só está fazendo com que eu me sinta um lixo.

— A verdade às vezes tem esse poder. — Ele entregou os pratos a um funcionário, em seguida estalou os dedos e logo depois pegou um copo de shot, serviu uma dose de tequila e deslizou a bebida em minha direção.

Revirei os olhos e aceitei o shot.

— Não vou pagar por isso — avisei.

— Não esperava que pagasse. Com quantos caras você marcou de sair na semana que vem?

Abri meu calendário para olhar e respondi:

— Cinco.

— E com quantos deles você vai estar se encontrando pela segunda vez?

Fiquei muda.

Nenhum era um segundo encontro.

— Tudo bem. — Kai suspirou. — Vou te ajudar.

— O quê?

— Vou te ajudar a filtrar os caras.

— Como assim? Não preciso de filtro. Eu sei quando um cara gosta de mim.

— É mesmo?

— Sei, sim.

— Você não ficou desapontada quando nenhum desses homens te convidou para sair outra vez?

— O que faz você pensar que não saí com nenhum deles de novo?

Ele arqueou uma das sobrancelhas.

Eu me afundei de volta no assento.

— Nenhum cara me convidou para sair de novo, mesmo todos tendo dito que adorariam me ver mais uma vez.

— Pois é. — Ele começou a secar alguns copos. — Eles mentiram para não ferir seus sentimentos.

— Mas meus sentimentos estão feridos de qualquer forma.

— É, mas eles não precisam testemunhar a sua dor. Na cabeça deles, você é apenas uma lembrança desbotada de um péssimo primeiro encontro para adicionar ao histórico deles de encontros dignos de pesadelo.

— Sou apenas mais um ponto no placar?

— Se serve de consolo, eles também são só mais um ponto no seu placar.

— Isso é muito deprimente. — Fiz uma careta.

Kai deu de ombros de forma desprezível.

— Bem-vinda ao mundo dos encontros românticos.

Eu me remexi no banquinho e engoli em seco. Não tinha certeza se queria a ajuda de Kai, mas, com as festas de fim de ano se aproximando e o declínio da minha saúde mental, eu estava disposta a aceitar conselhos de qualquer pessoa.

— Ok, então, me escrotiza.

Ele levantou uma sobrancelha.

— Perdão?

— Me escrotiza. Seja escroto comigo e aponte quais erros venho cometendo nas últimas semanas.

— Não sei se eu usaria um "me escrotiza" aqui, mas é você quem manda. — Ele colocou o pano em cima da mesa e cruzou os braços enquanto se recostava no balcão. — Tudo em você indica que está tentando impressionar.

Olhei para mim mesma.

— O quê?

— Maquiagem completa, salto alto, roupas justas, cumprimentos efusivos demais quando os caras chegam. Você olha para eles como se fossem o eleito, o que acende o maior sinal vermelho. Você faz muitas perguntas e não dá espaço para que eles perguntem como você está. Pior ainda, você nem se importa se perguntam algo sobre você, o que eles não fazem.

— Eles me perguntam coisas.

Ele olhou para mim como se eu não estivesse falando sério.

— Quantos deles te fizeram perguntas pessoais?

Franzi o nariz e tentei me lembrar de todas as minhas interações nas últimas duas semanas.

— Bem, o Wes me perguntou como eu estava.

Kai começou a bater palmas bem devagar.

— Melhor já ir providenciando a coroa, porque você acabou de conhecer seu Príncipe Encantado.

— O sarcasmo é desnecessário. Então, o que você sugere que eu faça para dar um jeito na minha situação? Porque preciso de um namorado para as festas de fim de ano. Caso contrário, minha mãe pensará que vou morrer sozinha no meu apartamento com a Vovó.

Ele ergueu uma sobrancelha.

— Você mora com a sua avó?

— Não. Esse é o nome da minha gata, Vovó.

— Você batizou a sua gata de Vovó?

— Sim. É uma coisa engraçada e meio esquisita, porque, quando as pessoas me convidam para sair e meu temperamento introvertido entra em ação, digo, "Ah, cara, eu adoraria, mas vou ficar com a Vovó hoje à noite". Então eles nunca questionam, porque acham superfofo eu passar um tempo com a minha avó. Mas Vovó é só uma gata que me faz companhia enquanto assisto a episódios antigos de *Will & Grace* e como Cheetos e dou petiscos para ela.

— No momento, estou em dúvida se você é maluca ou muito sábia.

— Provavelmente sou uma mistura das duas coisas, para falar a verdade.

— Tudo bem, Holly, eu, na condição de testemunha da sua extrema inaptidão, vou te dar algumas dicas e uns conselhos. — Ele rasgou um pedaço do papel dos recibos da caixa registradora e começou a rabiscar nele com uma caneta. — Encontros de Holly: o que fazer e o que não fazer.

Prendi a respiração enquanto aguardava o input dele. Eu sabia que era bobagem aceitar conselhos sobre encontros românticos do homem mais ranzinza do mundo, mas, para falar a verdade, eu só estava dando bola fora, e as festas de fim de ano estavam cada vez mais próximas. Talvez ouvir a perspectiva de um homem fosse útil.

— Regra número um: não se ofereça para pagar a conta — ordenou ele.

— Mas sou uma mulher independente e posso...

— Holly!

— O quê?

— Não se ofereça para pagar a conta. Nem pegue a carteira.

— E se ele não tiver o suficiente para arcar com a despesa?

— Então ele não deveria ter aceitado sair com você, e sim estar procurando emprego.

— Ok. Anotado. Próximo.

— Venha como você mesma. Se você é uma pessoa superfã de maquiagem, que seja. Se é a mulher do salto alto, legal. Mas não faça isso para tentar atrair a atenção de um cara. Você fica bem sem maquiagem. Deixe o cara impressionar você, não o contrário.

Tirei meus cílios e os coloquei em um guardanapo.

— Odeio maquiagem.

O canto da boca dele quase se curvou em um sorriso. Quase. Ele voltou para o papel e rabiscou outra coisa.

— Não diga sim para todos que te convidam para jantar ou para tomar um drinque. Só saia com quem você está interessada em sair.

— Mas e se aqueles em quem estou interessada não estiverem interessados em mim?

— Então nenhum deles é a pessoa certa para você.

— Mas e se isso significar que ninguém vai aparecer e querer sair comigo?

— Sempre haverá alguém.

— Mas...

— Holly! — interrompeu-me ele, juntando as mãos. Kai fez uma careta e se inclinou para mim. — Sempre haverá alguém.

Suspirei.

— Tem certeza?

— Tenho. Confie em mim. Você quer qualidade em vez de quantidade. Isso me leva ao próximo "não". Não se menospreze. Não pense que você não é merecedora ou digna de homens legais. Você é o que come, e sua dieta atual é uma merda.

— Você está falando da pizza que comi ontem à noite?

— Estou falando dos pensamentos tóxicos com os quais você se alimenta.

Ah.

Isso.

— O que me leva ao último "o que fazer". Goste de si mesma.

— Eu gosto de mim — argumentei.

— Não, não gosta. Observar pessoas todo dia é o que eu faço da vida, e consigo facilmente dizer quem gosta de si mesmo e quem não gosta. Você não gosta de si mesma. Pior, você gosta mais dos outros do que de si, o que é um grande problema. Você nunca deve se importar mais com o outro do que se importa com você.

— Quando devo te transferir o pagamento pela sessão de terapia? — Dei uma risadinha.

Ele não riu. Eu não tinha certeza se suas cordas vocais sabiam como emitir uma risada. Kai parecia ter aprendido a sorrir com o Ebenezer Scrooge em pessoa. Ele deslizou o pedaço de papel na minha direção.

— Tente fazer isso na próxima semana, ou nas próximas duas semanas, e veja como vai ter convites para segundos encontros.

— Ok, combinado. Se não funcionar, você vai ter que ser meu acompanhante nas festas de fim de ano — falei, meio que brincando.

— Nem fodendo eu faria isso.

— Anotado. — Baixei as sobrancelhas. — A menos que você esteja brincando e vá ser meu acompanhante de verdade?

— Não sou de brincadeiras.

— Toc Toc?

Ele revirou os olhos e suspirou.

— Quem é?

— Seu senso de humor é que não é.

Ele me lançou um olhar vazio.

Eu sorri.

De alguma forma, sua irritação estava deixando meu lado pateta bem mais satisfeito.

— Para garantir que você está fazendo tudo certo, terá que trazer os caras aqui no primeiro encontro, para que eu possa observar. Caso contrário, não vai dar para testar o sistema direito.

— Eu já tenho feito isso, de todo modo. É o local perfeito. Fica perto de casa, é descontraído, e eu sou preguiçosa. — Estendi a mão para ele. — Foi bom fazer negócio com você, Kai. Voltarei em breve para meu próximo encontro.

— Não volte tão em breve assim — avisou ele, apertando minha mão. — Qualidade acima de quantidade.

— Sim, sim, blá-blá-blá.

Enquanto eu dobrava a lista do que fazer e do que não fazer que ele havia criado para mim, a porta do restaurante se abriu e um garoto entrou. Ele parecia uma cópia mais jovem de Kai, com uma mochila nas costas e de tênis amarelo brilhante. Ele suspirou, desabou a alguns assentos do meu no bar e estalou os dedos para Kai.

— O treino de futebol foi uma tortura. Me dê um duplo, urgente — pediu o garoto.

Kai revirou os olhos, serviu um copo grande de Coca-Cola e o colocou na frente do moleque.

— O que que é isso, Kai? Quero uma parada forte! Uísque!

— Tente novamente daqui a alguns anos — rebateu Kai.

O garoto soltou o mais dramático suspiro de desespero.

— Sabe, se invertêssemos os papéis e eu fosse o irmão mais velho, deixaria você beber no meu bar.

— Se invertêssemos os papéis, você provavelmente já estaria preso — retrucou Kai.

— Touché! Mas teríamos uma boa história para contar — brincou o menino, com um sorriso animado nos lábios. Então aquela seria a aparência de Kai se ele soubesse sorrir.

Dei uma leve risada ao ouvir o comentário do menino, o que foi o suficiente para fazer com que ele olhasse para mim.

— Uau, quem é a gatinha?! — perguntou ele.

— Ninguém. Ela está de saída — respondeu Kai, olhando para mim por um segundo antes de se voltar para o irmão.

— Se você quiser sair levando o número do meu telefone, tudo bem. Tenho dezessete anos e alguns meses, o que é quase dezoito.

Kai me fitou com aquele olhar forte, severo e mal-humorado.

— Quantos anos você tem?

— Vinte e cinco — respondi.

— Outro "não" para a lista... não marque encontros com ninguém quatro anos mais velho ou mais novo que você.

— Quatro anos? Não pode ser pelo menos cinco? Isso é limitar demais o mar de homens — argumentei.

— Queremos um mar limitado. Menos mijo na água — falou Kai.

O garoto arqueou uma sobrancelha.

— Você está dando em cima dela? — perguntou ele ao irmão.

— Não, Mano, não estou dando em cima dela. Sou o coach de encontros românticos dela.

— Ah, é? — perguntamos Mano e eu, ao mesmo tempo.

Mano caiu na gargalhada.

— O que diabos você sabe sobre encontros românticos? Você não sai com ninguém há séculos. Você só trabalha e vai para casa ler livros.

Ah, ótimo, eu estava seguindo conselhos de um caranguejo-eremita.

— Eu sei o suficiente — rebateu Kai. — E tenho conhecimento suficiente para afirmar que ela não sabe nada sobre o assunto.

— Ei! — comecei a protestar, mas Kai arqueou uma sobrancelha, e eu fechei a boca.

Ele não estava de todo errado. Eu era oficialmente a pior pessoa em primeiros encontros no mercado.

— Vá para casa e faça o seu dever — ordenou Kai a Mano. — Coloquei comida na panela elétrica, então o jantar já deve estar pronto.

Mano pegou a mochila depois de engolir a Coca-Cola pelo canudo.

— Tomara que não seja aquela carne assada de novo. Aquilo tinha gosto de bunda.

— Como você sabe que gosto bunda tem? — perguntou Kai.

Mano abriu um sorriso largo e piscou para o irmão.

— Ao contrário de você, não passo todo o meu tempo livre lendo livros, irmãozão.

Reprimi uma gargalhada. Kai e Mano eram como Felix e Oscar de *Um estranho casal*. Eram o contrário um do outro, o que os tornava o equilíbrio perfeito.

Kai mostrou o dedo do meio para o irmão mais novo, e Mano saiu correndo, acenando um adeus para mim.

— Há quanto tempo você mora no nosso condomínio? — perguntei.

Eu nunca o vira saindo do prédio até nosso encontro horrível, mas, pensando bem, eu era mestra em permanecer em meu mundinho e mal percebia as pessoas indo e vindo. Cérebro de escritora, supunha. Ou minha mente estava contando uma história, ou eu estava ocupada lendo o romance de outra pessoa. Às vezes eu vivia tempo demais concentrada nos meus próprios pensamentos para olhar ao redor.

— Estou morando lá há alguns meses. Apartamento 2419.

— Moro no 2509. Nunca reparei em você.

— Isso porque sua cabeça está sempre enfiada em um livro.

Justo.

— E são só você e o Mano morando lá?

— Sim.

— Você está criando o seu irmão? Achei que tivesse mencionado pais no Havaí e...

— E você está fazendo um monte de perguntas que não são da sua conta — disse ele, me cortando.

Era óbvio que eu havia entrado em um assunto delicado, então levantei as mãos em um gesto de derrota.

— Anotado, anotado. É melhor eu ir ver como a Vovó está, de qualquer forma. A velha senhora se sente solitária. Vejo você depois, coach. — Estalei o dedo e apontei para ele. — Mas não *tão* cedo assim. Você sabe, qualidade-quantidade e blá-blá-blá.

Kai quase sorriu.

Brincadeirinha. Se bem que teria sido divertido.

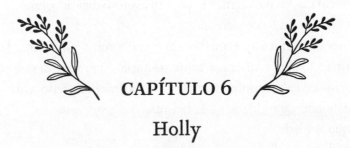

CAPÍTULO 6

Holly

— Quando mencionei casualmente o número do meu apartamento, não pensei que você acabaria aqui, batendo à minha porta — disse Kai, uma semana depois que selamos nosso contrato. Estava desesperada pelo feedback dele sobre o que eu vinha fazendo de errado, depois que nenhum dos caras em quem demonstrei interesse me convidou para um primeiro encontro.

— Estou me afogando, coach! — Suspirei dramaticamente, enquanto levava a mão à testa. — Essa coisa de flertar com foco é uma chatice e, francamente, se eu continuar seguindo as suas dicas, há uma grande chance de eu acabar sozinha pelo restante dos meus dias.

— Você é sempre tão dramática?

— Sou. É isso que meu irmão odeia em mim.

— Seu irmão parece ser um cara inteligente.

— Ele é o principal motivo de eu gastar dinheiro com terapia.

Ele esfregou o nariz com o polegar.

— Chega de conversa fiada. O que você quer?

— Quero que saiba que as suas regras são uma bosta e que não estão funcionando.

— Mas faz só uma semana. Como você sabe que elas não estão funcionando?

— Porque não estão funcionando! Não fui convidada para sair por nenhum cara decente uma vez sequer.

— Ótimo. Você não pode ter pressa.

Semicerrei os olhos, irritada.

— Mas estou com pressa. As festas de fim de ano estão chegando, e preciso de alguém para levar para casa comigo até o Natal. Não posso perder tempo.

— Você parece uma criança mimada de cinco anos que não está conseguindo o que quer.

— Você é sempre tão negativo? — perguntei.

— Sou. É isso que meu irmão odeia em mim — zombou ele.

Eu sempre sorria quando ele debochava de mim, não conseguia evitar. Kai era um babaca sem coração e, por algum motivo, aquilo me divertia. Eu ia amaciar aquela abóbora endurecida de homem, exatamente como fazia com os heróis taciturnos dos meus romances. Estava determinada a ver o coração mole que batia dentro daquele peito.

Projetei meu lábio inferior, formando um beicinho.

— Kai, o que eu faço? Preciso de ajuda, coach.

— É uma da tarde. Você não deveria estar trabalhando ou algo assim?

— Eu trabalho em casa. Sou escritora de romances.

Kai arqueou uma sobrancelha.

— Você escreve romances?

— Escrevo.

— Já teve algum livro publicado?

— Já. Com o pseudônimo H.C. Harvey. São cerca de cinquenta romances.

— Que prolífica! Isso é incrível.

Eu sorri.

— Isso foi um elogio? Eu não sabia que você elogiava as pessoas.

— Só quando merecem.

Corei. Kai pareceu não notar.

Ele baixou o olhar para o chão e abriu um meio sorriso cínico, enquanto balançava a cabeça.

O que foi aquilo?

Um meio sorriso?

Kai sorriu?

Bem, foi um meio sorriso, mas ainda assim.

— O que foi? — perguntei, confusa com a nova expressão em seu rosto. Parecia que aquela expressão havia desabrochado no humano errado... meio que uma experiência alienígena.

— Nada. É só irônico mesmo. Uma autora de romances que tem que se esforçar para encontrar o amor.

— O que posso dizer? Deus tem um estranho senso de humor.

Ele sorriu de verdade.

Ai, meu Deus, Kai sorriu para mim! Foi um sorriso amplo, cheio de dentes. E que espetáculo. Parecia que eu tinha acabado de entrar em um velho guarda-roupa e desembarcado em Nárnia. Um lugar místico, cheio de belezas incríveis. Mas então entendi por que ele estava sorrindo para mim... porque o babaca estava tirando onda com a minha cara!

— Sério?! — soltei. — Foi isso mesmo que me fez arrancar o primeiro sorriso autêntico de você? Você precisava mesmo ouvir que eu era uma autora de romances fracassada no amor?

— Ah... você precisa admitir que isso é meio engraçado. — Ele deu de ombros e riu. Sim. Isso mesmo. Ele riu! Que cara de pau! E o pior era que aquela risada provocava uma estranha sensação de calor por todo o meu corpo. Sorrir e gargalhar lhe caíam bem... mesmo que isso fosse feito às minhas custas.

Bufei e cruzei os braços.

— Você tem um senso de humor meio sombrio.

— Tenho uma alma sombria, então tive que arrumar um jeito de garantir que o humor combinasse. — Ele deu um passo para o lado e acenou com a cabeça, indicando seu apartamento. — Tudo bem. Entre e abra seus aplicativos de relacionamento. Vou dar uma olhada no seu perfil para ver o que você está fazendo de errado.

Entrei no apartamento dele, e Kai fechou a porta. Para minha surpresa, o solteirão vivia como um homem casado. Tudo ao redor estava organizado e parecia ter saído de um catálogo da Pottery Barn. As obras de arte nas paredes eram coloridas e vibrantes, assim como a mobília.

Sua mesa de jantar era de um laranja vivo, com cadeiras amarelas, e o sofá da sala era de veludo verde. No geral, a casa dele era o oposto de sua personalidade cinzenta.

— Deixei o Mano escolher os móveis quando ele veio morar comigo — comentou Kai, provavelmente percebendo minha expressão atônita. — Ele tem um fraco por cor.

— Faz sentido. Eu ia dizer que parece o oposto de você.

— Sim, bem... — Ele apontou para o sofá e acenou com a cabeça uma vez. — Sente-se.

Eu me sentei.

Ele se sentou na mesa de centro à minha frente, arregaçou as mangas da camisa social branca e estendeu a mão para mim.

— Celular.

Abri o primeiro aplicativo de relacionamento e coloquei o celular na mão dele. Kai se ajeitou e começou a analisar meu perfil. Ele estreitou os olhos e franziu o nariz de um jeito fofo enquanto parecia refletir bem. Conforme explorava o aplicativo, meu olhar caiu sobre seus bíceps, que se contraíam por vontade própria quando ele passava o dedo para cima e para baixo no meu perfil. Kai era um homem bonito. Era do tipo que me atraía também... emocionalmente indisponível e nada interessado em mim. O que eu podia dizer? Eu tinha um tipo.

— Nem fodendo eu deslizaria o seu perfil para a direita — concluiu ele.

Meu lado tóxico considerou aquilo uma espécie de desafio.

— O quê?! Por que não? — questionei. — É um perfil consistente.

— É horrível. Primeiro, a bio parece um pedido de ajuda. Está praticamente implorando aos homens que saiam com você.

— Sim. E daí?

— Holly. — Ele pigarreou e começou a ler o meu perfil. — "Estou em busca da minha alma gêmea. Do meu amante. Do meu amigo. Busco o yin para o meu yang, para que possamos embarcar juntos em loucas aventuras... colher maçãs no outono, ir à praia no verão. Quero um homem bem-educado, que esteja emocionalmente comprometido com sua saúde mental e sua jornada espiritual. Ponto para você se gostar de pilates. Mais pontos ainda se for do tipo que não se apresenta usando suas iniciais." Isso é brincadeira, né?

— O quê? Pilates é ótimo para os músculos do core e...

— Holly.

Eu me encolhi.

— Exagerei?

— Exagero é pouco. Você parece uma esquisitona desesperada. Este aplicativo de relacionamento não é um app para você "montar um namorado fake". Porque esse homem que você está procurando não existe.

— Sim, ele existe! Tenho certeza. Tenho certeza de que existem muitos homens assim por aí.

— Aposto que você quer um homem para fazer um boneco de neve com você, para fazer anjos na neve e tomar chocolate quente em frente à lareira também.

Fiquei animada e balancei a cabeça depressa.

— Sim! Sim! Tudo isso.

— Esse é o seu maior problema — alertou-me ele. — Você está vivendo num mundo fictício, esperando que os homens se comportem como nos seus livros.

— Isso não é ficção. Tem muitos homens por aí que iriam curtir fazer essas coisas comigo.

— E quantos você conheceu até agora?

Humm... touché, Kai.

— É o pilates? — perguntei, esfregando a nuca.

— Ah, é o pilates. E todas as outras coisas que você escreveu. E que raio é esse lance das iniciais?

— Ah... — Fiz um gesto de aspas com os dedos. — Esse lance das iniciais.

Ele olhou fixamente para mim.

— Você repetir as palavras não significa que estou entendendo.

— Você sabe... algumas pessoas que têm nomes compostos optam por usar só DJ, PJ, ou MJ... meu irmão está namorando um MJ, e eca... Odeio isso.

— Isso é alguma bizarrice da Holly?

— Você não acha estranho? Tipo, seu nome é David, mas você resolve que quer ser chamado de DJ? Para sempre! O que você é, uma criança de cinco anos? Cresça.

— Você não pode estar falando sério.

— Juro por Deus, nunca vou namorar um cara que usa as iniciais.

— E se ele for a sua alma gêmea?

Engoli em seco enquanto minhas mãos voavam para meu peito.

— Minha alma gêmea nunca faria isso.

— Bom, com base nas suas mensagens no aplicativo — comentou ele, rolando por elas —, você vai namorar um Marty?

— O que tem de errado com Marty?

— Marty? O que ele vai fazer, te levar de volta para o futuro às oito? Você não pode ficar com um Marty.

— Ele foi legal.

Kai analisou minha conversa com Marty.

— Ele perguntou se você gostava de tacos. É tudo.

— E eu gosto! Temos algo em comum. É um bom sinal.

— Todo mundo gosta de tacos. Isso não é motivo para namorar uma pessoa. Além disso, o nome dele é Marty!

— Eu acho bonito.

Ele balançou a cabeça e colocou a mão no meu ombro.

— Feche os olhos, depressa.

Fiz o que pediu, e ele continuou falando:

— Agora, imagine que está prestes a fazer sexo com esse cara.

— A classificação indicativa aqui passou muito rápido para proibido para menores de 18 anos.

— Holly. Imagine. Você está na cama, e ele começa a penetrar você...

Minhas coxas tremeram ligeiramente com aquelas palavras. Eu podia jurar que estava brotando suor da minha têmpora enquanto ele prosseguia:

— E quando ele atinge seu ponto preferido, você geme: "Ah, isso, Marty! Isso! Aí mesmo, Marty, Marty!"

Comecei a rir e abri os olhos.

— Tá bem, tá bem. Marty não. Mas, para ser justa, também não tenho um nome apropriado para a hora do sexo. Holly não é sexy.

— Com as mulheres não importa.

— O quê? É óbvio que importa.

— Não, não importa. Se ele estiver fazendo certo, vai te olhar nos olhos quando estiver por cima, levantar suas pernas até os ombros dele, aproximar a boca da sua orelha e sussurrar as duas únicas palavras que importam.

Estreitei meus olhos.

— E quais são exatamente essas duas palavras?

Seu olhar encontrou o meu. Aqueles olhos castanhos com pintinhas em tom esmeralda me fitavam como se eu fosse a única pessoa que importava em toda a sua vida. Só aquilo já me deu calafrios. Sua boca se abriu, ele se inclinou para mais perto do meu ouvido, o hálito quente se derramando sobre minha pele, e sussurrou naquela voz grave e rouca:

— Boa menina.

E, num piscar de olhos, eu precisava de uma calcinha limpa.

Senti as bochechas corarem enquanto meu corpo pegava fogo com duas simples, mas poderosas, palavras.

Boa menina.

Aquele homem não tinha nem me tocado e, ainda assim, foi o melhor orgasmo da minha vida.

Ah, Kai. Isso, Kai! Por favor, Kai... mais, Kai... aí, Kai, aí...

Aff.

Sim.

O nome dele era bom para dizer gemendo.

— Não precisa ficar toda alvoroçada — disse Kai, se afastando de mim com um sorriso irritante. Ele sabia que havia me deixado abalada.

— Alvoroçada não estou — neguei, então balancei a cabeça, tentando desembaralhar as palavras. — Eu não estou alvoroçada!

— Está, sim. E tudo bem. Eu estava só tentando provar meu ponto de vista. Agora vamos voltar ao tópico principal: seu perfil é uma merda.

— Você não é muito de medir as palavras, né?
— Você devia sentir vergonha desse perfil.
— Eu estava tentando ser franca e honesta sobre o que procuro.
— Sim, bem, não faça isso. Faça o contrário. Mal posso acreditar na sua capacidade de parecer mais insana a cada segundo vendo esse perfil.
Abri um sorriso.
— Tenho esse dom.
— É, esse perfil explica por que você não saiu com nenhum cara legal.
Arqueei uma das sobrancelhas.
— Ok, coach. O que exatamente eu deveria colocar no meu perfil?
— Pare de me chamar de coach.
— Acho que não vou parar de fazer isso, coach.
— Tanto faz. Qual é o seu objetivo? O que você quer desses aplicativos, sendo bem sincera comigo?
— Quanto de sinceridade você quer?
— Cem por cento.
Suspirei.
— Quero alguém com quem passar o inverno, para distrair meus pensamentos. Se isso levar a outra coisa, ótimo. Se apenas me fizer sobreviver até janeiro, esplêndido.
Ele não parecia me julgar. Em vez disso, pegou meu celular e começou a digitar. Com os lábios pressionados em uma linha fina, martelava com os dedos a tela do meu celular. Quando terminou, um leve brilho de orgulho se acendeu em seu olhar, e ele devolveu o celular para mim.
— Aí — comentou.
Olhei para a nova bio que ele havia criado para mim.

Nome: Holly
Idade: 25 anos
Profissão: Escritora
Bio: Procurando um Papai Noel para encher minha meia.

— É isso? — perguntei.

— É. É isso.

— Parece que só estou atrás de sacanagem.

— É, muita sacanagem.

— Ninguém vai dar like nisso.

— Vai sim.

— Mas não os caras que me interessam.

— Vão ser os caras que te interessam, sim — insistiu Kai. — Confie em mim.

— Como posso confiar em você se eu nem te conheço direito?

Ele roçou o polegar pela ponta do nariz, se levantou e foi até a cozinha.

— Isso é verdade, mas, ainda assim, você entrou no apartamento de um estranho por livre e espontânea vontade. E se eu fosse um serial killer?

— Com base na minha profunda obsessão por serial killers, você não cumpre os requisitos.

Ele abriu a geladeira e pegou duas cervejas. Apontou uma na minha direção, então fiz que sim com a cabeça, aceitando a oferta.

— Como assim eu não cumpro os requisitos?

Kai abriu as cervejas com um simples e ágil movimento do polegar, enquanto vinha andando de volta até onde eu estava, e eu achei aquilo estranhamente sedutor, a ponto de fazer meu baixo-ventre tremer de excitação.

Ele me entregou a garrafa, e tentei me livrar da estranha onda de desejo que disparava pelo meu corpo. Pigarreei e cruzei as pernas.

— Você não parece tão esquisito assim para ser um serial killer. Nem tão solitário.

— Você está brincando? Meu irmão só falou do quanto eu sou estranho e solitário naquele dia.

Dei de ombros.

— Não sei. Você simplesmente não emana uma vibração Dahmer, meu rapaz.

Kai parecia estranhamente ofendido. Ele colocou a mão no peito.

— Você ainda nem conhece o meu lado bizarro. Está fazendo uma suposição muito séria.

— Agora que tocou no assunto, é estranho que você se sinta ofendido por eu não achar que é um serial killer.

— O que, por sua vez, me tornaria um perfeito serial killer.

— Não. Já estive em apartamentos de caras que poderiam ter sido serial killers discretos. E não tenho a mesma impressão. Foi mal, Kai.

Ele suspirou e se jogou do outro lado do sofá.

— Tenho de melhorar minhas habilidades assustadoras.

Eu sorri. O idiota ranzinza, com seu estranho senso de humor, estava se abrindo para mim, fazendo com que eu me sentisse bem feliz.

— Ok. — Ele tomou um gole de sua cerveja. — Vamos voltar para você. Essa bio do perfil vai dar um gás.

— Só o tempo dirá. Já sei. Você quer que eu troque minhas fotos também, né?

— Não. Aquelas estão ótimas.

— Sério? Você não acha que pareço mais larga pessoalmente do que nas fotos?

— O quê?

— Você sabe... — Fiz um gesto com as mãos, parecido com o que Bentley fez em nosso quase-encontro. — Mais larga.

— Alguém falou isso para você?

— Sim, um dos caras com quem saí.

Kai pareceu ficar com raiva.

— Que se dane esse babaca. Você é exatamente igual à pessoa naquelas suas fotos lindas. Não, é ainda melhor pessoalmente.

Aquela agitação que senti antes, entre minhas coxas, foi se transformando em outra sensação no fundo do meu estômago. Kai não era de elogiar muito. Então, quando fazia um elogio, criava uma onda de pequenas borboletas esvoaçantes em minha barriga.

— Não faça isso, Holly — alertou ele.

— Fazer o quê?

— Alimentar uma paixonite por mim.

— O quê? Ahn? Se enxerga — bufei, acenando com a mão, como se ele estivesse louco. — Eu nunca faria isso.

— Faria, sim. Sabe por quê?

— Por quê?

— Porque você tem uma queda por homens emocionalmente distantes. Além disso, sou seis anos mais velho que você. Estou fora do páreo.

— Se enxerga, Kai. Eu nem te acho atraente.

Que mentira.

Que mentira.

Que mentira deslavada.

Kai era tão bonito que chegava a ser até ofensivo. Parecia um ataque pessoal ao bom senso alheio. Porque, sim, ele era frio e reservado, e um grande babaca, às vezes. Mas você viu aqueles olhos castanhos? E os bíceps malhados sob aquela camisa de flanela? O cabelo escuro penteado para trás e a barba cheia, perfeitamente aparada? Ele devia ter pelo menos um metro e noventa... e se vestia como um lenhador blasé, o que estranhamente melhorava seu visual. E, ainda por cima, tinha a cara de pau de cheirar a manhã de Natal. Pinheiros verdes e canela em pau.

Kai era um belo espécime no universo da raça masculina. Eu seria uma idiota se não me sentisse um pouco atraída por ele. Além disso, ele me chamou de boa menina. Meu baixo-ventre ainda não havia se recuperado. Mais um "boa menina" e eu cairia de joelhos, pedindo sua mão em casamento.

— Tá bom, Holly. Você é quem sabe. Dê uma chance a essa bio do perfil e veja o que acontece. Além disso, não responda tão rápido às mensagens e, pelo amor de Deus, não mande um textão para os caras. Sinto que você é uma garota de textão.

— Eu não sou uma garota de textão! — argumentei. Ele estreitou os olhos, sem acreditar. Suspirei. — Sou uma escritora, Kai! Penso em termos paragráficos.

— E isso lá é uma palavra?

— Sou escritora, não editora.

Ele riu de novo. Uma risada baixa e contida, mas eu o fiz rir. Estufei o peito com orgulho.

— Viu? Estou subindo na sua estima.

— Como uma verruga de bruxa se elevando na minha pele.
— Você acabou de me chamar de mágica?
— O seu jeito de distorcer minhas palavras me impressiona.
Sorri e cutuquei o braço dele.
— Acho que vamos ser ótimos amigos.
O rosto de Kai reassumiu a costumeira carranca enquanto ele apontava para a porta.
— Me deixe em paz e vá tomar conta da Vovó.
Virei minha cerveja antes de me levantar do sofá, satisfeita com a ajuda que Kai havia me dado com meu perfil no aplicativo, e fui em direção à porta.
— Da próxima vez que você me vir, estarei em um encontro no seu restaurante, coach.
— Ótimo! — Kai me acompanhou até a porta e a abriu para mim. — Espero não te ver nem um segundo antes.
— Sabe, apesar de nós termos nos conhecido de um jeito horrorível, acho que esse é o início de uma bela amizade.
— Pode esperar sentada.
— Ah, é?! Então me dê licença que vou me sentar ali no sofá.
Ele revirou os olhos e gentilmente me empurrou para fora de seu apartamento.
— Adeus, Holly.
Ele ainda não havia se dado conta, mas gostava de mim. Os homens eram o sexo lerdo. Sempre levavam alguns capítulos para se acostumar com o fato de que estavam caindo em uma piscina de sentimentos. Ou, no caso de Kai, caindo em uma piscina de amizade.

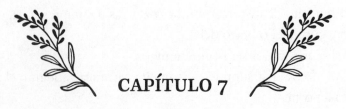

CAPÍTULO 7

Kai

Holly marcou com mais alguns caras no restaurante na semana seguinte, mas nenhum dos encontros vingou. Mas isso se devia mais a ela dispensá-los do que a eles não quererem sair com ela de novo.

Não consegui não rir quando um cara entrou no restaurante e lhe disse:

— Meu nome é Brice, mas pode me chamar de BJ.

A leve contração no rosto de Holly ao ouvir aquelas iniciais alegrou minha noite.

Muito embora eu não devesse intervir nos encontros, algumas vezes não conseguia me controlar. Podia ver o desconforto no jeito de Holly, que no geral era efusivo, e não ia deixá-la sentada ali, na companhia de babacas que a faziam se sentir desconfortável.

Paul era um exemplo.

— Meio que tenho uma queda por mulheres negras — afirmou Paul. — Amo chocolate amargo.

Para elucidar as coisas, Paul era caucasiano.

Ele comparou Holly a um alimento?

Em segundos, joguei a notinha na frente dele. Ele levantou uma sobrancelha para mim.

— O que é isso?

— Sua conta. O encontro acabou — ordenei. — Está na hora de você ir embora.

Tentei manter a compostura, mas vi o desconforto de Holly com a atitude de Paul, e o comentário sobre chocolate amargo foi a gota d'água. Eu não ia permitir que ela continuasse sentada ali, escutando aquelas baboseiras.

— Como é que é? — perguntou Paul, atônito. Ele olhou para Holly. — Dá para acreditar nisso?

Holly olhou para Paul, depois para mim, depois de volta para ele, e deu de ombros.

— Foi um prazer conhecer você, Paul.

Paul xingou baixinho e jogou o dinheiro da conta no balcão.

Quando ele saiu, olhei para Holly.

— Você está bem?

— Estou, obrigada. Essas situações são sempre incômodas.

— Essa é outra coisa que você não pode fazer. Não deixe esses caras te desrespeitarem. Se algum deles comparar você a qualquer alimento ou fizer algum comentário grosseiro sobre o seu corpo, sua personalidade ou sua carreira, te dou permissão para chutar o saco dele no meu restaurante.

Ela deu uma risada.

— Não vou chutar o saco de ninguém.

— Pelo menos considere a possibilidade de chutá-los no saco.

— Acho que devemos parar de falar sobre sacos. — Ela pegou sua bolsa e sorriu para mim. — Boa noite, Kai.

— Noite.

TUDO PARECIA ESTAR NO CAMINHO CERTO, e eu não tinha dúvidas de que Holly iria encontrar um cara para levar para as festas de fim de ano. Quando ela entrou no restaurante com o último candidato da semana, Matthew, senti uma vibe de sucesso. Em algumas noites, depois dos encontros, Holly ficava por ali, e eu entrava nos aplicativos de relacionamento dela para lhe sugerir algumas opções. Fui eu que escolhi Matthew para ela no aplicativo. Com base nas conversas dos dois, ele era o candidato que tinha mais chances.

Matthew era mais bonito que os caras que Holly costumava escolher. Tinha um maxilar proeminente e uma cabeleira farta. Também aparentava não ter perdido o dia de treino de braço na academia. Claro, ele não era tão atraente quanto Holly, mas poucas pessoas eram. Ela estava em outro patamar. Ainda assim, ele era sua melhor perspectiva até então.

Matthew fez tudo direitinho.

Ele perguntou todas as coisas certas.

Ele riu das piadas bobas, mas encantadoras, dela.

Ele não era mão-boba, mas tocou o antebraço dela o bastante para fazê-la entender que estava interessado.

Ele também pediu o melhor uísque. Eu não podia culpá-lo.

Holly também havia caprichado no visual naquela noite. O cabelo estava preso em um coque perfeito no alto da cabeça, dois cachos soltos emoldurando o rosto. A maquiagem era leve, mas a favorecia. Ela usava uma calça de couro preta, top de renda e salto grosso preto. A boca estava pintada de vermelho, e ela deve ter feito as unhas mais cedo naquela tarde, porque combinavam com o tom do batom.

Seu sorriso branco-perolado brilhou quando ela riu, e Holly jogou a cabeça para trás em uma leve crise de riso. Quem diria que uma risada poderia ser tão fascinante?

— Se continuar encarando, é bem capaz que os dois te convidem para puxar uma cadeira e se juntar a eles — brincou Ayumu, enquanto passava por mim com dois pratos para a mesa cinco.

Resmunguei e desviei o olhar de Holly e Matthew por um segundo. Mas, instantes depois, meus olhos estavam sobre ela mais uma vez. Eu me perguntava se ela estava com o mesmo perfume que usou duas noites antes. Aquele com cheiro de maçãs e manhãs frescas de outono. Fui inundado por sua essência quando ela passou por mim outro dia. Qualquer que fosse aquele perfume, aquele cheiro pertencia à pele daquela mulher.

Depois de alguns drinques, todos de vodca com água, fiquei um pouco preocupado. Ela não me deu o sinal ao esfregar o nariz, mas eu nunca a havia visto pedir três drinques. Quando lhe servi o terceiro, semicerrei os olhos para ela. Holly sorriu, indicando que eu o colocasse na sua frente. Quanto mais os dois bebiam, mais eu desgostava de Matthew. Não porque ele fez algo errado, mas porque não fez. Se eu fosse honesto, diria que o cara gabaritou o primeiro encontro, o que me irritou. Eu estava irritado comigo mesmo por não entender o motivo da minha irritação. Eu tentava evitar emoções, mas elas pareciam me surpreender desde que Holly apareceu na minha vida.

Matthew pagou enquanto eles se preparavam para ir embora, e em seguida o ouvi convidar Holly para assistir a um filme em um terraço naquela noite.

— Sei que gosta de romances, e acho que está passando *Mensagem para você* hoje, no The Abbey. Eles também têm comida lá, se estiver a fim de um jantar mais tarde. Se sairmos agora, acho que a gente consegue — sugeriu ele.

Vi o brilho no olhar de Holly.

Aposto que ela também sentiu um frio na barriga.

Eu não sabia por que aquilo me incomodava. Estava tendo problemas em decodificar as emoções que me assaltavam naquela noite.

— Eu adoraria. Estou livre pelo restante da noite — respondeu Holly.

Não, Holly. Não deixe que ele saiba que você não é uma mulher ocupada.

Matthew sorriu.

— Perfeito. Só vou dar um pulo no banheiro e já peço um táxi.

Suave, Matthew. Suave.

Quando ele foi ao banheiro, cheguei até Holly e levantei uma sobrancelha.

— Como você está se sentindo?

Ela estava sorrindo de orelha a orelha.

— Ele é promissor, né? Você escolheu um cara ótimo.

Não respondi à pergunta dela.

— Tem certeza de que está bem para ir embora com ele agora?

— Como assim?

— Você bebeu três drinques. Não quero ninguém se aproveitando de você.

Ela levou as mãos ao rosto e sorriu.

— Você está preocupado comigo, coach?

Talvez um pouco.

Talvez muito.

Esfreguei minha nuca.

— Foram muitos drinques, você normalmente só toma um. Quero que esteja segura.

— Vou ficar. Não precisa se preocupar.

Fiz uma careta.

Ela sorriu.

Aquela era meio que nossa rotina.

Ela vestiu o casaco.

— Não precisa se preocupar. Vou ficar bem. Posso até mandar uma mensagem para você mais tarde, se isso te deixar mais tranquilo.

— Você não tem meu telefone.

Ela enfiou a mão na bolsa, tirou um recibo antigo e uma caneta, então os passou para mim. Rabisquei meu número e o entreguei a ela.

— Vou mandar uma mensagem para você — repetiu ela.

— Por favor, faça isso.

O sorriso de Holly se suavizou, e ela me encarou, inclinando ligeiramente a cabeça. Ela hesitou por um instante e, por um segundo, parecia que podia ler minha alma. Aposto que ela estava tentando decifrar alguma coisa. Tinha muito tempo que eu não conhecia alguém que fosse capaz de me interpretar. Não tinha certeza se eu gostava daquilo, mas estava curioso o bastante para desejar que ela verbalizasse o que estava pensando.

O que foi, Holly?

O que você está vendo?

Você gosta do que está vendo?

Matthew voltou ao bar no instante em que ela abriu a boca para revelar seus pensamentos.

Aquele idiota com seu timing idiota.

Eu queria saber o que Holly ia me dizer. Em vez de falar o que estava pensando, ela sorriu e me desejou boa-noite. Quase pedi a ela que não se esquecesse de me mandar uma mensagem, mas pensei que um cara falar aquilo para ela, na frente dele, pudesse ser meio desagradável. Uma parte de mim queria fazer aquilo. Eu queria ser desagradável naquele momento.

Dei um sorriso meio sem graça para ela e desejei boa-noite.

Mais tarde, assisti a um filme de terror com Mano na sala de estar. Bom, ele estava assistindo ao filme, eu estava lendo um livro e verificando meu telefone o tempo todo, para ver se Holly havia mandado mensagem ou ligado.

— Por que fica procurando caras para essa garota se é você que está obcecado por ela? — perguntou Mano, enquanto enfiava um punhado de pipoca na boca, os olhos ainda grudados na televisão.

Ergui o olhar depois de verificar meu telefone pela décima quinta vez e arqueei uma sobrancelha.

— O quê?

— Holly — respondeu ele, casualmente. — É óbvio que você gosta dela. Então por que está tão determinado a arrumar homens para ela?

— Eu não gosto dela.

Mano se virou para mim e ergueu uma sobrancelha.

— Tá. Tudo bem, Kai.

— Eu não gosto. Estou apenas ajudando a Holly a encontrar um cara decente.

— Você é decente.

— Não estou interessado em sair com ninguém.

— Ou talvez esteja apenas traumatizado por causa da sua última experiência e com muito medo de se arriscar no mundo dos relacionamentos, porque tem medo de se machucar de novo.

Aquele garoto e o papinho sobre trauma.

Peguei o controle remoto e desliguei a televisão.

— Ei! — gritou ele, jogando as mãos para cima em um gesto de irritação. — Estava começando a ficar bom!

— Boa noite, Mano. Durma um pouco. Você tem treino cedo.

Ele resmungou e se levantou, ainda enfiando pipoca na boca. Então levou a tigela para a cozinha, voltou até a sala e pousou as mãos em meus ombros.

— Kai. Preciso que você me escute, tá?

— Ok.

— A Holly é uma boa garota. Tonta, mas no bom sentido. Estonteante. Ela é inteligente, bem-sucedida e bonita.

— Aonde você quer chegar?

— Estou querendo dizer que você gosta dela.

— Eu nem conheço a Holly direito.

— Pelo pouco que conhece, você já gosta dela.

Resmunguei e me desvencilhei dos braços dele.

— Não estou interessado, Mano. Deixa pra lá.

— Por quanto tempo o que aconteceu com você vai continuar te fodendo?

— Olha a boca! — eu o repreendi, sabendo que ele estava falando de Penelope.

— Só estou dizendo. Não é justo que ela te mantenha isolado do mundo, mesmo quando já se foi.

— Já terminou, Dr. Phil?

— Quem é Dr. Phil?

Cristo, eu estava velho.

— Boa noite, Mano.

— Boa noite, Kai. Espero que ela te mande mensagem.

Não respondi, mas verifiquei mais uma vez meu celular.

Eu também esperava que ela fizesse isso.

Três anos antes

— É SÓ CABELO! — Tentei consolar minha mulher, que observava aos prantos seu cabelo no espelho. Os fios estavam caindo em tufos cada vez maiores, semana após semana, por causa da quimioterapia, e eu podia ver que aquilo estava abalando seu estado de espírito. — Vai crescer de novo — prometi a ela.

Lágrimas escorriam por suas bochechas quando ela balançou a cabeça.

— Não sei se posso fazer isso, Kai. Não sei se posso continuar fazendo isso.

Eu me posicionei entre ela e o espelho e balancei a cabeça.

— Nós não vamos desistir.

— Kai...

Segurei seu rosto entre a palma das mãos.

— Não vamos desistir — repeti, daquela vez mais ríspido. — Entendeu?

Ela assentiu.

— Entendi.

Encostei minha testa na dela.

— Me desculpe pelo que eu disse. Foi uma estupidez que não ajuda em nada.

— O quê?

— Que é só cabelo. — Sabia que era uma idiotice no segundo em que a frase saiu da minha boca, porque não era só cabelo. Era a prova de uma doença. Significava perder mais uma parte do mundo que Penelope conhecia. Era cair em uma realidade onde os dias pareciam intermináveis, e as noites, difíceis. Não era só cabelo. Era um pedaço da alma dela que doía, e eu fui um idiota por permitir que aquelas três palavras saíssem da minha boca.

Ela colocou a mão no meu rosto, e as lágrimas rolavam por sua face.

— Você é bom demais para mim, Kai.

— Quero ser mais do que bom. Quero ser seu porto seguro.

Seus lábios tocaram meu rosto, então ela se virou para se olhar no espelho. Respirando fundo, disse:

— Raspe.

— O quê?

— Quero que você raspe. Quero que tudo desapareça. Não posso continuar assistindo aos tufos caindo. Não aguento mais acordar e ver meu travesseiro coberto de fios. Preciso que você tire tudo.

— Tem certeza?

Ela assentiu. Foi até a privada, baixou a tampa e se sentou nela. Peguei minha máquina de cortar cabelo no armário e a coloquei na bancada do banheiro. Liguei-a na tomada e tomei fôlego, então raspei a cabeça de Penelope. Seus olhos ficaram fechados o tempo todo, lágrimas escorriam por suas bochechas.

Quando terminei, ela abriu os olhos. Aqueles olhos me embalaram com firmeza dentro de seu amor. Em seguida, raspei minha cabeça também.

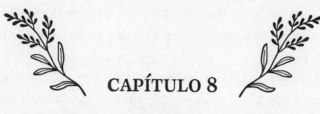

CAPÍTULO 8

Holly
Presente

— Vou colocar você em um táxi — orientou Matthew. — E este dinheiro aqui é para você pagar a corrida — explicou ele, deslizando a mão no bolso do meu casaco para colocar o dinheiro, fazendo um pequeno sorriso surgir em meu rosto. Eu teria rejeitado a oferta dele de pagar um táxi para mim, mas Kai me disse que jamais recusasse uma oportunidade de deixar um homem cuidar de mim.

— Que fofo. Obrigada pela noite. Foi...

— Ótima! — Ele terminou minha frase antes de fazer sinal para um táxi na rua. O carro parou, Matthew abriu a porta para mim e deu um largo sorriso. — A noite foi ótima. Mal posso esperar para repetir a dose.

Sorri e entrei no carro.

— Foi perfeito.

— Da próxima vez, será ainda melhor.

Próxima vez.

Eu esperava que aquela fosse uma promessa que ele pretendesse cumprir. Estava tão cansada de sofrer com promessas não cumpridas de segundos encontros que tinha quase certeza de que ele não ia me procurar depois que o carro desse partida. Depois de tantos "nunca mais", meu coração bem que merecia um "próxima vez".

Ainda assim, ele me deixou esperançosa. Foi bom sentir esperança depois de tantos meses de desesperança.

Eu me sentia como se estivesse flutuando. Como se não houvesse chão abaixo de mim enquanto voltava para casa, depois do primeiro encontro mais maravilhoso da minha vida. Matthew era um doce. Charmoso e engraçado, ele era tudo o que as heroínas dos meus livros gostariam que seus heróis fossem.

Quando entrei em casa, vi que ele havia me mandado uma mensagem para me dizer que tinha se divertido muito e que adoraria marcar um segundo encontro. Foi o sim mais fácil que eu já havia experimentado.

Depois que entrei no apartamento, fui para o chuveiro, tomei um banho e então segui minha rotina de cuidados com a pele. Só depois me joguei no sofá, ainda pensando em Matthew.

Também gostei dele de verdade.

Não de verdade, *de verdade*, porque foi apenas um encontro. Mas, cara... foi um ótimo encontro.

Eu sabia que era muito cedo para dizer qualquer coisa e sabia que Kai teria me chamado de idiota por ficar assim tão esperançosa, mas Matthew parecia ser exatamente o tipo de pessoa que sempre sonhei encontrar.

Falando em Kai...

HOLLY
Estou em casa sã e salva.

Alguns minutos depois, uma mensagem pipocou em meu celular.

KAI
Você demorou uma eternidade para me mandar mensagem. Já ia mandar uma equipe de busca.

HOLLY
Eu sabia que você se importava.

KAI
> Não posso permitir que minha aluna desapareça em combate. Seria ruim para os negócios.

HOLLY
> Então... o que você achou dele?

KAI
> Não acho nada ainda. E você também não deveria achar. Está muito no início para decifrar o cara.

HOLLY
> Eu poderia decifrar o Matthew como se fosse um livro.

KAI
> Deve ser um livro infantil, porque você não sabe nada sobre esse cara.

Eu ri porque podia ouvir seu sarcasmo através da mensagem de texto.

HOLLY
> Ele marcou um segundo encontro. E me mandou a reserva. Acho que isso é uma coisa boa.

Alguns minutos se passaram sem resposta.

KAI
> Durma um pouco, Holly. Boa noite.

Abri um ligeiro sorriso. Ele não disse nada negativo, o que parecia quase um elogio, vindo de Kai. Respondi, já bocejando.

HOLLY
Boa noite.

KAI
Ei, Holly?

HOLLY
O quê?

KAI
Fico feliz que tenha tido uma boa noite. Você merecia uma boa noite.

Eu já tinha sorrido muito naquela noite, mas as palavras de Kai me fizeram sorrir ainda mais. Ele estava começando a gostar de mim, o que era legal, visto que eu também estava me afeiçoando a ele.

NO DIA DO SEGUNDO ENCONTRO, eu estava mais do que animada. Matthew ia me levar para ver as luzes de Natal mais bonitas da cidade, e terminaríamos a noite na pista de patinação no gelo do Millennium Park. Eu nunca havia patinado no Millennium Park em todos os meus anos em Chicago. Mas escrevi sobre a experiência muitas vezes em meus romances.

No geral, parecia um dia perfeito para mim. Mas, antes de sair, precisava confirmar com Kai algumas coisas que havia planejado para as festividades da noite.

HOLLY

> Matthew comentou que não estava conseguindo encontrar um chocolate que ele adorava. Seria estranho dar esse chocolate para ele hoje à noite, no encontro número dois?

KAI

> Pelo amor de Deus, Holly, não dê um presente a esse estranho.

HOLLY

> Ah. Ok. Nada de presentes. Entendi.

KAI

> ...

HOLLY

> O quê?! Eu disse nada de presentes.

KAI

> Você já comprou o chocolate, não comprou?

HOLLY

> Talvez eu tenha comprado alguns na Amazon.

KAI

> Quantos você comprou?

> **HOLLY**
> Olha, pra ser sincera, pensei que viriam três, e não três dúzias...

> **KAI**
> Holly. Traga tudo pro meu apartamento agora.

> **HOLLY**
> Mas o Matthew disse que é o favorito dele! Talvez eu possa guardar para o terceiro encontro.

> **KAI**
> Holly. Agora.

Com um beicinho, resmunguei e juntei os quilos de chocolate. Quando cheguei à porta de Kai, ele a abriu e, na hora, balançou a cabeça.

— Você não está falando sério — disse, apontando para o chocolate.
— Essa é a definição de exagero.

— Achei fofo. Em meus romances, pareceria fofo.

— Parece desesperado, e você não precisa ficar desesperada. Você não precisa impressioná-lo com coisas assim.

— Não preciso mesmo?

Ele franziu as sobrancelhas em uma curva de perplexidade.

— O quê?

— Não é meu trabalho impressionar o cara? Porque, se não o fizer, não vai durar.

— Nossa... não, Holly. Você só precisa ser você mesma. Isso é tudo o que importa. É trabalho dele impressionar você. Você é muito boa. Não precisa provar nada para ninguém.

Eu fiquei me perguntando se, com aquilo, ele pretendia dar vários nós no meu estômago.

Coloquei os pacotes de chocolate nas mãos dele e fiz uma pose.

— Ok, coach. Que tal esse visual para um segundo encontro?

Eu estava com um enorme suéter verde-oliva, jeans azul-escuro e botas marrons de cano alto. Era um dia perfeito de outono, e eu levaria meu trench coat comigo, para o caso de esfriar à noite.

Seus olhos estudaram meu corpo de cima a baixo algumas vezes. Ele inclinou a cabeça, e quando seus olhos encontraram os meus, pareciam muito gentis. Eles quase me fizeram cambalear porque, por muito tempo, os olhares de Kai pareceram muito intensos e duros. Daquela vez, eram bem suaves e sinceros.

— Você está linda, Holly. Matthew vai adorar — elogiou ele.

Por um segundo, esqueci como falar. Uma faísca de eletricidade disparou pelo meu corpo quando Kai disse que eu estava linda. Seus elogios pareciam diferentes dos de outros homens. Pareciam mais autênticos, porque eu sabia que Kai jamais falava algo em que de fato não acreditasse.

Abaixei os braços, saindo daquela postura dramática, e coloquei o cabelo para trás das orelhas.

— Obrigada, Kai.

Ele sorriu, e eu o encarei por um bom tempo. O sorriso dele parecia um presente sagrado. Era privilégio de poucos, e eu estava surpresa por ele estar compartilhando os sorrisos dele comigo com tanta frequência nos últimos tempos.

— Você vai se atrasar — avisou ele, me empurrando para fora. — Divirta-se.

— Obrigada. Vou te ligar ou mandar uma mensagem para te atualizar mais tarde.

— Tudo bem. Ah, Holly?

— Oi!

— Acho bom esse idiota levar flores para você.

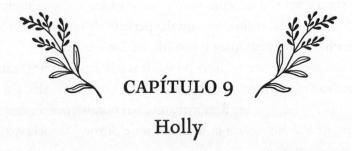

CAPÍTULO 9
Holly

Ele havia me trazido flores. Uma dúzia de rosas vermelhas, para ser mais exata.

Minhas bochechas coraram quando vi Matthew na frente do meu prédio.

— Você não precisava ter vindo me buscar só para a gente atravessar a cidade de táxi juntos — falei.

— Achei que seria mais fácil te dar as flores se viesse até aqui. Assim você pode deixá-las em casa de uma vez. E não se preocupe, isso não é um golpe para entrar no seu apartamento. Vou esperar aqui embaixo até você guardar as rosas.

Peguei as flores de suas mãos e senti o perfume delas com um pequeno sorriso nos lábios. O encontro número dois já estava começando em grande estilo.

— Você é mais do que bem-vindo para subir — falei.

Ele me deu aquele sorriso encantador, e suas covinhas ficaram mais pronunciadas conforme balançava a cabeça.

— Não, sério, tudo bem. Pode subir, eu espero.

— Ok. Então já volto. — Subi até meu apartamento e coloquei as flores no aparador. Eu as posicionei em um lugar estratégico, para que Vovó não ficasse muito curiosa e as derrubasse. Vovó adorava derrubar coisas de cima dos móveis.

Inalei profundamente o perfume das flores e tirei uma foto para enviar a Kai.

Guardei o celular de volta no bolso e desci as escadas para encontrar Matthew.

— Tudo certo? — perguntou ele.

— Tudo certo.

— Perfeito. — Ele foi até o meio-fio, ergueu a mão e conseguiu um táxi para nós em segundos. Abriu a porta para eu entrar, então correu para o outro lado e embarcou também. Matthew levava a sério suas tarefas cavalheirescas. Eu realmente não conseguia me lembrar da última vez que um cara abriu uma porta para mim, com exceção de Kai, sempre que eu terminava meu discurso reclamão sobre infortúnios amorosos em seu apartamento.

Matthew passou as instruções ao motorista, então se recostou confortavelmente no assento.

— Você está incrível, Holly.

Minhas bochechas coraram.

— Obrigada. Você também está um gato.

— Eu precisava caprichar, porque sabia que você ia elevar o nível. Então, nossa reserva para o iglu é para daqui a uns vinte minutos e, com esse trânsito, devemos chegar um pouco adiantados.

— Você manda.

Ele sorriu para mim e colocou a mão em meu antebraço, então me deu um leve aperto sem desviar o olhar.

— Fico feliz por estarmos fazendo isso.

— Eu também. Moro aqui há tanto tempo e nunca fiz nenhum programa natalino.

— Sério?

— Pois é. Amo as festas de fim de ano, mas parece que todo ano, nessa época, estou com um prazo apertado para entregar algum livro.

— Então você nunca viu o Incrível Festival das Luzes, no Odyssey Fun World, no Tinley Park?

— Nunca.

— E as luzes do zoológico do Lincoln Park?
— Não.
Ele se afastou, juntou as mãos em um gesto de oração e as encostou nos lábios.
— Por favor, me diga que você já viu a Orquestra Transiberiana se apresentando.
Mordi o lábio inferior e balancei a cabeça.
— Ai, meu Deus, Holly! Você está perdendo todas as coisas lendárias que promovem o espírito de Natal! Pelo menos agora sei o que vamos fazer no nosso terceiro encontro.
Planejando o terceiro encontro já?
Talvez seguir as dicas de Kai tenha sido bom mesmo, afinal. Graças a ele, acabei descolando um segundo encontro.
— Me conte algo que eu não sei sobre você — pedi a Matthew, batendo de leve em sua perna. — Algo que me surpreenda. Coisas aleatórias.
— Hmm, gostei disso. Sou alérgico a creme de amendoim. Não gosto muito de montanhas-russas. Quando eu tinha nove anos, fiquei enjoado depois de andar em uma do Six Flags e nunca mais fui o mesmo. Amo animais e sou voluntário em um abrigo. Tenho um cachorro e um gato adotados. Gosto do meu trabalho, mas não amo tanto o que faço. Sou viciado em comédias clássicas. Poderia assistir a todos os filmes do Adam Sandler para sempre. E você é linda. — Ele cutucou meu braço. — Não é um fato a meu respeito, mas, ainda assim, é um fato.
Dei uma risada.
— Um pouco piegas.
— Às vezes enveredo pelo território piegas. Sua vez. Me conte coisas sobre você.
Eu me remexi no assento e me virei para encará-lo um pouco mais.
— Tenho pavor de abelhas, embora nunca tenha sido picada por uma. Alimento uma crença irracional de que sou muito alérgica a elas. Morangos me deixam com coceira. Acho a primavera a melhor estação porque as coisas começam a voltar à vida. Se eu pudesse morar em outro lugar, moraria em Seattle, porque a chuva me acalma. Perco minhas

chaves com certa regularidade e, na maior parte do tempo, estão no meu bolso da calça. Odeio pessoas más e amo esquilos.

— Esquilos? — perguntou ele, chocado. — Nunca ouvi isso antes.

— Há um tempo, vi um vídeo de um esquilo que encontrou sua árvore cortada quando estava voltando para a toca. E ele ficou parado em frente ao tronco com o coração partido. — Pigarreei, sentindo os olhos se encherem de lágrimas ao me lembrar daquela situação. Minhas mãos pousaram em meu peito. — Isso partiu meu coração, porque ele só queria voltar para casa.

— Nossa! Que triste.

— Depois disso, não consegui parar de ver vídeos fofos de esquilos. Vi um cara que criava um bebê esquilo que tinha sido abandonado. Ele deu mamadeira para o filhote, e o esquilo agora o ama mais que tudo no mundo, e isso é o que mais me emociona. O fato de que eles sentem emoções assim como nós. Talvez não exatamente como os humanos, mas sentem.

Eu não sabia por que aquilo havia me deixado tão feliz e me feito sentir menos sozinha em alguns aspectos. Aqueles animais sentiam coisas como nós, humanos. Fez com que a ideia de conexão parecesse muito mais importante. Se um esquilo pode sofrer como eu, então talvez o mundo estivesse mais sincronizado do que jamais imaginei.

Eu não imaginava que ia me emocionar com esquilos naquela tarde, mas, às vezes, a vida era estranha mesmo. Talvez porque meu amor por esquilos fosse algo que eu compartilhava com minha ex-melhor amiga Cassie. Agora eu tinha todo um leque de lembranças ligadas a pessoas que não estavam mais na minha vida.

Senti minhas bochechas esquentarem enquanto esfregava o pescoço.

— Você quer saber mais sobre esquilos, ou esse papo está estranho? Talvez seja muito cedo para mostrar meu lado bizarro para você.

— Quero ver todas as suas facetas. Quero saber tudo.

Passamos o restante do dia compartilhando pequenos e grandes detalhes sobre nós. Fiquei sabendo que Matthew sonhava em criar uma instituição de caridade para crianças. Ele não tinha uma boa relação com o pai porque eles pensavam muito diferente, mas sua mãe era sua melhor amiga. Ele odiava tacos.

Achei que aquilo não era um bom sinal, mas decidi ignorar esse detalhe por ora.

Passamos a noite rindo, tomando chocolate quente em iglus e patinando na pista de gelo por horas. Ele até me deu um pequeno enfeite de Natal que comprou em uma das pequenas lojas do Christkindlmarket. Era um pequeno pinheiro feito a partir de páginas de romances. Eu mal podia esperar para arrumar minha árvore uma semana depois do Dia de Ação de Graças e pendurar meu pequeno ornamento.

— Então... você acha difícil namorar sendo autora de romances? Você tem critérios irreais para os homens? — perguntou Matthew.

— Acho que não. Sou sensata o bastante para reconhecer que um homem fictício escrito por uma mulher tem suas vantagens. Não procuro impor esses padrões a homens de verdade.

— Mas muitos homens perguntam se você os está usando como inspiração para escrever?

Eu ri.

— Todos eles.

— Menos eu.

Eu o cutuquei no braço enquanto andávamos pelo Christkindlmarket, passando por todas as lojas.

— Sinto como se sua pergunta fosse uma forma de me perguntar exatamente isso, só que indiretamente.

— Ok, ok, talvez fosse. Para ser sincero, estou muito fascinado com o seu jeito de ganhar a vida. Eu nunca tinha conhecido uma escritora. Muito menos uma autora de romances.

— Não somos tão rebeldes quanto parecemos. Na maioria dos dias, sento na frente do computador e escrevo cenas inapropriadas enquanto Vovó me observa.

Matthew parou.

— Desculpe, o quê? Você consegue escrever cenas de sexo na presença da sua avó?

Comecei a rir, entendendo perfeitamente como ele havia chegado àquela conclusão. Pousei a mão em seu braço.

— Ai, meu Deus, não. Não é nada disso. O nome da minha gata é Vovó. É uma longa história. Vovó a gata, não minha avó de oitenta anos.

Ele deixou escapar um suspiro de alívio enquanto suas mãos voavam até o peito.

— Ah! Ótimo. Pensei que você tivesse acabado de emitir seu primeiro sinal vermelho.

— Chamar minha gata de Vovó não é um sinal vermelho?

— Não, é totalmente verde, se quer saber.

— Sério? Porque isso prova o quão esquisito e bizarro é o meu cérebro.

Matthew sorriu para mim.

— Holly?

— O que foi?

— Gosto da forma como o seu cérebro funciona.

Eu sorri, sentindo que estava corando.

Então, ele começou a planejar o terceiro encontro enquanto estávamos no meio do segundo.

Depois desse segundo encontro, peguei um táxi e fui direto para o meu apartamento, com a sensação de ainda estar andando nas nuvens depois daquela noite perfeita.

— Ai, meu Deus, esse foi o melhor encontro da minha vida.

Meu celular apitou, e, quando fui checar, vi que Kai tinha mandado uma mensagem. Timing perfeito.

KAI
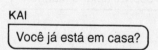
Você já está em casa?

HOLLY
Acabei de chegar. E adivinhe?

Tirei uma foto do enfeite que Matthew me deu e a mandei para Kai. Então desabei no meu sofá, explodindo de felicidade, enquanto revivia cada momento da noite.

KAI
Talvez você devesse ter levado uma barra de chocolate para ele, afinal.

HOLLY
Posso pegar uma com você e dar para ele no terceiro encontro.

KAI
Tarde demais. Já comi tudo.

Achei graça do comentário.

KAI
Terceiro encontro, hein?

HOLLY
Ele vai me levar para assistir a um espetáculo de teatro. Ele adora teatro. Ai, meu Deus, Kai. Ele é tão legal! Você vai amar o Matthew.

KAI
Eu não amo as pessoas. Eu meio que odeio a maioria delas.

HOLLY
> Tirando eu! Você não me odeia.

Ele não respondeu imediatamente, então me preparei para dormir. Lavei o rosto, escovei os dentes e depois me arrastei para a cama, pronta para uma das melhores noites de sono da vida, depois de um dia maravilhoso.

Meu celular apitou uma última vez naquela noite.

KAI
> É. Tirando você.

Encarei aquelas palavras e sorri de orelha a orelha, depois pousei meu celular na mesa de cabeceira. Eu sabia que ia acabar subindo na estima daquele homem como uma boa e velha verruga de bruxa se elevando na pele dele.

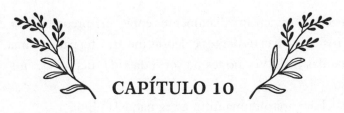

CAPÍTULO 10

Kai

Ele levou flores para Holly.

Eu não conseguia entender por que aquilo me irritava. Matthew não apenas levou flores para ela, como também se mostrou consistente. Em um piscar de olhos, os dois já estariam no encontro número nove. Holly me contou como foi o primeiro beijo deles, que os sentimentos dela estavam tomando corpo e que ele estava fazendo tudo certo.

Eu odiava o fato de ela compartilhar tantos detalhes comigo e detestava Matthew.

Eu não tinha motivos para odiá-lo, mas odiava.

De quem foi a ideia de Holly sair com ele, afinal?

Ah. Foi minha.

Idiota.

Talvez, de certa forma, Mano tivesse razão. Vai por mim, jamais vou admitir isso para ele, mas talvez uma pequena, minúscula, ínfima parte de mim tenha uma quedinha por Holly. Não dá para me culpar. Quanto mais tempo passava com ela, mais eu sentia a falta dela quando ia embora. Aquela maldita verruga de bruxa, aquele sorriso lindo, aqueles olhos de tirar o fôlego e...

Não importava.

Era apenas uma estúpida, pequena, minúscula, ínfima paixonite... nada mais, nada menos. Com o tempo, aquilo iria se dissipar e, com sorte, uma vez que Holly engatasse um relacionamento sério, eu passaria a vê-la cada vez menos. Porque meu maior medo era que meus sentimentos só aumentassem se ela continuasse me rondando. E a última coisa de que eu precisava era me apaixonar por uma mulher que estava se apaixonando por outro homem.

Além disso, eu não faria nenhum bem a ela. Não me apaixonava mais. Eu sabia que, com o amor, vinha o coração partido. Eu tinha quase certeza absoluta de que o amor não valia as mágoas que poderia causar a uma pessoa. Eu tinha me esforçado bastante para transformar meu coração em uma pedra de gelo. A última coisa de que precisava era que Holly o descongelasse.

O único problema em tentar manter alguma distância entre mim e Holly era que Mano havia assumido a missão de vira e mexe colocar nós dois no mesmo espaço.

Holly estava se tornando uma frequentadora assídua do Mano's — onde todos sabiam seu nome, algo bem no estilo *Cheers* —, e eu não odiava isso. Sempre que ela entrava, meu corpo inteiro reagia ao vê-la. Era como se eu não soubesse como acalmar as emoções que agitavam todo o meu ser.

Ela cumprimentava todos os funcionários quando chegava; alguns dias, quando Mano estava por ali, os dois jantavam juntos e conversavam sobre a vida. Eu não fazia ideia do que tanto Mano tinha para falar, visto que era apenas um garoto que jogava futebol americano, mas ele e Holly riam tanto, que ela até fazia aquele ruído engraçado pelo nariz.

Fazer Holly emitir aquele ruído involuntário pelo nariz era a missão de vida de Mano. Quando eu a ouvia gargalhando do outro lado do restaurante, não conseguia evitar um sorriso. Holly e suas risadas pareciam um remédio para minha alma, e eu nem sabia que minha alma estava doente.

Ayumu também estava se tornando um grande amigo dela, e os dois viviam discutindo diferentes técnicas de cozimento. Alguns dias, Holly chegava antes de abrirmos, e Ayumu criava pratos para ela que não estavam no cardápio. Ela era mimada com o amor de todos os funcionários e de Mano.

A culpa era daquele sorriso.

Holly e seu maldito sorriso...

— VOCÊ A CONVIDOU? — Mano me perguntou certa noite, depois que fechei o restaurante. Eu sabia a quem ele se referia, porque ultimamente parecia que só falávamos dela.

— Não, eu não a convidei para o seu jogo. Nem vou convidar.

— O quê? Você tem que fazer isso! — insistiu ele. Entramos no prédio, e ele continuou insistindo que ela precisava estar no jogo.

— Meu apoio não é suficiente?

— Não. Preciso das vibrações positivas da Holly. Você só traz vibrações Ió, do Ursinho Pooh.

Soltei uma risada porque, bem, ele não estava errado. Mas eu era o maior fã do Mano. Não havia nenhuma dúvida quanto a isso.

Entramos no elevador, e Mano apertou o vigésimo quinto, em vez do vigésimo quarto andar.

— O que você está fazendo? — perguntei, arqueando uma sobrancelha.

Ele enganchou as mãos nas alças da mochila enquanto balançava para a frente e para trás.

— Vou pedir para a Holly ir ao meu jogo na sexta-feira.

— Você não vai pedir isso para ela. — Estiquei o braço na frente dele e apertei o número vinte e quatro.

Ele deu de ombros.

— Você está mais que autorizado a descer no vigésimo quarto andar, mas vou até o apartamento da Holly pedir para ela ir ao jogo. Também vou contar que o meu irmão está apaixonado por ela e tem lido os livros dela todas as noites antes de dormir.

Lancei a ele um olhar frio.

— O quê? Eu não estou lendo os livros dela.

— Para de mentir, Kai. Eu percebi que aquele livro do John Grisham que você estava lendo no sofá ontem à noite estava grosso demais. Quase como se um dos livros da Holly estivesse dentro dele, como se você estivesse escondendo o que estava lendo.

Bufei. Mano tinha descoberto minha tática de leitura sorrateira. Sim, eu estava lendo os livros da Holly havia algum tempo. Foi antes de começarmos nossa amizade. No princípio, não passava de uma mera curiosidade. Eu nunca tinha pegado um livro de romance para ler na vida e estava pronto para odiá-lo. Mergulhei nele a contragosto na intenção de usar algumas cenas para zoar com a cara dela.

Achei que não passaria nem do primeiro capítulo, mas, quando dei por mim, cinco horas depois, já eram duas da manhã. Fiquei atordoado e confuso porque tinha amado o livro. Odiei o fato de ter adorado o romance. Então coloquei outros títulos no meu carrinho de compras on-line. Eu tinha vergonha da quantidade de livros escritos pela Holly que estavam escondidos atualmente no meu quarto, esperando a chance de se infiltrar em um título de John Grisham.

A última coisa de que precisava era que Mano contasse a Holly sobre meu leve vício em ler suas palavras. Ela pegaria no meu pé para sempre.

— A única coisa que vai me impedir de confessar sua paixão por Holly é se você for comigo convidá-la para o jogo — falou Mano. Ou melhor, ameaçou.

A porta do elevador se abriu no vigésimo quarto andar, e eu resmunguei comigo mesmo, ainda parado no lugar. Nem fodendo eu permitiria que meu irmão fosse ao apartamento da Holly fazer qualquer confissão.

Subimos até o vigésimo quinto andar, e Mano correu para o apartamento dela.

— Como você sabe onde ela mora? — perguntei.

— Ué, nós somos amigos, seu cabeça dura. A Holly fez biscoitos para mim na semana passada, e eu vim até aqui pegar com ela.

O quê? Ela fez biscoitos para ele? Como assim?

Senti uma pontada de ciúme.

Eu queria os biscoitos da Holly.

Aposto que os biscoitos dela eram quentes, úmidos, deliciosos e derreteriam na minha boca.

Bufei e tentei agir como se não fosse um cara esquisito com ciúmes das delícias assadas que meu irmão mais novo estava ganhando da Holly.

Antes de Mano bater à porta, ele olhou para mim, meio preocupado.

— Ei, antes de continuarmos, preciso desabafar.

— O que é?

— É meio sério — disse ele, esfregando o pescoço.

Fiquei preocupado e coloquei a mão em seu ombro.

— Você está bem?

— Sim, sim. Estou bem. Sinto que estamos um pouco desconectados ultimamente.

— Do que você está falando?

— Está na cara que você acha que precisa esconder os seus livros eróticos de mim. Não precisa ficar com vergonha. Se você quiser ler sobre paus latejantes, coxas trêmulas e alienígenas trepando, faça isso, Kai. Entre a gente não há julgamento.

Eu o empurrei, e ele riu ao ser derrubado no chão.

Ele se levantou, ainda rindo da própria piada. Levou um segundo para se recompor, então bateu à porta.

Eu estaria mentindo se dissesse que uma parte de mim não tinha esperança de ver Holly. Eu não a via pessoalmente fazia dois dias, e estava começando a sentir saudade dela. Eu queria perguntar como ela estava. Queria perguntar como tinha sido seu dia. Queria perguntar quando o terceiro livro da série *Selvagem* seria lançado, depois daquela maldita cena final.

Havia muitas coisas que eu queria perguntar àquela mulher, mas a realidade deu as caras quando a porta se abriu.

— Oi? — disse uma voz rouca.

Não era a voz da Holly.

— Ai, merda — disse Mano, atônito ao ver Matthew parado ali.

— Olha a boca! — murmurei, silenciosamente dizendo "Ai, merda" na minha cabeça.

— Desculpe, estou procurando a Holly — explicou Mano, tentando manter a calma.

— Ela está no banheiro. Já deve estar saindo...

— Ei, pessoal — disse Holly, saindo do banheiro e nos vendo parados à porta. Eu me senti um completo idiota por interromper o encontro. Ela sorriu e apontou para Mano e para mim, antes de olhar para Matthew. — São dois amigos meus, Matthew. Eles moram no andar de baixo.

Amigos.

Eu estava oficialmente na zona da amizade.

— Prazer em conhecer vocês — disse Matthew, com um sorriso sincero. Eu queria socar aquele ego presunçoso enquanto zombava dele em minha mente.

Prazer em conhecer vocês.

Cale a boca, Matthew.

O som de sua voz parecia giz arranhando a lousa. Eu me perguntava se Holly ficaria chateada se eu desse um soco na garganta dele. Apenas o nó de alguns dedos da mão direita na jugular dele. Eu não gostava do cara e não tinha nenhum motivo real para ter tanta implicância com ele. Não o conhecia, mas nunca havia conhecido ninguém que me irritasse tanto quanto ele. Ficava revoltado com o simples fato de ele existir. Pelas histórias que Holly me contava, ele era perfeito, o que significava que tinha de haver algo de errado com o cara. Ninguém era tão bom assim. Isso ou meu ciúme atingia o nível máximo quando se tratava de Matthew.

Estalidos foram ouvidos dentro do apartamento, e Matthew deu um pulinho meio irritante.

— Ai, poxa! Vou deixar vocês conversarem. Tenho de tirar a pipoca do fogo antes que a cozinha vire uma bagunça. Foi ótimo conhecer vocês — disse ele, enquanto corria para a cozinha.

— O que está acontecendo? — perguntou Holly a nós dois.

— Nada. Desculpe interromper, é que o Mano estava determinado a te convidar para assistir ao jogo de futebol dele na sexta-feira — expliquei, pigarreando. — Mas já vimos que você está ocupada, então vá em frente e entrete...

— Vou jogar como quarterback — interrompeu-me Mano. — Começo nessa sexta.

— O quê?! — exclamamos Holly e eu ao mesmo tempo.

— Está brincando! Cara, por que você não me disse que era sua estreia? Isso é demais! — exclamei. Eu era o maior fã do meu irmão? Com certeza. Mas ele tinha experiência de jogo no campo? Não mesmo. Aquilo era muito importante. Eu dei um soco no braço dele de brincadeira. — Caraca, Mano!

— Ah, não é nada de mais. — Mano ficou vermelho, tímido, e começou a dar de ombros. Ele estava animado com a novidade.

— Nem morta eu perco esse jogo — declarou Holly e, porra, eu gostava dela.

Gostava tanto que senti um calorzinho no peito quando ouvi que ela estaria lá para dar apoio ao meu irmãozinho. Meu coração batia cada vez mais rápido enquanto eu olhava para ela, para seu rosto e sua boca... aquela boca...

Eu não conseguia acreditar que Matthew tinha permissão para beijar aqueles lábios sempre que queria, aquele desgraçado sortudo.

Mano abriu um sorriso radiante.

— Sério?

— Claro, com certeza — respondeu Holly.

— Ah, uau! Ok. Vai ser a noite da camisa oficial e, como jogamos em casa, a ideia é pedir a alguém na torcida que vista nosso segundo uniforme. Eu adoraria que você usasse o meu.

Os olhos de Holly brilhavam de emoção, suas mãos junto ao peito.

— Ai, meu Deus, Mano! Eu ficaria honrada. — Ela o puxou para um abraço e segurou firme. Foi a segunda vez que tive ciúme de Mano. Primeiro, ele ganhou biscoitos de Holly, e agora recebia seu abraço.

— Ótimo. Não vamos mais encher o seu saco hoje. Trago a camisa amanhã para você vestir — disse Mano a ela.

Holly secou as poucas lágrimas de seu rosto. Ela se emocionava com muita facilidade, mas eu curtia aquilo. Gostava de tudo nela.

Ela encarou meu irmão uma última vez.

— Estou orgulhosa de você, Mano.

Eu sempre dizia aquelas palavras para ele, mas pude perceber que fazia bem a ele ouvi-las de alguém que não fosse seu irmão.

— Obrigado, Holly. Tenha uma boa noite — agradeceu-lhe Mano.

Holly então se virou para mim e sorriu. Seu sorriso estava cheio de um calor em que eu gostaria de poder me aconchegar. E, naquele momento, descobri que as pessoas podiam parecer raios de sol.

Balancei a cabeça e pigarreei.

— Boa noite, Holly.

— Boa noite — respondeu ela. — A propósito... Kai. Gostei da sua camisa. Verde-floresta fica bem em você.

Olhei para minha camisa e balancei a cabeça de leve, tentando esconder minha alegria com aquele elogio. Precisaria de todas as minhas forças para não usar verde-floresta pelo restante da semana, na esperança de que Holly aprovasse.

Merda.

Eu estava oficialmente apaixonado por uma mulher que apresentei a outro homem.

— Vejo você no jogo — falei depressa, enquanto corria para o elevador, e antes que Holly pudesse perceber quanto suas palavras haviam me afetado.

Mano me encontrou à porta do elevador, e nós ficamos esperando, em silêncio, que este chegasse. Quando isso aconteceu, entramos no elevador e Mano apertou o número vinte e quatro.

— Então esse é o Matthew? — perguntou ele.

Assenti.

— É.

— Ele é bonito.

— Nem acho isso tudo — rosnei.

Ele me deu um tapinha nas costas.

— Meus pêsames, Kai.

— Pêsames? Pelo quê? Ninguém morreu.

— Sua chance de conseguir a Holly acabou de ir pelo ralo. Sei quanto você gosta dela, mas, caramba, o cara é boa-pinta.

Resmunguei, me arrastando até nosso apartamento, sem querer falar mais no assunto.

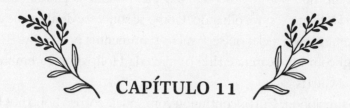

CAPÍTULO 11

Kai

— O número onze fica bem em você — comentei com Holly, quando ela me encontrou na entrada do nosso prédio. Ela apareceu com um grande sorriso no rosto e fez uma pirueta. Estava um pouco mais frio nos últimos dias, então ela usava um moletom sob a camisa do time para se manter mais aquecida.

— Não vou mentir. Estou muito animada.

— Eu também. Nunca vi o Mano em campo. Sei que ele deve estar nervoso, mas é um garoto talentoso. Estou feliz que tenha a chance de mostrar suas habilidades hoje.

— Você o ama de verdade, né?

— Ele é a melhor coisa que já me aconteceu na vida. — Segurei a porta de entrada do prédio para ela. — Vou chamar um táxi rapidinho.

Ela assentiu.

Cumprimentamos Curtis do lado de fora do prédio, e ele abriu um grande sorriso para nós.

— Bem, vejam só! Se não são os dois arqui-inimigos fazendo amizade — brincou.

Dei uma risadinha.

— Muita coisa pode mudar em poucas semanas.

Holly ficou na ponta dos pés e passou um braço pelo meu pescoço.

— Sim, somos praticamente melhores amigos agora.

Pare de me rotular como amigo, Holly.

— Bem, que bonito ver essa amizade. — Curtis piscou para mim quando Holly não estava olhando. Como se soubesse de algo que eu não havia comunicado a ele, ou seja, meus sentimentos por Holly.

Reagi com uma careta e tirei o braço da Holly do meu ombro para despistar Curtis.

Não funcionou. Curtis continuou com aquele sorriso bobo nos lábios. Eu me esforcei ao máximo para não pensar demais naquilo enquanto chamava um táxi. Entramos no carro e fomos torcer pelos Wolverines. Embora estivéssemos torcendo sobretudo por Mano.

Holly não cabia em si de tanta animação quando nos aproximamos das arquibancadas do estádio, levando pipocas e nachos.

— Estou tão animada! Nunca vim a um jogo de futebol! — exclamou Holly, batendo palmas com entusiasmo.

Aquela mulher se divertia com muita facilidade, e eu amava essa característica dela. Eu amava tantas características dela.

— Sério? Nem quando estava no ensino médio?

— Não. Meu irmão mais novo e eu éramos mais artísticos no ensino médio. Meu pai teria adorado se curtíssemos esportes, mas não era nossa praia, com exceção de tae kwon do. Mas acabamos abrindo nossos próprios negócios, então nossos pais ficaram muito satisfeitos.

— Como o seu irmão se chama? O que ele faz?

— Alec. Ele é um empresário muito bem-sucedido. Fundou uma empresa de segurança que utiliza tecnologia superavançada. E quando digo bem-sucedido, estou me referindo a uma escala de sucesso nível gênio.

— Seus pais devem ter muito orgulho de vocês dois.

— Eles têm, mas também são do tipo que teriam ficado orgulhosos independentemente dos caminhos que escolhêssemos, desde que fôssemos felizes.

— Eles parecem ótimos pais.

— Eu tive sorte. — Ela jogou um nacho com queijo na boca. — E quanto a você? Seus pais têm orgulho do seu sucesso?

Bufei, dando de ombros.

— Não sei e não me importo.

— Vocês não se dão bem? Mano sempre me passa a impressão de ter uma boa relação com seus pais.

— Ele tem. Não temos os mesmos pais.

Os olhos de Holly se arregalaram.

— Ai, foi mal, eu pensei...

— Não. Temos os mesmos pais, mas não temos, no sentido de que tivemos diferentes estilos de criação. Mano teve o melhor. Eu fiquei com o pior. Praticamente me criei sozinho. — Apontei para o campo de futebol. — Eu adoraria vestir um uniforme e jogar futebol, mas nunca tive a chance de fazer isso. Fui largado por conta própria, e a ideia de praticar esportes depois da escola, naquela época, parecia um sonho distante.

Eu nunca tinha notado que os olhos de Holly podiam parecer tão tristes até aquele momento.

— Não chore — pedi a ela.

— Não vou chorar — mentiu ela, enxugando uma lágrima. — É triste.

— É o que é. — Dei de ombros. — Já me conformei com isso.

— Sim, mas... — Ela suspirou e balançou a cabeça. — Aquele garotinho devia ter podido jogar futebol quando criança. Você devia ter tido a oportunidade de usar a própria camisa.

— Juro para você que está tudo bem.

— Mano disse que vai para o Havaí no Dia de Ação de Graças. O que você vai fazer quando ele estiver viajando?

— Ficar em casa, vendo futebol.

— O quê? Não. Você não pode passar o Dia de Ação de Graças sozinho.

— É o que eu tenho feito nos últimos anos. Fico bem sozinho. Fico satisfeito sozinho. — Eu a fitei, depois voltei o olhar para o campo. — Holly, pare de chorar.

— Eu não estou chorando! — mentiu ela novamente, enxugando os olhos mais uma vez. — Pensar em você sozinho no Dia de Ação de Graças me parte o coração.

— Eu gosto de ficar sozinho.

— Não, você não gosta — argumentou ela. — Você se acostumou a ficar sozinho.

Estava prestes a falar qualquer coisa para aliviar o tom daquela conversa, quando vi o cuidado, a preocupação e o amor em seus olhos, então senti meu coração começar a bater como não fazia havia anos.

— Não faça isso, Holly — sussurrei, entrelaçando minhas mãos no colo.

— O que eu não posso fazer?

— Ler as partes do meu livro que não compartilho com as pessoas.

— É um bom livro, Kai. Eu gostaria que você me deixasse ler tudo.

Fiz uma careta, mas senti uma onda de eletricidade percorrer meu corpo. Olhei para o campo mais uma vez, porque olhar nos olhos dela estava sendo algo muito intenso naquele momento. Senti uma torrente de emoções que não havia sentido antes, desde Penelope. Aquilo por si só já me assustou.

— Meu livro tem muitos capítulos sombrios — confessei.

— Todo livro tem.

Dei uma risada.

— Duvido que o seu tenha.

Vi a mudança em sua postura pelo canto do olho. Sua atitude ficou diferente. Ela parecia triste. Eu me virei para encará-la, sem saber o que tinha feito ou dito.

— O que foi? — perguntei, ciente de sua mudança repentina. — Você está bem?

— Sim, estou bem. É que... todos nós temos capítulos difíceis. Mas isso não significa que o livro não valha a pena ser lido.

— Holly?

— Sim?

— Obrigado por esbarrar em mim no saguão há algumas semanas.

— De nada. — Sua suavidade começou a retornar quando ela assentiu e voltou sua atenção para o jogo. — Mas só para deixar claro... foi você quem esbarrou em mim.

A conversa que se seguiu foi mais leve e fácil e envolvia nós dois gritando muito o nome de Mano. Ele estava arrasando em campo. Sempre que olhava para a arquibancada, dava de cara comigo e com Holly pulando como idiotas, torcendo por ele. Eu tinha muito orgulho do meu irmão.

— Ele é ótimo! — exclamou Holly.

— Ele é ótimo! — concordei, repetindo as palavras dela.

O jogo estava para lá de emocionante. Os dois times eram bons, tinham grandes jogadores, mas Mano era a estrela da noite. Quando ele esquadrinhou o campo à procura de alguém para quem pudesse passar a bola, com o relógio em contagem regressiva para o final do terceiro quarto, recorreu ao seu raciocínio rápido para resolver a questão. Ninguém parecia disponível, então ele resolveu arriscar e arremessou a bola ao longo do campo, marcando um touchdown.

Um touchdown de Mano Kane! Eu me levantei. A felicidade era tanta que parecia que eu ia explodir.

— Aquilo foi um home run?! — perguntou Holly, pulando junto comigo.

Olhei para ela e não pude conter uma risada. Ela não tinha ideia do que estava acontecendo no campo. Só batia palmas quando todos ao seu redor aplaudiam, e vaiava quando os outros vaiavam.

— Foi um touchdown — eu a corrigi.

Ela torceu o nariz.

— Foi isso que eu quis dizer.

— Certo, Ho Ho Holly, certo.

Seus olhos dispararam para mim.

— Do que você me chamou?

— Ho Ho Holly. Desculpe. É brega, mas você sempre parece tão... sei lá. Animada. Sua alegria brilha. Escapuliu.

— Gostei.

— Então vou chamar você assim de vez em quando. Mas não com muita frequência. Só quando merecer — brinquei.

— Provavelmente sempre vou merecer — afirmou ela, com petulância. — Você sabe, quando uma pessoa começa a dar apelidos à outra, significa que uma amizade está florescendo — comentou.

— Primeiro um jeito de se conhecer horrorível e agora uma amizade.

— Acho que é isso que se chama amadurecer.

— Você viu aquele touchdown?! — explodiu Mano pela milésima vez naquela noite.

Holly, Mano e eu fomos para o restaurante depois do jogo tomar uns drinques para comemorar — não alcoólicos para o jovem — e pedimos pizza. Ayumu teria ficado puto se soubesse que levei comida de fora para o restaurante, mas a ignorância é uma bênção.

— Ah, nós vimos o touchdown vencedor — respondi, orgulhoso como sempre. Mano jogou como se estivesse no Super Bowl. Outras pessoas também notaram isso. Era como se ele, enfim, tivesse ganhado a chance de provar suas habilidades. E soube aproveitar a oportunidade.

— O treinador quer que eu comece no próximo jogo também — disse ele.

— Ele seria louco se não quisesse — comentou Holly. — Você é uma estrela, Mano.

Mano fez um gesto de indiferença.

— Você sabe o que dizem. Futebol é um esporte coletivo... Sem migo o time joga bem, mas comigo joga melhor! — gritou ele, animado, flexionando os músculos.

Ele era o garoto mais dramático que eu já tinha visto, mas eu adorava aquela autoconfiança. Queria ter acreditado em mim assim quando era criança.

O telefone de Holly apitou, e ela deu uma olhada na tela. Um pequeno sorriso se abriu em seus lábios quando o pegou para responder a mensagem. Um jorro de ciúme embrulhou meu estômago, e estreitei os olhos.

— Matthew? — perguntei.

— É. Ele está só querendo saber se está tudo bem. — O sorriso no rosto era irritante, porque era destinado a outra pessoa que não eu. Agora eu entendia por que as pessoas diziam que amor rimava com dor...

Pelo menos eu ainda tinha coração. Por alguns anos, pensei que ele estivesse morto em meu peito.

Holly se levantou de seu banquinho.

— É melhor eu ir embora. Estou me sentindo meio inspirada para escrever depois desse jogo.

— Se for escrever um romance sobre um jogador de futebol, vai ter de batizar o herói de Mano — disse meu irmão, apontando para Holly.

— Não prometo nada! — Ela riu.

— Nós acompanhamos você. Já está escuro para você andar por aí sozinha — falei para Holly, fechando a caixa da pizza e colocando nossos copos na pia.

— Só vou andar um quarteirão — argumentou Holly.

— Que tipo de homens nós seríamos se deixássemos uma mulher bonita ir sozinha para casa? — disse Mano, entrando na conversa. Ele estendeu o braço para Holly, que o aceitou. Suave, irmão.

Seguimos para o condomínio, Holly de braço dado com Mano, enquanto eu carregava a caixa de pizza seguindo atrás dos dois. Quando chegamos ao elevador, subimos. Holly ergueu os braços para tirar a camisa de Mano, e seu moletom subiu um pouco, deixando à mostra sua cintura. Quem diria que aquilo seria o bastante para fazer meu pau latejar levemente.

— Boa noite, meninos — disse Holly, quando paramos no vigésimo quarto andar.

— Boa noite, Holly. Mais uma vez, obrigado por usar a minha camisa — declarou Mano.

— Durma bem — falei. — Depois de escrever tudo o que tem para escrever.

— Tá bom — respondeu ela, enquanto eu saía do elevador.

Mano e eu seguimos até nosso apartamento e, enquanto eu tateava em busca das chaves, ele sorriu para mim.

— Sabe de uma coisa, Kai? Acho que eu estava errado sobre o Matthew. Talvez você ainda tenha uma chance nessa coisa toda, porque eu a flagrei algumas vezes, quando você não estava olhando.
— Você a flagrou fazendo o quê?
— Olhando para você.

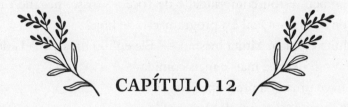

CAPÍTULO 12

Kai

Na manhã do Dia de Ação de Graças, eu estava tentando de tudo para não me sentir tão solitário, então pensei em fazer uma faxina meticulosa no meu apartamento e uma série de exercícios mais longa que o normal.

Antes de descer para começar meu treino, Mano me chamou pelo FaceTime, e eu atendi imediatamente.

— Feliz Dia de Ação de Graças, irmão! — disse ele, todo feliz, sorrindo de orelha a orelha enquanto segurava um prato de fiambre e ovos mexidos. Se havia uma coisa que Mano sempre fazia era me ligar a cada feriado para garantir que eu não chafurdasse na fossa. — Como você está?

— Estou bem, está tudo bem. Feliz Dia de Ação de Graças. Como estão as coisas aí no Havaí?

Ele girou o celular para que a câmera pegasse o oceano do lado de fora da janela. A casa dos meus pais no arquipélago era incrível. Mano cresceu naquela casa. Deve ter sido o máximo acordar com aquela vista. Ou, melhor ainda, surfar com o meu pai, como ele fez com Mano a vida toda.

Sempre que eu via aquela casa, sentia certa mágoa. E odiava isso. Gostaria de conseguir superar o fato de ter sido criado de uma forma bem diferente da do meu irmão, mas aquela merda doía.

— Parece ótimo — comentei.

Ele virou a câmera de volta para seu rosto.

— Queria que você estivesse aqui, cara. Eu ia te ensinar a surfar. Sinto sua falta.

— Também estou com saudade de você — disse, pegando minha garrafa de água. — Qual é a programação de hoje?

— Muita comida. Muita mesmo. — Ele enfiou uma garfada de ovos na boca. — E depois, mais e mais comida.

— Parece uma boa programação.

— Você vai para a casa do Ayumu?

Ayumu me convidou para passar o Dia de Ação de Graças com ele e a família. Holly também me convidou para passar o feriado com a família dela, mas eu não queria parecer entrão, então não aceitei convite nenhum. Não queria pagar de cara patético que não tinha lugar para ir.

— Acho que vou ficar em casa e assar uma pizza congelada.

Mano franziu o cenho.

— Cara...

— Não comece — eu o repreendi, sabendo que ele ia ficar triste por mim. — Está tudo bem, eu estou bem. Estou indo malhar.

— É o Kai? — perguntou alguém.

Fiquei tenso na hora, ciente de que era mamãe. A expressão de desculpas que tomou o semblante de Mano quando ele percebeu que ela estava se aproximando foi visível.

— Está tudo bem — balbuciei e dei de ombros, embora a vontade fosse de desligar.

Mamãe apareceu na tela e gritou.

— Kai! O Mano disse que você não vinha porque tinha que trabalhar. Não parece que você está trabalhando. Parece que está indo para a academia.

— Malhar é uma forma de trabalho — rebati secamente.

— Você não vai desejar um feliz Dia de Ação de Graças para a sua mãe? — insistiu ela. Em seguida, veio a choradeira, assim como a chantagem emocional. — Não entendo por que você não pode vir nos visitar. Nós somos sua família. Seu pai e eu estamos ficando velhos. Você sabia que ele deu um jeito na coluna outro dia?

— Não, mãe. Eu não sabia.

— Isso porque você nunca liga para nós nem atende nossas ligações. — Lágrimas escorriam por seu rosto, e eu podia ver Mano se encolhendo ao fundo, enquanto mamãe continuava seu discurso retórico. — Quando fomos passar um fim de semana em Chicago, você nem foi ver a gente.

— Eu estava ocupado.

— Se está ocupado demais para a sua família, não merece ter uma.

Aquilo magoou lá no fundo. Ela e papai estavam sempre muito ocupados para mim quando eu era criança. Eles não me mereciam. Além disso, eu dava apoio à minha família, sim. Mano era minha família; quando ele precisava de alguma coisa, eu estava bem ali ao seu lado.

— Escute, mãe, tenho que desligar, ok? A gente se fala depois. Espero que o papai esteja bem agora. — Era verdade mesmo. Muito embora eu não quisesse um relacionamento estreito com meus pais, não lhes desejava nenhum mal.

Nunca entendi essa mania de ir para a casa dos pais nas festas de fim de ano, quando se tratava de um lar desfeito. Era como ser um cervo na cova de um leão, na qual se entrou de propósito. Se eu voltasse para casa, meus pais iriam me culpar de algum jeito pela minha péssima infância e se isentar de qualquer responsabilidade.

Eu não precisava fazer aquilo comigo. Preferia ficar sozinho com minha sanidade. Três minutos ao telefone com minha mãe já eram demais para mim.

Acenei um adeus para Mano ao fundo e desliguei. Segundos depois, meu celular apitou.

MANO
Foi mal. Pensei que ela estivesse do outro lado da casa.

KAI
Não precisa se desculpar. Te amo, irmãozinho.

MANO

> Também te amo, irmãozão.

Fui para a academia do condomínio a fim de treinar. Levantar peso parecia a melhor opção para mim naquele momento. Assim podia sacudir a ansiedade que mamãe havia jogado em meus ombros. Quando terminei o treino, voltei para meu apartamento e entrei no banho. Depois, comecei a faxina na casa. Acendi algumas velas e coloquei uma música para me distrair da solidão. Por volta das seis, bateram à porta e fui ver quem era.

— Feliz Dia de Ação de Graças! — declarou Holly, com três potes Tupperware nas mãos e uma torta inteira em cima deles.

— O que você está fazendo aqui? — perguntei, chocado ao vê-la.

— Ah, feliz Dia de Ação de Graças para você também, Holly! Entre! Puxa, obrigada, Kai — ironizou ela, passando por mim ao entrar.

Atordoado, fechei a porta depois que Holly entrou e a observei seguir direto para a cozinha. Ela começou a vasculhar meus armários e pegou alguns pratos.

— É pizza congelada esse cheiro que estou sentindo? — perguntou ela, enquanto abria o Tupperware.

— É, e está quase pronta. — Fui tirar a pizza do forno e, ao passar pela bancada, meus olhos foram direto para a deliciosa comida à mostra. — Mas sempre posso deixar a pizza para amanhã.

Holly sorriu.

— Bem pensado. Minha mãe é a melhor cozinheira do Centro-Oeste, com sua comida soul. Você não vai se decepcionar. Ela assou uma torta de pêssego a mais para você. Vou preparar um prato rápido para você, aí a gente assiste ao futebol. Ainda está passando futebol? Como assim tem jogo no Dia de Ação de Graças? Para qual time vamos torcer? — Holly falou tudo aquilo enquanto arrumava um prato para mim e o enfiava no micro-ondas. Depois, abriu algumas gavetas até encontrar minhas luvas de cozinha, então pegou a pizza e a colocou em cima do fogão.

— Holly.

— Oi?

— O que você está fazendo aqui?

Ela se virou para mim e sorriu.

— Estou aqui para o jantar de Ação de Graças com você.

— Mas a sua família...

— Minha família entende, e eu passei a noite com eles ontem. E nós almoçamos mais cedo hoje, lá pelas duas da tarde. Vou passar cinco dias com a minha família no Natal. Alec nem estava lá este ano. Foi para a casa do namorado. Eles não vão nem sentir minha falta, pode acreditar. Meu pai provavelmente já está roncando na poltrona reclinável dele.

— Você dirigiu durante horas só para jantar comigo?

— Claro, Kai. Nós somos amigos. Amigos não deixam amigos passarem o Dia de Ação de Graças sozinhos.

Ah.

Merda.

Eu gostava dela.

Eu gostava tanto dela que ficava até assustado.

Ela apontou para a mesa da sala de jantar.

— Sente-se ali.

— Eu deveria estar servindo você — argumentei.

Ela balançou a cabeça e apontou para a mesa novamente.

— Sente-se ali.

Fiz o que ela mandou, porque algo me dizia que ela não ia desistir. Quando o micro-ondas apitou, ela colocou o prato na minha frente.

— Pode comer. Vou esquentar o meu.

— Holly?

— Oi?

Abri a boca para falar, mas nenhuma palavra saiu. Em vez disso, eu me aproximei dela e a envolvi nos braços. Ela me abraçou também, e minha vontade era de ficar naquele abraço para sempre.

— Obrigado por ter vindo — sussurrei.

— Você não precisa mais ficar sozinho. Moro a um andar de distância.

Nós nos sentamos e comemos juntos. Foi de longe uma das melhores refeições que já fiz na vida. A conversa também foi boa. Holly me fazia rir das coisas mais aleatórias. Havia muito tempo que eu não me sentia assim... que eu não ria sem parar. Depois do jantar, pegamos a fôrma de torta e dois garfos e fomos até a sala de estar para assistir ao futebol. Nós nos sentamos lado a lado e começamos a comer a torta.

— Futebol é legal, eu gosto — disse Holly, olhando para a televisão.

— Não, você não gosta! — Soltei uma risada.

— Não, não gosto, mas gosto do fato de você gostar.

— Quais são suas tradições durante as festas de fim de ano?

— Bem, em geral, a noite de Ação de Graças é o começo da temporada de Natal para mim. Muitas vezes, monto minha árvore e tomo meu eggnog enquanto assisto à minha primeira comédia romântica de Natal.

Semicerrei os olhos.

— Bem, eu não posso decorar minha árvore sem o Mano, senão ele me mata. Mas podemos assistir a uma comédia romântica de Natal.

Ela se sentou mais ereta.

— Você assistiria a uma comédia romântica de Natal comigo?

— Com certeza. Por que não?

Holly franziu as sobrancelhas.

— Esses filmes são sempre muito melosos. E é por isso que gosto. Quanto mais brega, melhor.

— Adoro um bom xarope de bordo — respondi e, ao ouvir o que eu disse, Holly olhou para mim, impassível. — Foi uma piada melosa.

Ela balançou a cabeça.

— Não foi boa. É melhor você continuar com as suas caretas. Você é melhor careteiro do que piadista.

Sorri com ironia.

— Eu te odeio.

— Não importa. Sou sua verruga de bruxa favorita.

Isso eu não podia negar.

Antes que eu conseguisse responder, o telefone de Holly apitou, e vi o nome de Matthew na tela. Ela foi rápida em responder. Eu me senti meio desconfortável, mas, por outro lado, não tinha o direito de me sentir incomodado. Além disso, queria que ela fosse feliz, no fim das contas.

Depois que ela respondeu, colocou o celular virado para baixo na mesa de centro e voltou a comer a torta.

— Tudo bem? — perguntei, apontando para o celular dela. — Com o Matthew.

— Está tudo bem. Ele aceitou passar o Natal comigo, o que é incrível.

Merda. Uma parte de mim tinha esperança de que ele não fosse, para que eu pudesse ser o acompanhante de Holly. Nós nunca tínhamos falado sobre isso, mas eu andava pensando no assunto nas últimas semanas.

— Que bom — menti.

Ela se virou para mim e pousou o garfo na forma da torta.

— Acho que eu gosto dele, Kai.

— Era de esperar.

— Não, acho que gosto dele de verdade. É por isso que, no nosso décimo encontro, quero levá-lo ao Mano's para você observar as nossas interações.

— O quê?

— Às vezes não percebo alguma característica ruim nas pessoas, mas acho que Matthew não tem nada de ruim. Além disso, ainda não transamos, nem quero fazer isso até ter certeza de que ele está tão envolvido quanto eu.

Eles ainda não tinham transado.

Não sei dizer por que, mas aquilo me deu certo conforto.

— Você quer que eu analise a situação?

— Sim. Quero que você seja meus óculos nada cor-de-rosa. Um choque de realidade, se um choque de realidade for necessário.

— Você sabe que eu posso acabar sendo um babaca, não sabe? Vou te dizer a verdade.

— Ótimo. É justamente disso que eu preciso. — Ela pegou a torta das minhas mãos, colocou-a na mesa de centro e se virou para mim.

Então ajeitou o cabelo atrás das orelhas. — Era para eu ter me casado no último Natal.

— Para de brincadeira.

— No dia do casamento, o meu noivo não se calou para sempre e me largou na frente de trezentas pessoas.

— O quê? Ele disse que tinha algo contra a união de vocês?

— Muito pior que isso. E é daí que vêm os meus problemas de confiança. Isso mexeu muito com a minha cabeça. O timing não poderia ter sido pior. Desde então, tenho essa ideia maluca de que sou um passatempo para os homens.

— Como assim?

— Sou a garota que os caras querem por um tempo até encontrarem o seu "para sempre". Sou a garota que faz com que eles se lembrem de que podem ter alguém melhor.

— Você não é passatempo nenhum, Holly.

Ela deu de ombros.

— Estou tentando não ser mais. Preciso de você para me garantir que Matthew é o cara certo para mim.

— Posso fazer isso, se você quiser.

— Quero. Obrigada. Quer dizer, acho que ele realmente gosta de mim, mas, por outro lado, vejo tudo por óculos cor-de-rosa, sabe? Bom, achei que, a essa altura, estaria casada com o meu ex. Então o meu julgamento não é lá muito bom.

Assenti, compreendendo tudo. Eu também sabia como era julgar um relacionamento de modo equivocado.

— Posso fazer isso por você, sem problemas.

— Obrigada. Agora... — Ela suspirou e abriu um sorriso radiante. — Vamos colocar uma comédia romântica de Natal?

Depois do feriado de ação de graças, Holly me deixou em um estado natural de euforia. Fui trabalhar nos dias seguintes mais bem-humorado do que de costume. Era naquela noite que Holly levaria Matthew ao restaurante para que eu pudesse dar minha opinião sobre os dois. Eu não estava muito empolgado com a missão e tinha uma leve esperança de que Matthew acabasse fodendo com tudo de alguma forma. Se ele fosse um babaca, eu ficaria muito feliz.

Quando estava quase chegando ao restaurante, já que tinha ficado de abrir para a noite, parei de repente ao dar de cara com uma pessoa em frente ao Mano's.

Ela se virou para mim e parecia tão chocada em me ver quanto eu a ela. Ela segurava um envelope pardo nas mãos trêmulas.

— Kai — disse. — Oi.

Minha mente estava em um turbilhão. Era como se eu tivesse acabado de mergulhar em um pesadelo, depois de dias em meio aos melhores sonhos. Fiquei até enjoado. Eu me aproximei com cautela, sem saber o que pensar daquela visita.

— O que você está fazendo aqui, Penelope?

— Desculpe. Tentei te ligar, mas não consegui falar com você — explicou ela.

— Mudei meu número de telefone.

— Certo. Sim. Bem, acabei lendo sobre o restaurante na internet e, bom... — Penelope olhou para o restaurante e depois para mim. — Você e o Ayumu conseguiram, hein? Abriram o restaurante. Que incrível, Kai. Estou muito orgulhosa de você.

Dane-se seu orgulho.

Eu não precisava dele.

— O que você está fazendo aqui, Penelope? — repeti.

Eu não a via tinha mais de dois anos. Ela evaporou da minha vida como se nunca tivesse existido. Não consegui localizá-la, embora tivesse tentado rastrear o paradeiro dela por alguns meses. Fiz de tudo para encontrá-la, mas não tive sucesso.

No entanto, ali estava ela. Bem na minha frente, agora, segurando um envelope.

— Você parece muito bem, Kai — comentou, me olhando de cima a baixo. — Você está incrível. Uau! Amei a barba.

— O que você está fazendo aqui? — perguntei de novo, daquela vez ainda mais frio que antes.

— Achei que estava na hora de te entregar isso. — Ela pigarreou e estendeu o envelope para mim. — A papelada do divórcio.

Três anos antes

Penelope estava dormindo havia algumas horas; tinha ficado enjoada depois da última sessão de quimioterapia. Eu não havia saído do seu lado, para o caso de ela precisar de mim. Eu não dormia quando Penelope fazia quimioterapia, porque ela vinha tendo reações bem adversas ultimamente. Em vez disso, ficava na cama com a luz acesa, lendo.

Cada vez que ela se mexia, eu ligava o alerta. Odiava vê-la sentindo tanta dor. Odiava ver seu pequeno corpo encolhendo a cada dia. Odiava o fato de estar tão cansada. Queria poder trocar de lugar com ela. Gostaria de poder arrancar toda a sua dor e transferi-la para o meu corpo.

Por volta da meia-noite, o celular dela apitou na mesinha de cabeceira. Não desconfiei de nada até que começou a tocar sem parar, exibindo várias mensagens.

Nunca fui de olhar o celular da minha mulher, nós não tínhamos esse tipo de hábito. No entanto, eu sabia que a mãe dela queria notícias sobre a consulta médica daquele dia, e a ideia de obrigá-la a ficar acordada até tarde da noite esperando notícias me fez sentir culpado, então peguei o celular de Penelope para responder.

Mas acabei encontrando mensagens de outra pessoa.

LANCE

> Como você está se sentindo?

> Sinto sua falta, Pen. Liga para mim. Estou preocupado.

> Eu devia estar cuidando de você, não ele.

Meu estômago embrulhou quando li aquilo.

Quem era esse tal de Lance?

Sem pensar duas vezes, comecei a ler toda a troca de mensagens dos dois. Havia muitos monólogos de Lance, enviados nos últimos meses. Parecia que Penelope não estava dando muita ideia para ele. Mas, quanto mais eu ia lendo as mensagens, mais óbvio ficava que havia algo entre eles. Apenas quatro meses atrás, antes do diagnóstico de câncer, Penelope respondia a todas as mensagens desse tal de Lance.

PENELOPE

> Não posso falar agora. Kai está comigo.

LANCE

> Ok. Me dê um toque quando puder.

PENELOPE

> Pode deixar.

LANCE

> Eu te amo, Pen. Mal posso esperar para que você volte para mim. Mal posso esperar para te abraçar.

PENELOPE
> Também te amo.

    Meu peito estava em brasa, e eu não conseguia enxergar com a visão embaçada. As mensagens datavam de nove meses antes. Nove meses de infidelidade. Nove meses de mentiras. Nove meses de traição.

    Eu queria gritar. Queria xingar Penelope e explodir de raiva. Então olhei para ela deitada ao meu lado. Seu corpo parecia tão pequeno. Seu corpo estava tão exausto. Ela estava lutando pela vida, então não tive coragem de atacar.

    Em vez disso, coloquei o celular na mesa de cabeceira e fui para o banheiro. Tirei a roupa, entrei no banho e me permiti desmoronar em silêncio, enquanto minha esposa infiel travava a luta mais difícil de sua vida.

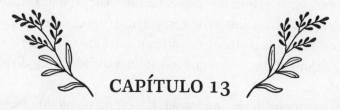

CAPÍTULO 13

Holly
Presente

— Você deve amar este restaurante — comentou Matthew, quando entramos no Mano's para nosso jantar. Eu havia feito reserva. — Você fala deste lugar o tempo todo.

— É o meu *Cheers* — expliquei.

— Ah, sim. Onde todos sabem o seu nome.

Eu me virei para ele com um brilho no olhar.

— Sim! Exatamente.

Ele pegou minha mão e me deu um beijo no rosto.

— Talvez um dia possa ser o nosso *Cheers*.

Meu coração pulou algumas batidas a ponto de eu ter de me esforçar para me lembrar de como respirar.

Minha noite com Matthew no Mano's correu melhor do que eu poderia imaginar. Estar com ele parecia muito natural para mim. Nós rimos, comemos pratos incríveis e a conversa fluiu com facilidade. Toda vez que olhava para Kai em busca de algum sinal de que ele aprovava o relacionamento, eu o flagrava carrancudo, o que me deixou um pouco apreensiva. Bom, talvez ele só estivesse de mau humor, pois alguns funcionários haviam tido uns contratempos com alguns pedidos. A energia do Mano's parecia meio estranha, mas pelo menos Matthew e eu estávamos no caminho certo.

Depois do jantar, Matthew me acompanhou até minha casa. Eu me despedi antes de ele entrar no táxi. Matthew precisava acordar cedo no dia seguinte, então, assim que estava fora de vista, voltei correndo para o restaurante com a intenção de compartilhar minha alegria com Kai. Desabei na almofada da banqueta do bar, sorrindo de orelha a orelha.

— Foi ótimo! Muito louco que tudo tenha corrido de modo perfeito. Você viu?

— Vi — respondeu ele, impassível. Kai estava no modo rabugento e, por mais que eu me esforçasse, não conseguia entender o porquê.

— Você está bem? Parece meio mal-humorado.

— Não estou mal-humorado — disparou ele.

Joguei as mãos para o alto.

— Está bem, está bem. Você não está mal-humorado. — Girando meu anel no dedo, perguntei, esperançosa: — Então... o que você achou do Matthew?

— Ele não é a pessoa certa para você — decretou Kai, sendo bem direto, quando estava na cara que não deveria ser assim tão direto.

Sentei-me mais ereta.

— O que você quer dizer com isso? Ele é perfeito para mim.

— Como assim?

— Ele gosta de contribuir com a comunidade.

— Ele dá aulas de natação de graça uma vez por semana na Associação Cristã para Rapazes. O que não o define como o Sr. Doador.

— Bem, ele gosta de cachorros — retruquei, tentando melhorar o clima. Aquela conversa não estava seguindo o rumo que eu havia previsto.

— Todo mundo gosta de cachorros. Hitler gostava de cachorros. Aonde você quer chegar?

Por que sentia que tinha sido transportada de volta à presença do Kai rude que conheci semanas antes?

— Ele sempre me liga quando diz que vai ligar. Isso mostra comprometimento!

Kai me lançou o olhar mais vazio de todos.

— Tente de novo. Além disso, ele é falso. "Talvez este possa ser o nosso *Cheers*" — ecoou Kai, sarcástico, revirando os olhos. — Dá um tempo.

Bufei e cruzei os braços.

— Você está de mau humor hoje. Eu não devia nem ter te perguntado nada.

— Você queria que eu fosse sincero sobre o Matthew, não queria?

— Queria. — *Mas não cruel.*

— Bem, esse sou eu sendo sincero, ok? Ele não é a pessoa certa para você. Supere. Volte à estaca zero.

— Por quê? — Deixei escapar. — Por que não ele? Por que você acha que ele não é o cara certo para mim?

Kai cruzou os braços sobre o peito largo, e seu olhar intenso fez com que eu sentisse um calafrio percorrer minha espinha.

— Porque ele te olha como se você não significasse nada.

— O quê? Não, ele não olha assim para mim.

— Sim, Ho Ho Holly, ele olha.

— Não me chame de Ho Ho Holly quando está sendo um babaca comigo.

— Você sabia que eu era um babaca desde o início. Não vamos agir como se isso fosse uma surpresa.

Meu coração se partiu ligeiramente com aquelas palavras.

— Pare com isso, Kai. Esse não é você. O que está acontecendo?

Por uma fração de segundo, eu vi... tristeza tremeluzindo naqueles olhos. Alguma coisa o corroía, e ele não estava compartilhando comigo. Eu precisava que ele me revelasse mais. Precisava que ele me deixasse ler seus capítulos difíceis, para que eu pudesse entender toda aquela crueldade.

— Não aconteceu nada — falou ele.

— Aconteceu, sim. E você pode me contar.

Ele desviou o olhar e pegou um pano para limpar a bancada.

— Voltando ao ponto, ele não é o homem certo para você.

— Por que não? E como assim ele me olha como se eu não significasse nada? — perguntei, ansiosa para chegar à raiz do problema. — Ele é doce e gentil e faz perguntas sobre mim. Quando eu falei para ele que queria ir devagar, ele me disse que esperaria o tempo necessário até que eu me sentisse confortável em sua companhia. Ele é o homem perfeito.

— Aí está o seu primeiro erro... não existe essa coisa de homem perfeito.

— Por que você está sendo tão negativo?

Ele passou a mão pelos cabelos e deu de ombros.

— Não estou sendo negativo, estou sendo realista. Ele pode dizer todas as coisas certas, mas às vezes não é sobre o que as pessoas dizem. É sobre como elas olham para você.

— E como ele olha para mim?

— Como se você fosse igual a todo mundo.

— O que isso quer dizer, afinal?

— Não sei. Estou só dizendo. Você merece alguém que te olhe diferente — resmungou Kai.

— E se isso não for para mim?

— Se isso o que não for para você?

— Alguém que me olhe como se eu fosse... mais do que nada. Ganho a vida escrevendo romances, mas não sou tão idiota a ponto de acreditar que homens de verdade dizem as coisas certas e que ficarão loucos por mim.

— Nossa, Holly. Não seja tão dramática. É óbvio que isso é para você. Só não é esse cara.

— Então quem é o cara? — perguntei.

Ele ficou calado.

Eu odiava o silêncio dele.

Pendurei a bolsa no ombro e a apertei contra meu corpo.

— Quer saber? Foi um erro pedir a sua ajuda. Não sei por que pensei que você seria gentil. Não sei por que pensei que havíamos nos tornado amigos nessas últimas semanas, obviamente eu estava enganada.

Lá estava de novo... aquele lampejo de tristeza nos olhos dele.

Qual é o problema, Kai? O que está acontecendo com você?

Esperei que ele dissesse algo, que falasse qualquer coisa. Qualquer coisa que explicasse por que ele estava agindo daquela maneira. Qualquer coisa que expressasse o motivo de ele estar tão estranho naquela noite.

Quando ele abriu a boca para falar, senti uma torrente de ansiedade me embrulhar o estômago. Esperei por suas palavras, um pedido de desculpas, uma explicação para o motivo de ele pensar que seria ok me tratar com tanta crueldade.

Em vez disso, ele falou:

— Você seria muito idiota se dormisse com aquele homem, já que ele não gosta de você. Por outro lado, seria coerente com suas antigas escolhas de vida.

Meu queixo.

Ele caiu.

Meu coração.

Ele se partiu.

— Vá se foder, Kai — gritei e saí do restaurante.

Fui para casa em um frenesi, e encontrei Mano no saguão do prédio. Ele estava saindo do elevador e olhou para mim parecendo preocupado.

— Holly, ei, o que aconteceu?

— Nada. Estou bem — respondi, me engasgando com minhas emoções. Em seguida, balancei a cabeça e forcei um sorriso, a fim de fazer com que as lágrimas parassem de cair. — Acho que o seu irmão está tendo um dia ruim. Talvez seja melhor você perguntar para ele o que está acontecendo.

Eu ainda me importava. Ainda me importava com os sentimentos, as mágoas e as lutas de Kai, mesmo ele deixando óbvio que não se importava com o que eu sentia. Afeto não era como uma torneira. Eu não seria capaz de simplesmente fechar o jorro de sentimentos por Kai só porque ele me disse algumas palavras ofensivas.

Às vezes eu desejava que nossas emoções fossem como torneiras. Algo que pudéssemos abrir e fechar à vontade.

— O que ele fez? — perguntou Mano, preocupado. Suas narinas se dilataram conforme sua raiva ganhava forma.

— Nada. Está tudo bem. Acabamos de ter uma pequena discussão.

— Ele magoou você?

Continuei sorrindo, mas lágrimas rolaram pelo meu rosto enquanto eu balançava a cabeça.

— Eu vou ficar bem.

Mano tentou me consolar, mas levantei a mão e balancei a cabeça. Enxuguei as lágrimas e assenti.

— Vá falar com o seu irmão, Mano. Para ter certeza de que ele está bem.

Então ele saiu do prédio para fazer o que eu havia lhe pedido.

Mesmo sem querer pensar em Kai, meus pensamentos giraram em torno dele pelo restante da noite. Eu queria odiá-lo naquele instante, mas meu coração não permitia. Tudo o que importava era ter certeza de que ele estava bem.

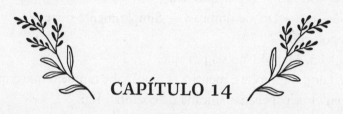

CAPÍTULO 14

Kai

— Que merda você fez? — perguntou Mano ao entrar no restaurante, parecendo que ia explodir.

Olhei ao redor, para nossos clientes, que o encaravam naquele estado exaltado. Sem pensar, corri até ele, agarrei-o pelo braço e o arrastei até o escritório nos fundos, fechando a porta ao entrar.

— O que você pensa que está fazendo, entrando no restaurante assim? Está louco, Mano? — eu o repreendi, confuso com aquela explosão repentina.

— O que eu penso que estou fazendo? O que *você* está fazendo? — rebateu ele.

— Do que você está falando?

— Acabei de encontrar a Holly.

Ah, merda.

Eu podia imaginar o que ela falou para o meu irmão depois da nossa discussão um tanto acalorada.

— Escute, o que aconteceu entre mim e a Holly não é da sua...

— Ela estava chorando, Kai — disse ele, me cortando.

Suas palavras foram como um soco no estômago.

— O quê?

— A Holly estava chorando quando me encontrei com ela. Você feriu os sentimentos dela, mas sabe o que ela falou? Ela falou assim: "Vá falar com o seu irmão para ter certeza de que ele está bem." Mesmo estando magoada com você, ela ainda se importa com os seus sentimentos.

Apertei a ponte do nariz e fechei os olhos.

— Talvez eu tenha sido um pouco duro demais com ela.

— Ué, você acha? E por que será?

— Não sei. — Dei de ombros. — Simplesmente surtei.

— E por quê?

— Já falei, Mano! Não sei por quê.

— É, falou mesmo, e é mentira. E você sabe também que é mentira, porque eu vi os papéis na bancada da cozinha, Kai.

Meu corpo ficou tenso.

— Não era da sua conta. Você não devia ter mexido naquilo.

— Você os deixou lá para quem quisesse ver, eu não estava bisbilhotando.

— Bom, isso não tem nada a ver com a minha situação com a Holly.

— O cacete que não tem! — bufou ele.

— Olha a boca — avisei.

— Não quero nem saber, Kai. Você sabe o que fez. Tenho certeza de que a papelada do divórcio ferrou com a sua cabeça, mas isso não significa que você pode descontar a sua raiva em outras pessoas. Principalmente na Holly, cara. É a Holly! Ela é um biscoitinho de açúcar, foi um anjo em nossa vida.

Engoli em seco, ciente de que ele tinha razão.

Eu estava de péssimo humor desde que Penelope apareceu com a papelada do divórcio. Fui pego de surpresa e não tive um segundo para recalcular a rota porque precisava ir direto para o restaurante. Então levei a raiva, a tristeza e aquele misto de emoções para o trabalho comigo. Infelizmente, aquilo significava que qualquer um que cruzasse meu caminho viraria meu saco de pancada.

Holly não merecia apanhar.

Na verdade, ela merecia exatamente o oposto por ter sido tão gentil comigo.

Mano também não estava dando tapas com luvas de pelica. Ele continuou seu discurso retórico.

— Ela deixou a própria família para que você não ficasse sozinho no Dia de Ação de Graças, seu idiota! E você a fez chorar!

Eu me odiava.

Eu odiava minha raiva.

Eu a havia direcionado à pessoa errada.

Mas o que eu mais odiava era saber que Holly tinha chorado por minha causa.

— Eu errei — admiti.

— É, errou. — Ele me deu um soco no braço. — Agora conserte.

— Como? — perguntei.

Eu me sentia envergonhado por ter surtado com a Holly. Eu me sentia um grande idiota por ter falado com ela daquela maneira. Não conseguia sequer imaginá-la me perdoando. Não tinha nem certeza de que um dia eu mesmo me perdoaria.

— Você pode começar falando para ela que você é um idiota e que está arrependido — respondeu Mano. — E compre um belo presente também. As pessoas adoram pedidos de desculpas com presentes.

Eu não dormia já fazia alguns dias. Não parava de remoer tudo o que dera errado com a Holly. Não parava de pensar no encontro com Penelope também, na papelada do divórcio em cima da bancada. Nada daquilo saía da minha cabeça.

Mas, sobretudo, eu não parava de pensar na Holly.

Eu a fiz chorar.

Eu me sentia um merda toda vez que me lembrava disso.

Eu sabia que não poderia aparecer na frente dela com um pedido de desculpas banal, porque Holly merecia muito mais. Eu havia passado dos limites. Então, antes de ir até o apartamento dela, corri até uma loja e comprei umas coisas.

Uma onda de nervosismo me atingiu quando parei na frente da porta dela. Fiquei meio que andando de um lado para o outro no corredor, ensaiando o pedido de desculpas.

— Ei, me desculpe por ter agido como um idiota.

Não. Direto demais.

— Olá, Holly. Sinto muito por aquele dia. Aqui, isso é para você.

Não, não. Muito superficial.

Senti um peso insuportável no estômago... e se aquilo não funcionasse? E se ela não me perdoasse? E se...

Antes que pudesse organizar meus pensamentos e bater à porta de Holly, esta se abriu. Ela deu um grito, assustada ao ver alguém parado ali.

— Kai. O que você está fazendo aqui? — perguntou, seu olhar parecendo confuso.

Baixei os olhos para os itens nas minhas mãos e os empurrei agressivamente na direção dela.

— Comprei uns livros para você.

Ela levantou uma sobrancelha.

— O quê?

— Livros. Comprei livros para você.

Ela os pegou das minhas mãos com cuidado.

— Ainda não estou entendendo.

Resmunguei e xinguei baixinho, percebendo que só empurrar aqueles livros na direção dela não me ajudaria em nada.

— Estou te pedindo desculpas, Holly. Por ter sido um babaca. Eu estava errado, e você não merecia ter ouvido nada daquilo.

— Aí você comprou uns livros aleatórios para mim?

— Você gosta de ler — expliquei. — Achei que fizesse sentido.

Pela cara de espanto dela, acho que acabou não fazendo muito sentido. Até que ela olhou para os livros. Seus lábios se curvaram em um pequeno sorriso.

— Você comprou o livro que você mesmo estragou no dia em que nos conhecemos?

Assenti.

— Quando nos conhecemos de um jeito horrorível.

— Como você se lembrava do título?

— Eu reparei em você naquele dia. Reparei em você toda naquele dia. — Mudei o peso de um pé para o outro e deslizei as mãos para dentro dos bolsos. — Não sou bom nisso. Não sou bom em me abrir com as pessoas.

— Não me diga — ironizou Holly. Ela deve ter notado a seriedade em minha postura porque ficou séria e assentiu. — Continue.

— Não tenho muitos amigos — confessei. — Não tenho ninguém além do Ayumu e do Mano... e aí você apareceu. — Pigarreei, olhando para o chão por um segundo, então ergui os olhos para encontrar os dela. — Não quero perder você, Holly, por isso estou pedindo o seu perdão.

Seus lábios se franziram enquanto ela olhava para o presente em suas mãos.

— Você comprou livros para mim.

— Sim, comprei livros para você.

— Kai, vou ser bem sincera.

— Isso é bom. — Era tudo o que eu queria que ela fosse... mesmo que me magoasse.

Um pequeno sorriso apareceu em seus lábios, e seus olhos encontraram os meus.

— Perdoei você no momento em que te vi na minha porta com esses livros.

Meu corpo inteiro relaxou, aliviado. Eu não tinha nem noção de que estava tenso.

— É mesmo?

— Sim. Você foi um idiota e perdeu a linha, mas também é humano. As pessoas cometem erros, e você reconheceu os seus. Admiro isso.

Esfreguei a nuca.

— Obrigado, Holly.

— Sem problemas. Mas espero que isso não se repita.

Eu dei a ela um meio sorriso.

— Farei o possível.

Ela abriu a boca, mas, em vez de falar, deu um pulo na minha direção e me abraçou. Inalei seu perfume enquanto a apertava em meus braços.

— Sinto muito por ter feito você chorar — sussurrei, enquanto descansava meu queixo em sua cabeça.

— Obrigada. Eu precisava ouvir isso. — Ela se afastou e, no mesmo instante, senti a falta de seu toque. Não me dei conta do frio até seu calor me encontrar.

O telefone dela tocou, fazendo-a voltar à realidade.

— Ah, droga. Esqueci. Estava saindo para encontrar o Matthew.

De repente, um alarme tocou em minha cabeça enquanto eu endireitava a postura.

— Peraí... o quê?

— Ele está preparando um jantar para mim. Eu estava de saída para ir até o apartamento dele.

— Você ainda está saindo com ele?

Ela me encarava como se mais duas cabeças tivessem brotado de meu pescoço.

— Hmm, estou. É claro.

— Por que raios você continuaria saindo com ele?

— Do que você está falando? Porque nós estamos namorando.

— Mesmo depois do que eu falei para você?

— Hmm, você não acabou de vir até aqui para se desculpar por aquela noite?

Bufei quando senti a irritação começar a me dominar. Não direcionada a Holly, dessa vez, e sim a Matthew.

— Não. Eu me desculpei pela forma como falei com você. Eu não estava me desculpando por tudo o que disse sobre o Matthew. Ele não gosta de você, e acho que está apenas investindo nessa relação para tentar te levar para a cama.

O choque nos olhos de Holly quase fez com que eu me arrependesse de ter dito aquilo, mas eu estava sendo sincero. Também não podia voltar atrás, porque notei algumas coisas ao observar Matthew naquela noite. Notei que seus olhos seguiam outras mulheres quando Holly não estava olhando. Ele adotava uma postura cavalheiresca demais com Holly, mas depois secava a garçonete pelas costas dela. Matthew era meio presunçoso também. Ok, ele fazia tudo certo, aparentemente, mas eu prestei bastante atenção em cada movimento dele. Ele não era o homem certo para ela.

— Você não pode estar falando sério, Kai. Pensei que tivéssemos deixado isso para trás. — Holly suspirou, pegando as chaves para sair.

— Também achei que tivéssemos, mas, evidentemente, você não levou as minhas palavras a sério. Não durma com aquele homem.

— Acho que é melhor você ir embora, Kai.

Suspirei e passei a mão pelo cabelo.

— Holly... me escute. Você vai se arrepender.

— Já chega, Kai.

— Mas...

— Kai. Por favor. Saia — ordenou ela de novo, agora com mais severidade.

— Aposto que ele já emitiu vários sinais vermelhos, mas você está tão desesperada para encontrar alguém e não ficar sozinha que decidiu ignorar todos os indícios de que Matthew não é o cara.

— Pare com isso, Kai.

— Não vou parar até você acordar. Você está agindo de forma patética por um homem que não vale a pena.

— Eu não sou patética.

— Nossa, Holly — gemi, enquanto esfregava a nuca. Eu não estava me expressando bem. Não era escritor como ela, não era bom com as palavras. Muito menos sabia como comunicar meus pensamentos confusos e agitados. — Não estou chamando você de patética. Estou dizendo que está agindo de modo patético.

— Parece a mesma coisa.

— Mas é porque você não está ouvindo. Está muito envolvida emocionalmente para se distanciar da situação e entender que nem tudo é um ataque pessoal.

— Sim, bem, talvez você esteja muito desconectado das suas emoções para perceber que está parecendo um babaca!

Aquilo era uma possibilidade real. Eu sabia que era um ferrado quando se tratava de sentimentos. Não era preciso que Holly apontasse esse fato.

— Sei quem eu sou. Sei que sou um idiota insensível. Isso não muda o fato de que o Matthew é um babaca. Quero dizer, que inferno... Naquela noite você queria bife e, enquanto você estava fazendo o pedido, ele te cortou e pediu frango.

— Ele disse que eu tinha que experimentar, e estava incrível.

— Sim, estava incrível. Sim, o Ayumu só faz pratos incríveis. Não é essa a questão. Matthew menosprezou a sua opinião, te tratou como se você não soubesse o que queria.

— Você não conhece o Matthew.

— Não, mas conheço você — falei —, e você merece mais do que ele pode te dar, mas está com tanto medo de ficar sozinha que fica se sabotando.

— Talvez isso seja verdade, tá? Talvez eu tenha medo de ficar sozinha. Talvez nem todo mundo seja tão perfeito e independente quanto você, Kai. Talvez nem todos prosperem na solidão. Talvez, apenas talvez, as pessoas queiram conexões na vida, em vez de viver sozinhas.

— Acha que eu gosto disso? Você acha que gosto de ficar sozinho? — bradei, sentindo uma onda de tristeza invadir meu peito. — Eu odeio isso! Odeio esse sentimento. Odeio acordar sozinho, dormir sozinho e fazer tudo sozinho. Mas, ainda assim, prefiro isso a rastejar para os braços da pessoa errada e aceitar suas migalhas de amor. Essas doses de afeto que não passam de um grande clichê são tudo o que ele pode te dar, e é constrangedor ver que você está mais do que disposta a aceitar.

— Constrangedor — balbuciou ela, com a voz estrangulada.

Caralho.

Escolha errada de palavra.

Mais uma vez... eu não era escritor.

— Holly — tentei de novo, depois de meter os pés pelas mãos.

— Não. — Ela me cortou com um aceno de cabeça. — Por favor, vá embora.

Fui me afastando do apartamento dela. Antes que Holly pudesse fechar a porta, eu a impedi. Estávamos a centímetros de distância, e minha voz falhou quando a olhei nos olhos.

— Existe alguém por aí que te olha como se você fosse tudo, Holly. Existe alguém que te vê e sabe, com certeza, que você é única neste mundo. Há alguém que quer te dar tudo o que você sempre quis e muito mais. Mas esse alguém não é o Matthew. Ele vai te decepcionar. Você criou uma fantasia na sua cabeça para não ficar sozinha e precisa acordar dela.

Os olhos de Holly estavam a segundos de liberar suas emoções. Eu me sentia o maior idiota do mundo por quase levá-la às lágrimas mais uma vez.

— Kai?

— O quê?

— Acho que deveríamos dar um tempo da nossa amizade.

Meu coração que já estava estilhaçado.

Se quebrou ainda mais.

— Holly, espere... — implorei. Sim, implorei. Eu implorei. Semanas antes, não sabia o nome dela. Agora, eu tinha dificuldade de imaginar um mundo sem ela.

Com gentileza, ela colocou a mão em meu peito, me removeu completamente de seu espaço, e fechou a porta na minha cara. Quando voltei ao meu apartamento, dei de cara com um Mano otimista, ansioso para saber como tinha sido a conversa com Holly.

— Então? Tudo certo? — perguntou ele.

— Não — resmunguei, seguindo direto para o quarto.

A porta do quarto bateu, e senti uma ansiedade avassaladora crescendo em meu peito. Eu me sentia péssimo pelo modo como as coisas tinham se desenrolado com a Holly. Sentia vergonha por não saber dizer as coisas da forma correta, nem expressar minhas opiniões sem que parecessem ríspidas e cruéis. Diziam que pessoas magoadas magoam outras pessoas; se aquilo fosse verdade, eu era a pessoa mais magoada à solta por aí.

Eu não estava julgando a Holly por não querer ficar sozinha. Não iria julgar ninguém por isso, porque eu mesmo conhecia os recantos mais sombrios da solidão. A solidão era minha melhor amiga e também minha pior inimiga. Havia me assombrado por anos. Eu conhecia a solidão por dentro e por fora, sabia como ela operava, como zombava de nós e como queimava a alma e, praticamente, forçava indivíduos a continuar onde não era mais seu lugar, porque eles tinham muito medo de ficar sozinhos.

Sempre tive pavor da solidão. Havia ficado em alguns lugares, e com algumas pessoas, mesmo quando a escolha sábia teria sido partir. Demorei muito tempo para perceber que ficar sozinho, no fim das contas, era muito melhor do que estar sozinho com as pessoas erradas.

No entanto, essa percepção não veio da noite para o dia. Isso me custou dias, semanas e anos de conexões instáveis com pessoas que não pertenciam a mim. Exigiu horas, minutos e segundos de degradação, levando à superação. Exigiu que eu me escolhesse em detrimento dos outros. Tal escolha nunca foi algo natural para mim.

E era isso que eu estava tentando explicar a Holly... que conhecia seus dilemas porque eu mesmo já os vivi. Não estava tentando subestimá-la por causa de sua dor e de seu medo da solidão... estava tentando me conectar com ela através dos nossos traços comuns. Estava tentando dizer a ela tudo o que gostaria de ter dito a mim mesmo. Que ela merecia coisa melhor. Que ela merecia mais. Que ela era digna de tudo o que queria, mas que era impossível construir histórias de amor sem uma base sólida.

Isso era tudo o que eu queria dizer a ela. Era tudo o que eu estava tentando fazer.

Ainda assim, eu a decepcionei.

Ainda assim, eu falhei.

Aquela era a parte complicada sobre ser humano. Às vezes, nossos erros magoavam aqueles que mais importavam.

Três anos antes

— Estou me sentindo muito bem hoje — disse Penelope, sentada no sofá, os joelhos encolhidos junto ao peito. Ela parecia bem mesmo.

Havia feito apenas mais algumas sessões de quimio e, de repente, sua saúde começou a melhorar.

Eu ignorei as mensagens de texto entre ela e Lance por semanas. Era difícil encontrar um bom momento para trazê-las à tona. E o que eu deveria falar, afinal? Ei, sinto muito pela sua batalha contra o câncer. A propósito, quero o divórcio.

Talvez eu tivesse o direito de dizer essas coisas, mas, ainda assim... sentia medo. Mesmo sabendo o que Penelope havia feito, ainda tinha medo de perdê-la. Nunca pude contar de fato com meus pais e, quando me mudei para Chicago, Penelope foi a primeira pessoa a me mostrar o que o verdadeiro amor podia ser, qual era a sensação. Ao longo das últimas semanas, eu só conseguia remoer um pensamento: será que eu havia feito algo errado? Talvez eu a tivesse empurrado para os braços de outro. Eu estava trabalhando muito, sem contar a faculdade. Ayumu e eu passávamos muito tempo juntos, tentando descobrir como dar o primeiro passo em nosso empreendimento. Talvez Penelope se sentisse negligenciada. Talvez se sentisse solitária.

Eu sabia como era se sentir solitário; eu estava ao seu lado, mas isso não significava que ela podia contar comigo para o que precisasse.

Eu só queria que ela tivesse me confrontado.

Eu lhe entreguei seu chá, me sentei ao seu lado e pigarreei.

— Quer dizer que você se sente bem o suficiente para me contar sobre o Lance?

Seus olhos se arregalaram de surpresa.

— O quê?

— Vi as mensagens no seu telefone.

— Você mexeu no meu celular?

— Não. Eu vi sem querer. Foi no dia que você não ficou legal depois da quimioterapia. Achei que era a sua mãe querendo notícias. Mas acabei vendo as mensagens...

O fato de que ela parecia mais chateada por eu ter visto as mensagens do que aborrecida pela existência das mesmas me incomodou.

— Ah — murmurou ela, nitidamente desconcertada.

— Você ama o Lance?

— O quê? Não! — Ela se sentou depressa, atordoada com minha pergunta. Não sei por que ela parecia tão surpresa. Lance disse repetidas vezes que a amava, e, meses antes, ela respondeu que sentia o mesmo.

— Você quer me deixar? — perguntei em seguida.

Naquele momento, eu me senti pequeno, como um garotinho parado na frente dos pais, implorando para ser amado. Eu queria ficar com raiva. Queria rotulá-la como infiel, adúltera, alguém que desprezou nossos votos, mas não consegui. Tudo o que eu sentia era medo e solidão. Fiquei surpreso com a ideia de que era possível se sentir sozinho mesmo com alguém ao seu lado.

— Puxa, Kai, não. Nunca. — Ela se virou para mim e segurou minhas mãos. Então as levou ao peito. — Alguns meses atrás, me senti desconectada de você e fiz escolhas péssimas. Não estávamos passando muito tempo juntos e acabei almoçando com um colega de trabalho. Não significou nada, e eu terminei tudo com ele. Juro. Sinto muito, mas estou aqui com você. Para sempre — jurou ela.

— Para sempre — murmurei, ainda me sentindo desconfortável com aquela situação.

— Todo esse meu problema de saúde me fez ver que estou no lugar certo, Kai. Ninguém mais teria cuidado de mim do jeito que você cuidou. Ninguém mais teria colocado a própria vida em segundo plano para garantir que eu ficasse bem. Eu te amo mais do que tudo no mundo, e sinto muito por qualquer mágoa que te causei.

Eu não fiz nenhum comentário, porque estava preso àquelas duas palavras.

Para sempre.

Tudo o que eu sempre quis foi que alguém ficasse comigo para sempre, porque a ideia de ficar sozinho novamente deixava cada centímetro do meu ser aterrorizado.

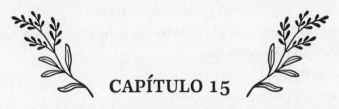

CAPÍTULO 15

Holly
Presente

— Foi incrível! — disse a Matthew enquanto me sentava à mesa.

Ele tinha preparado o jantar: salada, pão de alho e lasanha, com o melhor vinho tinto que eu já havia provado. Depois de muito tempo conversando enquanto a gente comia, eu estava saciada. Ele tivera até mesmo o cuidado de acender velas por todo o apartamento e diminuir as luzes para criar um clima romântico.

— Sério? Foi minha primeira tentativa de fazer lasanha, então espero que tenha ficado bom. — Ele pousou o guardanapo na mesa e sorriu para mim.

— Estava tudo perfeito. De verdade. Nem dá para acreditar que foi a primeira vez que você fez isso.

Fiquei pensando no que Kai estaria fazendo.

Caramba! Não, Holly, pare com isso.

Concentre-se em onde você está.

Nas últimas horas, só havia pensado nele. Aquele pedido de desculpas foi algo que eu nunca teria imaginado. Então, o fato de ele ter reiterado o que havia dito sobre Matthew fez meu sangue ferver. Mas aqueles livros...

Por que me sentia tão enfurecida e magoada sempre que pensava naquele homem? Como eu podia sentir tanto raiva como admiração por ele?

E por que, ah... por que ele não saía da minha cabeça nem mesmo quando eu estava com o Matthew?

— Você está bem? — perguntou Matthew, levantando-se da mesa. Balancei a cabeça de leve.

— Sim, me desculpe. Só estou meio distraída.

— Sem problemas. — Ele se aproximou de mim com a garrafa de vinho tinto para me servir mais.

Cobri meu copo.

— Não, obrigada. Já bebi demais.

— Ah, que isso! A noite é uma criança. — Ele afastou minha mão e encheu minha taça até a borda.

Conseguia ouvir Kai em minha mente. *Isso é um sinal vermelho, Holly.* Tentando me livrar da sensação desconfortável que começou a me embrulhar o estômago, agradeci.

— Vamos ficar mais à vontade — sugeriu ele, pegando minha taça de vinho e levando-a para a sala de estar, deixando a dele para trás.

Por que só eu ainda estava bebendo?

Sinal vermelho.

— Você não quer mais vinho? — perguntei a ele.

— Ah, não. Não posso beber muito. Senão tenho sonhos estranhos.

Sinal vermelho! Sinal vermelho!

Fomos para a sala, e eu me sentei no sofá. Matthew me entregou a taça de vinho, depois foi até sua coleção de discos para escolher uma música. Coloquei minha taça em cima da mesa.

— Quer ouvir alguma coisa específica? — perguntou.

— Vi que você tem o CD com os grandes sucessos da Whitney Houston. Esse seria incrível.

Matthew balançou a cabeça.

— Acho que você vai gostar mais deste aqui — insistiu ele, ignorando meu pedido e colocando um álbum do Four Tops.

Não me leve a mal, eu era fã dos Four Tops, mas qual era o objetivo de pedir minha opinião se depois ela seria ignorada completamente?

Sinal. Vermelho. Holly!

Kai não saía da minha cabeça. Ele me fazia interpretar tudo, cada ação de Matthew, por um novo prisma, de um modo que eu não havia feito nas últimas semanas. Agora, eu estava sentada em seu sofá, tentando aproveitar o momento, enquanto fazia uma verdadeira ginástica mental, tentando lembrar quaisquer momentos de nossos encontros anteriores nos quais ele talvez tivesse ignorado meus desejos.

Kai estava certo. Eu queria bife naquela noite, no jantar.

Ele pediu frango, alegando que eu ia gostar mais.

Eu queria beber prosecco.

Ele pediu um Negroni.

Quando eu fazia minhas piadas sem graça, ele não ria. Mudava de assunto.

Meu estômago estava meio embrulhado quando a música começou a invadir a sala em um volume assombrosamente baixo. Todos os sinais indicavam que aquela seria a noite em que Matthew e eu levaríamos nosso relacionamento ao próximo nível, mas eu estava muito concentrada, mergulhada em pensamentos que elevavam meus níveis de ansiedade.

Matthew se juntou a mim no sofá, sentando-se bem perto. Muito perto. Tão perto que sua coxa roçava na minha.

Pigarreei antes de falar, mas ele me impediu com sua boca.

Ele me beijou, e eu não retribuí de imediato. Não retribuí o beijo em absoluto. Congelei ali, onde estava, quando sua mão pousou na parte inferior das minhas costas. Lentamente, ele me deitou no sofá e cobriu meu pescoço com beijos. Suas mãos começaram a vagar por toda parte, e ele nem tinha notado que eu não estava na mesma vibe.

Eu só conseguia pensar em Kai.

Kai e os sinais vermelhos.

— Matthew, espere — falei, tentando me ajeitar no sofá.

— Está tudo bem — sussurrou ele, sem parar de beliscar meu pescoço como um pica-pau.

Beijo, beijo, beijo, desconforto, desconforto, desconforto.

Eu me sentei um pouco mais ereta, empurrando-o com mais força.

— Matthew, espere, pare — pedi a ele.

— Você tem um gosto tão bom — murmurou ele contra minha pele, me causando calafrios.

Ele continuou tentando me beijar e só parou de vez quando dei um safanão em seu peito.

— Eu disse pare! — gritei, afastando-o de mim.

Ele se recostou no sofá, completamente desconcertado com minha reação.

Por um momento, me senti culpada. Eu sentia que tinha enganado Matthew porque todos os sinais apontavam para aquele destino. Todos os sinais levavam àquele caminho até algumas horas antes, quando Kai passou no meu apartamento. Agora, tudo o que eu queria era realinhar corpo e mente. Reequilibrar coração e alma. Eu não me sentia muito estável para encarar o que estava prestes a acontecer entre nós dois.

Eu me levantei um pouco e encolhi meus joelhos junto ao peito enquanto observava a confusão nos olhos dele.

— Sinto muito — choraminguei, me sentindo uma idiota.

— Não, está tudo bem. Esse sofá não é confortável. Podemos ir para o quarto...

— Não é isso. Não acho que esteja pronta para dar o próximo passo. Me desculpe, eu...

— Você está de sacanagem comigo, Holly? — Ele surtou.

Isso mesmo.

Ele surtou comigo.

Seu olhar mudou de perplexidade para irritação em um milésimo de segundo, estilhaçando os óculos cor-de-rosa com os quais eu o enxergava.

— Que diabos você achou que íamos fazer hoje? — perguntou, seu tom transbordando aborrecimento. Ele gesticulou em direção à cozinha. — Acha mesmo que eu fiz isso tudo em troca de uns abraços e um papinho?

Engoli em seco.

— Eu não sabia que o convite para desfrutar de um jantar que você ficou de fazer para mim vinha com algumas condições.

— É óbvio que sim. Sinceramente, já esperei muito tempo e respeitei a sua vontade de esperar. Mas gastei a merda de uma tonelada de dinheiro com você para chegar até aqui. Ouvi suas conversas sem sentido sobre esquilos. Paguei suas corridas de táxis. O mínimo que você podia fazer é parar de enrolar.

Eu não conseguia acreditar no que estava ouvindo. Era como se a máscara de bonzinho de Matthew tivesse caído assim que seu pau se levantou dentro das calças.

Ele suspirou, passando as mãos pelo cabelo grosso, e revirou os olhos.

— Olhe, acho melhor você ir embora. Cansei desse jogo de gato e rato.

— Eu não sabia que estávamos jogando um jogo.

— Não banque a inocente comigo, Holly. Você foi uma jogadora bem ativa, mas não vale todo esse trabalho. Não estou interessado. E nem teria sido tão bom assim, considerando a sua personalidade.

De repente, foi como se eu tivesse acabado de levar uma chicotada. Estava eu ali, sentada no apartamento de um verdadeiro estranho, que havia acabado de encenar *O médico e o monstro* para mim.

— Você só pode estar brincando — argumentei, atônita, mas totalmente ciente de que Kai tinha razão. Matthew não era quem eu pensava que fosse.

Ele gemeu e pegou seu telefone. Começou a mexer no aparelho, então olhou para mim com uma sobrancelha erguida.

— Você ainda está aqui? — perguntou.

Eu me levantei do sofá, peguei meu casaco e a bolsa, e peguei um táxi para casa, que eu mesma paguei.

Eu estava à beira de um colapso emocional, então tudo o que conseguia pensar naquele momento era que precisava desesperadamente de um abraço do meu melhor amigo. Mas, infelizmente, eu não tinha mais um. Então passei os braços em volta do corpo e me esforcei muito para não desmoronar no banco traseiro de um táxi qualquer.

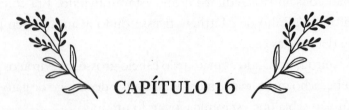

CAPÍTULO 16

Kai

— Parabéns. Quer um prêmio? — perguntou Holly, parada à porta do meu apartamento, depois que eu a abri para ela.

Ela usava uma calça de moletom, e seu cabelo estava preso no coque mais bagunçado que eu já tinha visto. Parecia totalmente desgrenhada, com chinelos brancos nos pés.

— O que aconteceu? — perguntei, alerta.

Fazia dias que Holly colocara um ponto final em nossa amizade. Não houve um segundo nos últimos dias em que eu não tivesse pensado nela.

Ela jogou as mãos para o alto.

— Não venha bancar o preocupado. Pode começar a se gabar agora, tá? Pode esfregar na minha cara que o Matthew era igualzinho aos outros. Ele estava investindo a longo prazo, como você mesmo me alertou, para conseguir o que queria, então, quando não dei o que ele desejava... — Ela inspirou fundo, então seus olhos ficaram vidrados e a voz falhou. — Quando eu não quis dar, ele disse na minha cara que eu era patética e me chutou. Já se passaram três dias, e eu só... eu só estava... eu não significava nada para ele. — O corpo dela tremia. — Não sou nada, ok, Kai? Você estava certo. Ele não me amava, só estava interessado em sexo, e quando percebeu que não ia conseguir, me chutou para escanteio, e agora estou sozinha de novo, então pode falar. Fale... "eu te avisei".

Ver o coração de Holly se partir fez o meu começar a se despedaçar.

— Holly...

— Diga logo — ordenou ela, me dando um leve empurrão no peito. — Diga que sou uma idiota por sequer imaginar que um homem ia gostar de mim como eu sou e querer ficar comigo.

— Você não é idiota, Holly.

— Sou, sim — retrucou ela em um tom estrangulado, enquanto as lágrimas começavam a escorrer pelo seu rosto. — Sou, sim. Porque você me avisou. — Ela me empurrou de novo. — Você me disse que ele não se importava. Diga! Diga que você estava certo.

— Não.

— Diga! — gritou ela, ao ser dominada pelas próprias emoções. — Diga! Diga! — insistiu, me golpeando.

Eu deixei que ela me batesse. Eu deixei que ela desmoronasse. Eu deixei que ela se enfurecesse comigo, porque outro homem havia partido o coração dela. Não era justo. Não era justo que o coração de alguém como ela se estilhaçasse.

Quando Holly tentou me dar mais um soco, agarrei seus antebraços e a puxei para junto do meu peito. Eu a abracei forte, e ela agarrou minha camiseta e chorou nos meus braços.

— Por que eu não valho a pena? — sussurrou ela, seus soluços ficando mais intensos enquanto eu a segurava bem apertado.

E meu coração frio e fechado?

Ele se quebrou ali mesmo, como o de Holly.

Depois de ficar abraçado a Holly por um tempo ali, na soleira da porta, eu a puxei para dentro do apartamento e a abracei, me sentando no sofá com ela. Não falamos nada. Apenas deixei que ela desmoronasse em meus braços. Que se quebrasse. Que se estilhaçasse. Que sentisse. Ficamos abraçados por muito tempo, até que ela adormeceu em meus braços. A exaustão deve tê-la vencido enquanto sua cabeça descansava em meu ombro. Meu braço já estava dormente, mas não me importei. Eu ficaria naquele sofá pelo tempo que ela precisasse do meu abraço.

Depois de um tempo, a porta do apartamento se abriu, e Mano entrou. Eu lhe lancei um olhar e o silenciei antes que pudesse fazer barulho. Ele deu uma olhada em Holly, em seguida desviou o olhar para mim.

— Ela está bem? — murmurou.

Fiz que não com a cabeça.

Ele franziu o cenho e assentiu. Então foi para o quarto e voltou com um cobertor e nos cobriu com ele.

— Vou fazer o dever de casa. Me avise se precisar de alguma coisa — disse Mano, antes de voltar para seu quarto.

Holly se mexeu um pouco em meu colo, mas logo voltou a cair no sono.

Eu estava torcendo para que ela se sentisse um pouco melhor quando acordasse. Então lhe diria quantas vezes fossem necessárias que não havia nada de errado com ela até que acreditasse em mim.

— Por quanto tempo eu dormi? — perguntou Holly, quando despertou em meus braços. Ela esfregou os olhos e se levantou depressa. Senti falta dela em meus braços no segundo em que se afastou de mim.

— Não muito.

Ela olhou para a janela.

— Está escuro lá fora. Não estava escuro quando cheguei.

— Já são mais de nove horas.

— Ai, meu Deus! — exclamou ela, esfregando as mãos nas têmporas. — Desculpe, Kai. Não queria ter tido um colapso aqui e atrapalhado a sua noite. — Quando ela se sentou no sofá, vi que havia compreendido, naquele momento, o que tinha ocorrido. — Estou com muita envergonha.

— Não fique. Estou feliz que tenha vindo para cá, em vez de ter ficado sozinha, remoendo seus pensamentos. — Eu me mexi no assento e esfreguei a nuca. — E estão equivocados, sabe? Sejam quais forem seus pensamentos agora, eles estão errados.

Seu lábio inferior se contraiu ligeiramente quando ela balançou a cabeça de leve.

— Ele me deu um perdido.

— Ele é um covarde.

— Só estava tentando entender o que fiz de errado.

— Você não fez nada errado. O Matthew é um covarde — repeti. — Você não está feliz por ter descoberto isso agora, em vez de daqui a meses ou anos?

— Esse é o lado bom da situação? — perguntou ela.

— Sempre tem um lado bom. Às vezes você só precisa prestar atenção para ver. — Escutei o estômago dela roncar, quando abraçou o próprio corpo. Fiquei de pé. — Vou fazer algo para você comer.

— Não, não. Já tomei muito do seu tempo. É melhor eu voltar para casa. — Ela se levantou, aparentemente tímida.

Coloquei as mãos em seus ombros e gentilmente a empurrei para baixo, sentando-a de volta no sofá.

— Me deixe preparar algo para você.

— Tem certeza?

— Holly. Fique aí.

Ela acenou com a cabeça e se sentou de pernas cruzadas no sofá, enquanto eu seguia para a cozinha.

— Tenho sobras de carne assada. Mano jantou um sanduíche de carne com queijo. Quer que eu prepare um para você? Também posso dar um pulo no restaurante e fazer algo com os ingredientes de lá.

— Não, não. Um sanduíche está ótimo. Obrigada.

Assenti com a cabeça.

— Disponha.

— Não diga disponha se não for de coração — brincou ela.

Nossos olhares se encontraram.

— Disponha — repeti.

Fiz dois sanduíches de carne com queijo, um para ela e outro para mim, e os coloquei na mesa de centro da sala, com algumas folhas de papel-toalha, depois peguei dois copos de água. Eu me sentei ao lado de Holly, observando enquanto ela devorava o jantar.

— Isso é um misto-quente gourmet.

— Gouda, munster e cheddar — expliquei. — Com manteiga de ervas.

— Vou ter mais colapsos mentais aqui na sua casa, se todos forem terminar assim.

Dei um leve sorriso. Pelo menos ela havia recuperado um pouco do seu característico senso de humor. Aquilo era bom, sinal de que ela estava mais animada. Se algum dia eu encontrasse Matthew de novo, ele certamente ouviria umas verdades. Como ele ousava tratar minha Holly assim?

Minha Holly.
Como assim, Kai?

Fiquei observando cada movimento de Holly por alguns segundos antes de devorar meu sanduíche. Ela não estava errada... era um misto-quente bem gourmetizado. Ficamos em silêncio por um tempo. Nos últimos anos, vivi em silêncio. Mas, agora, com Holly por perto, eu parecia sempre querer ouvir suas palavras. Queria saber o que ela pensava e como a mente dela funcionava. Queria que ela expressasse todos os pensamentos que habitavam aquela cabeça bonita e frágil.

— Você quer falar do assunto? — perguntei.

— Você quer ouvir?

— Quero.

Seus olhos castanhos me fitaram e vi gotas de mel dourado fluindo através deles. Holly tinha os olhos mais lindos que eu já vira. Tinha tudo de mais lindo que eu já vira, mas os olhos... pareciam especiais.

Fiquei chocado com a ideia de que Matthew pudesse olhar naqueles olhos e decidir que nunca mais queria encará-los. Se eu tivesse uma chance...

Sério, mas o que é isso, Kai?

Ela largou o prato e limpou as mãos com o papel-toalha.

— Parece que não existe ninguém para mim por aí. Isso pode parecer dramático e irrealista, mas a lógica vai para o espaço quando as emoções entram em cena, né?

— Você tem direito de sentir tudo o que está sentindo — falei. — Mas fique sabendo que estou aqui para dizer que está completamente enganada.

Ela abriu um leve sorriso e colocou a mão sobre meu joelho.

— Obrigada, Kai.

Toda vez que ela me tocava, eu rezava em silêncio para que aquele contato físico durasse um pouco mais.

— De nada.

Conte a ela.

Conte a ela, seu idiota.

Conte a ela sobre seus sentimentos.

Conte que ela é o foco dos seus pensamentos por horas, por dias.

Conte. A. Ela.

Mas fiquei em silêncio. A última coisa de que Holly precisava era ouvir o que eu sentia quando ela ainda estava com o coração partido por causa de outro homem. Aquela não era a hora certa. Então, eu a deixei falar pelo tempo que quis, e depois lhe desejei boa-noite.

Depois que Holly foi embora, Mano saiu de seu quarto, balançando a cabeça para mim.

— O que foi? — perguntei.

— Nunca vi uma pessoa foder uma situação de maneira tão impressionante.

— O que foi que você disse?

— Essa era a chance de revelar a Holly o que você sente, Kai. Ela dormiu no seu colo por horas! Você podia ter colocado Marvin Gaye para tocar e falado mansinho com ela.

— Como você conhece o Marvin Gaye e não conhece o Dr. Phil?

— Sou um adolescente complexo.

Aquele era o eufemismo do século.

No entanto, talvez Mano estivesse certo. Talvez aquela fosse minha chance, e, em vez de agarrá-la, eu a desperdicei.

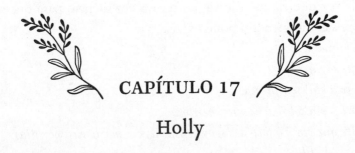

CAPÍTULO 17

Holly

Nos últimos dias, eu parecia chafurdar em autopiedade, mas Mano e Kai fizeram um bom trabalho garantindo que eu soubesse que não era um fracasso completo no mundo do namoro. Para me preservar, apaguei todas as lembranças de Matthew do meu celular. Apaguei seu número de telefone, me livrei de todas as fotos que tiramos juntos e detonei nossas trocas de mensagens. Sabia que, se não fizesse isso, talvez houvesse uma chance de eu me sentir emotiva e ficar tentando identificar em nosso curto romance onde as coisas deram errado.

Ainda me sentia aflita porque faltavam apenas duas semanas para o Natal e eu não tinha um acompanhante para as festas de fim de ano na casa da minha família. Na verdade, eu não tinha nem uma pessoa para distrair a mente das lembranças dos acontecimentos do ano anterior. A cada dia que passava, eu sentia um aperto maior no peito. Percebi que o último Natal havia me afetado mais do que imaginei e, quanto mais a data se aproximava, menos eu conseguia me concentrar.

Eu não tinha escrito nada em quase um ano. Para um escritor, isso era o mesmo que não respirar por trezentos e tantos dias. Eu não conseguia respirar, não conseguia agir, não conseguia imaginar enfrentar o Natal sozinha. Eu não ia conseguir aguentar as pessoas da minha cidadezinha me fazendo perguntas ou me olhando com piedade. Aquilo era demais para mim. Então fiz algo que provavelmente foi muito idiota, mas necessário para a minha alma. Voltei aos aplicativos de relacionamento.

Sem pensar, deslizei para a esquerda até chegar a um perfil que atraiu minha atenção. Congelei enquanto encarava a tela.

Nome: Kai
Idade: 31 anos
Profissão: Dono de restaurante
Bio: Apenas procurando por Holly

Olhei fixamente para a bio de Kai, totalmente atordoada por aquelas palavras.

Apenas procurando por Holly.

Meu coração parecia dar cambalhotas no peito enquanto aquelas quatro palavras penetravam em minha mente.

Ele não podia estar se referindo a mim, podia? Sem chance. Éramos apenas amigos. Nada mais, nada menos. Tudo bem, às vezes quando eu estava perto de Kai, pensava... bem, meu coração... não. Não mesmo.

Desde quando Kai usava aplicativos de relacionamento? Desde quando estava se arriscando? Minha cabeça girava enquanto eu relia aquelas quatro palavras vezes seguidas, quase como se tivesse entrado em um sonho febril.

Minhas palmas estavam suadas quando pousei o telefone na mesa. Eu o peguei e olhei mais uma vez. Sim, ainda estavam lá. *Apenas procurando por Holly.*

As borboletas em meu estômago entraram em frenesi enquanto eu tentava me controlar.

O que eu deveria fazer?

Deveria deslizar para a direita?

Deslizar o perfil dele para a esquerda e fingir que nunca o vi?

Ele deslizou o meu primeiro?

Meu coração batia furiosamente dentro do peito, na velocidade de um ataque cardíaco, então fiz a única coisa em que pude pensar para me orientar: paguei pelo pacote premium do aplicativo para poder ver quem tinha curtido meu perfil.

Ele estava na lista de homens que haviam me curtido.

Kai me escolheu.

A mim.

Ele me escolheu.

Sem pensar duas vezes, deslizei o perfil dele para a direita, e as palavras "Você tem um novo match" pipocaram na minha tela. Não mandei nenhuma mensagem logo de cara. Em vez disso, voltei ao perfil dele e analisei todas as fotos que havia postado. Ele parecia ótimo em todas elas. Havia uma de Kai com Ayumu em frente ao restaurante. Ele exibia um meio sorriso. Não aquele sorriso aberto, e sim um sorrisinho discreto, sinal de orgulho por ter inaugurado o restaurante. A foto seguinte mostrava Kai preparando um drinque, depois vinha uma na qual ele estava em uma moto. Eu nem sabia que Kai andava de moto. Na última, ele estava abraçado a Mano depois de um jogo de futebol. Eu conhecia bem aquela foto, já que fui eu que a tirei na noite do segundo uniforme. A legenda dizia: Foto da Holly; a pessoa que estou procurando aqui.

Ai. Meu. Deus.

Eu me sentia enjoada, mas de um jeito bom. O tipo de náusea que acompanha a empolgação. Como na manhã de Natal.

Então, alguém me mandou uma mensagem.

KAI
Já estava na hora.

Minha mente ainda estava em torvelinho enquanto eu digitava uma resposta.

HOLLY
Então... eu sou a Holly que você está procurando?

KAI

> Você é a Holly que eu estou procurando.

HOLLY

> Isso foi uma grande surpresa. E se eu não tivesse voltado para a vida de aplicativos?

KAI

> O Mano me disse que você ia voltar.

O bom e velho Mano sempre compartilhando minhas notícias patéticas com o irmão.

HOLLY

> Ainda estou à caça de uma companhia para as festas de fim de ano, então me dei conta de que não podia perder tempo. Mas e se eu não te encontrasse? E se nós não tivéssemos curtido um ao outro?

KAI

> Como já deslizei para a esquerda centenas de mulheres que não eram você, eu teria apenas que continuar deslizando aqui.

HOLLY

> Entendo... entendo... então... por que exatamente você me curtiu? Por que está procurando por mim se você mora no andar de baixo?

KAI
> Queria colocar meu nome na lista oficialmente.
> Queria ter a oportunidade de ser o seu par no Natal.
> Achei que fosse assim que a maioria dos caras estivesse se candidatando para o cargo, então aqui está a minha inscrição.

No momento, Kai controlava meus batimentos cardíacos. Eu me recostei na cadeira, olhando aquelas palavras, a surpresa me impedindo de responder.

KAI
> Holly?

HOLLY
> Oi?

KAI
> Respire.

Soltei a respiração que estava prendendo.

HOLLY
> Ok.

KAI
> Então, acho que é aqui que começamos a entrevista.

HOLLY
> Entrevista?

KAI
> É. Se estou me candidatando ao cargo, quero apresentar minhas qualificações, se você estiver de acordo.

HOLLY
> Continue.

KAI
> Bem, eu já conheço as suas peculiaridades e adoro todas elas. Sei que você precisa de um par para as festas de fim de ano, então nem precisa me convidar. Já aceitei. Não tenho compromisso no Natal, e o Mano vai estar no Havaí. Você conhece meu lado mal-humorado, então sabe que posso ser ranzinza às vezes, e já viu meu lado alegre, então sabe que posso ser legal também, ou seja, nada de surpresas. Além disso, somos amigos. Não iria preferir passar o feriado com um amigo, em vez de ficar com algum estranho que poderia ser um esquisitão?

Não pude deixar de sorrir com suas palavras.

KAI
> Então? O que você me diz?

Em vez de digitar uma resposta, calcei meu par de chinelos, peguei as chaves e desci as escadas até o vigésimo quarto andar. Bati à porta do apartamento de Kai e, quando ele atendeu, pulei em seus braços.

— Sim! — Deixei escapar. — Eu adoraria que você fosse meu acompanhante nas festas de fim de ano.

A princípio, ele pareceu confuso com o abraço inesperado, mas retribuiu o carinho, me apertando contra seu peito, e disse:

— Legal.

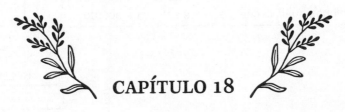

CAPÍTULO 18

Kai

— Bem, isso foi inesperado — comentou Mano, quando saiu de seu quarto, logo depois que Holly foi embora.

Lancei um olhar em sua direção, e ele tinha aquela ridícula expressão de culpa estampada no rosto.

— Mas o que raios está acontecendo? — perguntei.

Ele foi até a cozinha e pegou uma maçã na fruteira.

— Ah. — Ele jogou a maçã para o alto, a pegou e a esfregou na camisa. Em seguida, deu uma grande mordida e disse: — Baixei um aplicativo de relacionamento e fiz um catfish usando você.

— O quê?! — perguntei, atordoado com a revelação do meu irmão. — Como assim você fez um catfish me usando?

— Quero dizer que fingi que era você em um aplicativo de relacionamento. Catfish é quando alguém se faz passar por outra pessoa criando um perfil falso e... — Ele semicerrou os olhos e me encarou como se eu fosse um idiota. — Você não sabe o que é catfishing? Porque tem um programa sobre o assunto no...

— Eu sei o que é catfishing — disparei. — O que estou querendo saber é por que é que você fez isso?

— Ah. — Ele encolheu os ombros e deu outra mordida na maçã. — Porque você não tinha coragem suficiente para convidar a Holly para sair. Então, me chame de seu fada-padrinho porque acabei de te descolar um convite para o baile de inverno da Cinderela.

Olhei fixamente para meu irmão, completamente atônito.

— Você entrou em um aplicativo, deslizou por aí como se fosse eu e disse para a Holly que passaria as festas de fim de ano com ela?

— Aham.

— Você está louco?!

— Para ser sincero, eu não imaginava que ela viria correndo até aqui para dizer que aceitava a oferta. Achei que íamos trocar algumas boas provocações no aplicativo. Eu estava pronto para fingir ser você a noite toda, mas ela entrou aqui parecendo um tornado.

— Me mostre o aplicativo — resmunguei. Mano estendeu o telefone para mim, e eu o arranquei de suas mãos. Li a troca de mensagens entre ele e Holly... bem, entre mim e Holly? Merda. Aquilo era confuso. Então, vi a bio que ele escreveu sobre mim. — Apenas procurando por Holly? — perguntei.

Mano exibia uma expressão de orgulho no rosto.

— Suave, né?

— Você é um idiota.

— Eu também te amo, irmão.

— Você sabe que falsidade ideológica é crime, não sabe?

— E o prêmio de melhor ator na categoria drama vai para o meu irmão, Kai Kane! Eu não roubei a sua identidade. Só peguei as suas fotos. Está tudo bem. Você queria falar com ela mesmo. Além disso, você sabe o que isso significa, né?

— O quê?

— Que ela também curtiu o seu perfil — disse ele, me cutucando. — Considere isso o meu presente de Natal para você.

Ela também me curtiu.

Aquilo significava que ela talvez sentisse alguma coisa por mim?

Ou ela simplesmente viu meu perfil e achou que seria engraçado deslizar para a direita.

Quem poderia saber?

Tudo o que eu sabia era que meu irmão era um maldito idiota. E um gênio.

— E se eu tivesse planos para o Natal?! — bradei. — E não posso simplesmente largar o restaurante por uma semana.

— Ah, pode, sim. Já conversei com o Ayumu sobre isso. Está tudo sob controle.

— Mas...

— Pare de tentar estragar uma coisa boa, Kai. Você gosta da Holly, e agora vai poder passar uma semana inteira com ela para confessar seus sentimentos. É um presente. Cavalo dado não se olha os dentes, ou seja lá o que quer que o papai sempre diz.

Resmunguei para mim mesmo e passei a mão no rosto.

— Não consigo acreditar que você fez isso.

— Bom, se você não quer continuar com a brincadeira, então fale a verdade. Mas isso significa que vai partir o coração da doce Holly se falar que não pretende passar o Natal com ela.

Mano estava sendo um idiota porque sabia que eu não podia fazer aquilo com a Holly. A forma como ela pulou em meus braços foi o bastante para indicar que estava em êxtase com a ideia de eu acompanhá-la. Sério, eu nem sabia por que ela havia pulado em meus braços. Tudo o que sabia era que ela estava me abraçando, e eu não queria soltá-la. Se Holly ia cair em meus braços, eu pretendia segurá-la junto a mim, sem pensar nas consequências.

— Então vamos usar a carta do namorado fake? —- Holly me perguntou quando se sentou na banqueta do Mano's.

O restaurante havia fechado cerca de uma hora antes, mas ela ficou enquanto eu limpava tudo para que pudéssemos discutir os detalhes de como seriam os cinco dias com a família dela. Eu nunca tinha visitado uma cidadezinha do Centro-Oeste. Podia apenas imaginar como era.

— Vamos usar qualquer carta que você queira jogar. Estou à disposição para ser o que você precisar que eu seja — respondi.

Ela sorriu. Nunca quis tanto beijar um par de lábios como os dela naquele momento. Sempre que ela sorria, eu me sentia bêbado. Tonto. Feliz. O sorriso da Holly me deixava feliz. A maioria das coisas sobre ela me deixava feliz, e aquilo era muito importante, visto que eu não conseguia nem me lembrar da última vez em que a felicidade tinha feito uma aparição em meu mundo, à exceção de Mano.

— Tudo bem para você bancar meu namorado? — questionou ela.

Por mim tudo bem ser namorado de verdade, mas aquilo era irrelevante.

— É claro. — Dei de ombros, tentando parecer blasé em relação ao esquema.

— Ótimo. Eu disse à minha mãe que ia levar meu namorado.

Eu sorri.

— Então por que estamos tendo essa conversa?

— Porque sou ridícula. — Ela prendeu o cabelo em um coque bagunçado e relaxou os braços na bancada do bar. — Já te disse o quanto sou grata a você por fazer isso por mim?

— Você me fala isso toda hora, mas tudo bem. Eu teria passado o fim de ano sozinho mesmo — falei, e ela franziu o cenho, então balancei a cabeça. — Eu gosto de ficar sozinho.

— Você gosta?

Eu gostava.

Antes dela.

Dei um tapinha em sua mão.

— Já tenho seu presente de Natal.

Ela se sentou mais ereta.

— O quê? Você não precisa me dar nada.

— Preciso, sim. Mas tenho que te dar hoje, antes de irmos para a casa dos seus pais.

Holly levantou uma sobrancelha.

— O que é?

Fui até uma das gavetas do bar, peguei o cardápio e o coloquei na frente dela. Os olhos de Holly se arregalaram.

— Você fez um menu de drinques especiais?

Assenti.

— Fiz. Achei que, já que você me encheu tanto o saco, eu devia meter a cara e fazer um.

Enquanto seu olhar percorria o cardápio de seis drinques, notei seus olhos marejados de lágrimas.

— Você os batizou com nomes de personagens dos meus livros.

— Certos personagens de alguns dos seus livros têm drinques preferidos, então pensei em tentar recriá-los. Ficaram bem bons. Bom, alguns eram horríveis, então precisei fazer umas mudanças...

— Peraí, o quê?

Levantei uma sobrancelha.

— Hmm?

— Você leu os meus livros?

Ah, certo. Holly desconhecia meu novo vício.

— Alguns.

— Alguns quantos?

— Trinta e oito.

Ela soltou uma exclamação.

— Kai!

— Isso não é nada de mais.

— É, sim. Ai, Deus. Você odiou, né? Você só está lendo para detonar os meus livros?

Eu ri e balancei a cabeça.

— Não, não estou.

— Por que é tão estressante saber que você leu os meus livros?

— Não tem motivo nenhum para você ficar nervosa. Você é uma escritora formidável.

— Formidável! — Ela suspirou. — Essa é uma ótima escolha de palavra.

Eu me inclinei para ela.

— Holly, vou falar uma coisa para você, mas, por favor, não crie um climão, ok?

Ela se inclinou para mais perto de mim e sussurrou:

— Sou mestra em criar climão, Kai.

— É verdade, você é, mas vou falar de qualquer jeito. Você é minha autora favorita.

Ela olhou para mim boquiaberta.

— Acho que você está tentando me fazer chorar.

— Não chore. Só olhe para o menu de drinques especiais. O último é o meu preferido.

Seus olhos foram para o final da lista.

— O Holly? — Seu sorriso se abriu, e ela corou. — Batizado em minha homenagem?

— Batizado em sua homenagem. — Peguei dois copos e comecei a preparar o Holly para nós dois. — Geleia de amora, prosecco, vodca, alecrim e um toque de limão. É doce, forte e um pouco atrevido, acrescentando personalidade a todos que deparam com ele. Como você.

Ela soltou um suspiro baixo.

— Como eu?

Coloquei o drinque na frente dela.

— Como você.

Ela se levantou e sorriu, as lágrimas escorriam pelo seu rosto, mas não chamei a atenção dela por estar chorando. Holly era uma mulher que sentia muitas coisas em todos os momentos. Eu era um homem que sentia pouco até ela entrar em meu mundo.

Eu não a culpava por suas emoções.

Eu invejava sua capacidade de sentir as coisas tão intensamente.

Suas emoções eram sua força, e eu adorava aquilo nela.

Eu amava muitas coisas nela.

— Um brinde ao Holly — anunciou ela, enquanto eu pegava meu copo e brindava com ela.

— Um brinde a você — falei.

Enquanto bebíamos o drinque, senti orgulho ao ver Holly gemendo de prazer. Ela gostou. Ótimo. Aquilo era tudo o que importava para mim.

Ficamos sentados bebericando o drinque e, assim que terminamos, Holly sugeriu que experimentássemos todos os outros também.

Eu ri.

— Você vai para casa trocando as pernas.

— Está tudo bem. — Ela deu de ombros. — Moro logo ali na esquina e tenho certeza de que você consegue me carregar, se for preciso. — Ela girou o dedo no ar e apontou para o menu. — Gostaria de experimentar o Libby depois.

Eu sorri.

— Seu desejo é uma ordem.

Quando terminamos de beber o cardápio completo de drinques especiais, Holly e eu saímos do restaurante de braços dados, cambaleantes. Ela falou comigo sobre esquilos, a lua e os flocos de neve caindo sobre nossas cabeças. Nada do que ela disse fazia sentido, mas cada coisa que falou importava. E escutei, bêbado, cada palavra.

Conforme a neve caía em suas bochechas rosadas, dava para vê-la derreter instantaneamente. Ainda bem que ela estava embriagada. Caso contrário, talvez tivesse percebido como eu a olhava: como se ela fosse tudo, porque era exatamente isso. Holly era tudo para mim.

Eu a acompanhei até seu apartamento. Ela desabou no sofá, rindo.

— Kai? — chamou ela, acenando com as mãos.

— Oi?

— Seus drinques são fortes.

Eu ri e me ajoelhei na frente dela, então comecei a tirar seus sapatos.

— Foi você que pediu.

— Estavam incríveis! — exclamou com os olhos fechados. Ela parecia estar em um momento de completa felicidade. Então Holly se endireitou de súbito e parou. Colocou as mãos em meu rosto e me olhou nos olhos. — Você é incrível.

Eu ri.

— Você está bêbada.

Ela caiu para trás no sofá.

— Eu estou bêbada.

Tirei suas botas e as coloquei num cantinho da sala. Depois voltei e abri o zíper de sua jaqueta, ajudando-a a tirá-la. Eu a pendurei no armário do hall de entrada, depois fui para a cozinha e peguei um copo de água para ela.

— Beba — ordenei, segurando o copo na sua frente.

— Vodca? — perguntou Holly, pegando o copo das minhas mãos. Ela franziu o cenho quando bebeu. — Água.

— É necessário.

Ela estreitou os olhos para mim.

— Por que você não está tão bêbado quanto eu?

Dei uma risada.

— Sou um homem forte.

Ela colocou o copo de água na mesinha de centro, quase o derramando, então abraçou meu bíceps.

— Homem forte, forte.

Seus olhos castanhos caíram sobre os meus, e eu me apaixonei ainda mais por ela naquele momento.

Holly Bêbada era adorável.

Holly Sóbria também era adorável.

Holly Jackson era adorável.

— Escuta, Kai.

— O quê?

— Acho que você vai ser um namorado fake melhor do que meus ex-namorados de verdade.

— Por que você acha isso?

— Porque você gosta de mim.

— Gosto — confessei, embora achasse que ela estava bêbada demais para levar minhas palavras muito a sério. — Eu gosto de você, Holly.

Seus lábios carnudos se curvaram.

— Eu também gosto de você. — Senti um aperto no peito por um momento, mas então ela continuou: — Eu diria que você é meu melhor amigo, mas não acredito mais em melhores amigos.

— Por quê?

— Porque melhores amigos são como cobras — balbuciou ela, bêbada. As mãos de Holly continuavam agarradas ao meu bíceps, apertando-o um pouco antes de voltar a me encarar. — Seus músculos são de verdade? — perguntou, mudando de assunto.

Cutuquei o nariz dela.

— Você precisa dormir.

Ela ignorou esse fato e tocou meu nariz também.

— Sabe o que temos que fazer, Kai?

— O quê?

— Nos beijar.

Meu corpo inteiro enrijeceu quando as palavras saíram de sua boca.

— O quê?

Ela se sentou mais ereta, balançando a cabeça.

— Temos que nos beijar. Se vamos mesmo convencer a minha família de que você é meu namorado, não podemos dar um primeiro beijo constrangido na frente deles. Então faz todo o sentido que a gente pratique uns beijos, antes de aparecermos na casa dos meus pais daqui a alguns dias.

Eu queria beijá-la? Sim.

Ela apresentou um argumento válido, mesmo em seu estado de embriaguez? Cem por cento.

Eu iria beijá-la naquela noite? Não mesmo. Não quando ela não estava totalmente lúcida. Não quando estava bêbada.

— Faz sentido, mas não posso beijar você hoje, Holly.

Eu vi... o lampejo de tristeza em seus olhos.

— Você não quer me beijar?

— Não foi isso que eu disse. Eu disse que não posso beijar você hoje.

— Mas por quê?

— Porque você está bêbada.

— Estou.

— Não quero beijar você bêbada. Existe uma boa chance de você nem se lembrar dessa conversa amanhã de manhã.

— Eu vou me lembrar — jurou ela.

— Se você se lembrar, apareça no meu apartamento amanhã ao meio-dia, e aí damos o nosso primeiro beijo sóbrios.

— Tudo bem. Eu vou — afirmou Holly, confiante.
— Ótimo.
— Ótimo! — repetiu ela.
Cutuquei seu nariz novamente.
— Vá dormir.
Ela jogou os braços para o ar.
— Me leva no colo para a cama?
Fiz o que ela pediu, levantando-a em meus braços. Carreguei Holly até seu quarto, puxei as cobertas e a deitei na cama. Então a cobri, deixando-a bem aconchegada, e coloquei o cabelo que estava em seu rosto para trás das orelhas.
— Durma bem, ok? — disse a ela, com vontade de beijar sua testa, mas sabendo que talvez aquilo fosse demais.
Ela fechou os olhos e bocejou enquanto rolava para o lado e abraçava o travesseiro com força.
— Vejo você ao meio-dia, Kai.
— Sim — murmurei, esperançoso. — Vejo você ao meio-dia.

Ouvi uma batida à minha porta na tarde seguinte, exatamente ao meio-dia. Homens também sentiam frio na barriga? Merda. Acho que sim. Ao seguir até a porta, tentei acalmar meus nervos. Então a abri e me deparei com Holly parada ali, na minha frente, um sorriso radiante no rosto.
— Oi — cumprimentei-a.
— Oi — respondeu ela, dando um passo à frente com as mãos às costas. — É meio-dia.
Eu ri e assenti.
— Sim, é meio-dia.
— Posso entrar?
Dei um passo para o lado, abrindo caminho para ela. Quando Holly entrou, fechei a porta.

— Isso é meio estranho, e eu sinto muito. — Holly começou dizendo, de costas para mim. Conforme falava, foi se virando devagar. — E sei que pode ser demais para você, mas...

Eu a interrompi. Puxei seu corpo para junto do meu e colei os lábios nos dela. Achei que, quanto mais discutíssemos o assunto, mais estranho e desconfortável acabaria se tornando, então me joguei de cabeça. Eu a beijei longa e gentilmente, minha boca descansando na dela, como se sempre tivesse pertencido àquele lugar. Então ela se entregou ao beijo, me abraçou e me puxou para si.

Parecia que o tempo havia congelado enquanto nossas bocas se descobriam. Não havia nada de selvagem naquele beijo. Não foi intenso, indomável, inapropriado, ou qualquer coisa do gênero. Mais que um selinho, menos que um beijo de língua. Foi... gostoso.

Holly não precisava do meu abraço ardente, mesmo que fosse o que eu desejava lhe dar. Eu queria provar cada centímetro dela. Queria minha boca audaciosamente indo aonde nenhum namorado fake jamais foi.

Em vez disso, simplesmente a beijei.

Nem mais, nem menos.

Mesmo que eu quisesse mais, não menos.

— Ah — suspirou ela, ao se afastar ligeiramente. — Ok. Isso foi bom. — Ela me soltou e começou a andar de um lado para o outro. Suas mãos pousaram na cintura, e ela assentiu. — Isso foi bom, não foi?

— Sim. Foi bom.

— Simples, né?

— Aham.

— E não é como se minha família esperasse que a gente se beijasse de língua e toda aquela loucura dos amassos. Simples é bom. O beijo foi bom. — Ela sorriu para mim. — Você tem gosto de menta.

— ChapStick — expliquei.

— Lábios macios — comentou ela.

— Os seus também não são nada mal — brinquei.

Suas sobrancelhas se franziram.

— Você me acha idiota por fazer isso? Sei que parece loucura, mas acho que não posso passar o feriado sozinha, com a minha família me olhando preocupada e...

— Holly.

— Sim?

— Não pense demais no assunto. Está tudo bem, e eu quero ir.

Notei seu corpo relaxar enquanto ela se dava conta de que eu seria seu namorado fake durante a semana seguinte.

— Tudo bem — concordou ela, balançando a cabeça. — Devemos praticar esse lance do beijo mais algumas vezes? Para ter certeza de que é realista?

Eu não ia dizer não para aquele pedido.

Eu a puxei para perto e a beijei novamente.

Daquela vez o beijo durou um pouco mais, até que ela empurrou meu peito, desgrudando a boca da minha. Holly parecia agitada ao se afastar alguns passos de mim.

— Tudo bem. Isso foi bom. Melhor, né? Parecia menos... nervoso?

— É, foi bom.

— Ok, legal, legal, legal — murmurou ela, andando de um lado para o outro, as mãos na cintura. — Incrível. Talvez mais uma vez para ajustar a posição?

Se a ideia era achar posições, eu preferia levá-la para o quarto e lhe apresentar minhas favoritas, mas duvido que tenha sido isso que Holly quis dizer. Ela achava mesmo que havia uma chance de eu recusar a oportunidade de continuar dando beijos nela?

Estendi a mão, e ela correu de volta para mim. Dessa vez, passei os braços ao redor de sua cintura. Ela passou os dela em volta do meu pescoço, me puxando até sua boca. Minha língua separou os lábios dela de leve, enquanto Holly pressionava o corpo no meu. Uma descarga instantânea de desejo me atravessou e foi direto até o meu pau, acordando o monstro adormecido, enquanto Holly aprofundava o beijo, agora acrescentando a língua. Com ela nos braços, encostei suas costas na porta. Apoiei a mão na madeira, acima de sua cabeça, quando senti as mãos de Holly começarem a acariciar meu rosto. Nosso beijo se intensificou. Tínhamos oficialmente passado do simples estágio do beijo.

Ela me empurrou de novo, mais agitada que antes.

— Nossa, Kai, pare. Ok, legal. Ok. Legal. Tudo bem. — Ela acenou com as mãos para mim e depois começou a se abanar. — Ok. Isso foi bom. Um pouco mais ousado, mas foi bom. Ótimo. Ai, meu Deus, ótimo. Está quente aqui? O aquecedor está ligado? Aposto que o aquecedor está ligado. — Seu olhar desceu até minha virilha, e ela abriu um sorriso. Ela levantou uma sobrancelha e encontrou meu olhar. — Eu perguntaria se foi bom para você, mas contra fatos não há argumentos. Ou, no caso, contra seu jeans.

Olhei para o volume em minhas calças, depois de volta para ela. Dei de ombros.

— É uma consequência natural quando uma mulher linda me beija.

— Não faça isso — avisou ela.

— Fazer o quê?

— Não me chame de linda.

— Lamento, mas você é linda.

Ela esfregou as mãos no rosto, balbuciando algo em um sussurro, então olhou para mim novamente.

— Preciso ir. Talvez apenas mais um beijo de saideira, para ter certeza de que temos tudo alinhado?

— Com certeza, você quer...

Antes que eu pudesse concluir a frase, Holly pulou em meus braços. Eu a segurei com firmeza, conforme ela começou a me beijar. Uma parte de mim achou que eu estivesse sonhando, porque aquilo tudo parecia bom demais para ser verdade.

Beijei seus lábios e depois passei para a curva do pescoço.

Seus dedos se cravaram nas minhas costas enquanto explorávamos um novo território entre nós.

Sua boca se fechou no lóbulo da minha orelha, o que me provocou arrepios na espinha.

— Holly, se continuar fazendo isso, vou querer... — rosnei levemente contra seu pescoço. — Nossa, Holly, não faça isso. Eu gosto demais disso.

Ela se afastou.

— Esse é seu ponto fraco?

Assenti, a excitação ainda correndo em minhas veias.

— É meu ponto fraco. — Eu tinha certeza de que ela podia sentir quanto aquela pequena sucção na minha orelha me excitava com base em como meu pau latejante tentava escapar das calças ao ser envolvido pelas pernas dela.

Os olhos castanhos de Holly se fixaram nos meus. Vi a pequena curva de um sorriso quando ela mordeu o lábio inferior.

— Você nunca fez um tour comigo pelo seu apartamento — comentou ela.

— O quê?

— A sua casa. Você nunca me mostrou tudo.

Meu pau e eu estávamos profundamente confusos.

— É só um apartamento.

— Você tem um quarto? — perguntou ela, colocando o cabelo para trás da orelha.

— Ué, tenho...

— Me mostre.

— Você quer ver o meu quarto? — Soltei um suspiro torturado. — Holly, se eu te mostrar o meu quarto, vou te mostrar a minha cama, e não sei se é isso que você quer.

Meu pau dizia *Meu deus, sim*; enquanto meu cérebro dizia *Não vá estragar tudo transando com ela*. Poderia arruinar tudo se fizéssemos sexo. *Ou*, meu pau disse ao meu cérebro, *pode ser a melhor tarde que você teve nos últimos tempos*.

Não tive chance de discutir com minhas duas cabeças.

Holly se inclinou, chupou minha orelha novamente e sussurrou:

— Me mostre o seu quarto.

Foda-se.

Ou, melhor, foda essa mulher. E era exatamente isso que eu estava prestes a fazer.

Tudo aconteceu em um borrão. O que começou como um doce beijo se transformou em duas pessoas virando animais vorazes. Levei Holly para o quarto, mas ela não parecia muito interessada em um tour. Ela me beijava como se viesse esperando para fazer aquilo, e eu a beijava como se desejasse fazer aquilo pelo restante do dia.

O corpo de Holly era extraordinário. Tinha tanto para tocar, tanto para beijar, tanto para fazer amor... Amei cada pedaço dele. Cada centímetro, cada curva, cada dobra. Começamos a nos despir depressa, como se houvesse a possibilidade de um de nós mudar de ideia se parasse para pensar com a cabeça em vez de com os países baixos.

Nossas roupas foram jogadas pelo ar em velocidade recorde. Deitei Holly em minha cama e comecei a explorar seu corpo com a língua, provando cada centímetro dela. Aquela mulher tinha o mesmo gosto que eu imaginava que o céu teria... divino. Sagrado.

— Linda — murmurei junto aos seus quadris, enquanto minha língua trilhava um caminho cada vez mais para baixo.

— Não me chame de linda — repetiu o que dissera antes, em tom nervoso e zombeteiro.

Então a fitei, olhos nos olhos.

— Linda — insisti, antes de abaixar minha boca para sua essência. Passei a língua lentamente pelo seu clitóris. — Linda — sussurrei, antes de chupá-lo, permitindo que meu polegar começasse a massagear seus lábios de baixo. — Linda — repeti, deslizando dois dedos para dentro dela enquanto a ouvia gemer de desejo. — Linda — disse, logo antes de começar a desfrutar minha refeição favorita do dia.

Abri suas pernas, saboreando-a lentamente antes que meu apetite atingisse um nível indomável. Não podia falar, porque estava muito ocupado vivendo o melhor momento da minha vida entre suas coxas, mas minha mente repetia as mesmas palavras sem parar.

Linda, linda, linda.

Enquanto me banqueteava, quase achei que ela conseguisse ler meus pensamentos, pelo modo como arqueava as costas, as mãos cravadas nos lençóis, gemendo de prazer.

Linda, linda, linda.

O gosto, os sucos e os sabores de Holly eram meu novo drinque preferido. Eu me sentia bêbado só de explorá-la; era uma sensação que eu jamais queria que abrandasse.

— Você — implorou ela, me despertando de meus desejos e de minhas necessidades. — Eu quero você, Kai — choramingou ela, fazendo meu pau latejar, me consumindo de tesão.

Eu me afastei e estendi a mão para a mesinha de cabeceira. Peguei uma camisinha e a coloquei, então voltei para Holly. Seus olhos castanhos me fitavam, e seu olhar de desejo quase foi o bastante para me fazer gozar na hora.

Quase.

Lentamente me inclinei e beijei seus lábios, deixando-a provar a si mesma na minha língua. Então abaixei os quadris, esfregando minha ereção em seus outros lábios, deslizando a cabeça do meu pau para dentro e para fora dela devagar, provocando-a.

— Por favor — implorou ela, fechando os olhos. — Por favor, mais...

— Adoro isso — comentei, roçando a boca em sua orelha. — Adoro quando você implora por mais.

Holly arqueou o quadril, e dei a ela tudo de mim. Arremeti, penetrando mais fundo enquanto ela apertava a cabeceira da cama, murmurando repetidamente:

— Assim, assim, assim.

Ela gritou de prazer, de desejo, em completo estado de êxtase. Aquilo era tudo que eu queria. A partir daquele momento, eu só pensava em levar Holly ao orgasmo e deixar sua mente em um torpor de êxtase. Deixei que ela gozasse primeiro.

Então de novo.

E de novo.

E.

De novo.

Seus orgasmos fizeram seus dedos dos pés repuxarem o cobertor até que coloquei suas pernas em meus ombros. Apoiei uma das mãos na cabeceira da cama, investindo cada vez mais fundo, ouvindo seus gemidos enquanto me aproximava mais e mais do clímax. Ela me puxou e gentilmente chupou minha orelha.

— Goza por mim — exigiu ela, e aquilo foi o suficiente para me encorajar.

Seu desejo era uma ordem.

— Hol... Holly, estou... — Não consegui terminar a frase enquanto minhas pernas estremeciam junto a ela. Senti uma onda de êxtase quando ela sorriu para mim, satisfeita com meu prazer. Quando acabei, me inclinei e deixei um rastro de beijos em seu corpo, antes de desabar ao seu lado.

Linda, linda, linda.

Depois nos deitamos sob as cobertas, exaustos e um tanto atordoados com o que tinha acontecido. Jamais pensei que um simples beijo nos levaria àquilo, mas, ao mesmo tempo, não estava reclamando. De modo algum.

Holly pigarreou, se cobrindo.

— Então, ah, sim. Já resolvemos a questão dos beijos, né?

— Acho que sim.

Ela se sentou na cama e me olhou, tímida.

— Vire para lá. Preciso me vestir.

Arqueei uma sobrancelha.

— Acho que eu já vi tudo.

— Vire para lá — ordenou ela mais uma vez. — E feche os olhos.

Joguei as mãos para o alto em um gesto de derrota enquanto virava de costas para ela e fechava os olhos.

Holly saiu da cama e correu para pegar suas roupas.

Ela jogou minha cueca boxer para mim, e eu a coloquei assim que Holly anunciou que estava completamente vestida. Também vesti minhas roupas e a encontrei na sala.

Ela estava muito mais envergonhada agora, como se não tivesse exigido que eu gozasse poucos minutos antes. Gostei daquilo, de ela ficar tímida depois do sexo. Inferno, não havia muito o que eu não gostasse na Holly. Quanto mais convivia com ela, mais coisas para gostar eu descobria.

— Então, tudo bem. Isso foi... — Ela soltou um suspiro. — Ok. Beijar está fora da lista de "coisas a fazer". Legal.

Ela falava tanto "legal", que a palavra nem fazia muito mais sentido para mim.

Ela estendeu a mão.

Levantei uma sobrancelha.

— O que você está fazendo?

— Quero apertar a sua mão.

— Não vou apertar a sua mão depois de ter transado com você, Holly.

— Escute, estou pensando demais e meio que entrando em pânico, então preciso que você aperte a minha mão para eu sentir um pouco de normalidade depois do que acabou de acontecer.

Comecei a rir, mas aí vi que sua expressão estava séria. Ela realmente estava pensando demais. Então apertei a mão dela.

— Obrigada — agradeceu-me ela, abrindo um pequeno sorriso. — Vejo você na segunda-feira para a viagem.

— Está ótimo.

Abri a porta para ela, e Holly saiu para o corredor. Por um segundo, tive receio de que ela pudesse se arrepender do que havia feito, o que me deixou culpado. Até que ela se virou para mim, corando levemente.

— Aquela coisa que você fez com a língua aqui e aqui. — Ela apontou para seus lábios, e uma expressão diabólica se formou em seu rosto. — Aquele lance de "lamber, lamber, meter, deslizar"? — Ela colocou os dedos nos lábios e os beijou. — Beijo do chef. Bom trabalho. Vou dar cinco estrelas para você no aplicativo de relacionamento.

Dei uma gargalhada.

— Até segunda, Holly.

Ela seguiu para o elevador, e eu a observei indo embora até sumir de vista. Minha mente estava atordoada, confusa e feliz. *Feliz*. Quase havia esquecido como era sentir felicidade. Só mesmo Holly Jackson para me fazer lembrar.

Linda, linda, linda.

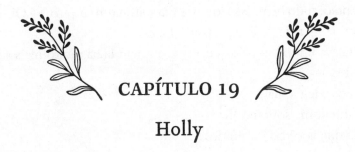

CAPÍTULO 19

Holly

Enfim chegou o dia da viagem para a casa da minha família, e meus nervos estavam à flor da pele. Kai parecia frio como gelo, o que não foi um choque. Ele nunca demonstrou muitas emoções. Se estava mesmo nervoso, eu não saberia dizer.

Antes de partir para a pequena cidade de Wisconsin, deixei Vovó com meu vizinho, que iria cuidar dela. Depois Kai e eu fomos até o aeroporto deixar Mano.

— Me mande uma mensagem quando você pousar, e se divirta — disse ele ao irmão, bagunçando seu cabelo antes de lhe dar um abraço. Quando Kai foi até o porta-malas para pegar a bagagem do irmão, abracei Mano.

— Tire muitas fotos para me mostrar quando voltar, ok? — pedi a ele.

— Pode deixar. Ah, Holly?

— O quê?

— Estou feliz de o Kai ter resolvido não ficar sozinho no Natal este ano. Ele se faz de durão, mas sei que o meu irmão é um ursinho de pelúcia. Se ele ficar um pouco emo, não leve para o lado pessoal. Essa época é difícil para ele.

— Vou cuidar bem dele.

— Obrigado. — Ele me deu outro abraço, então Kai lhe entregou a mala. Mano seguiu seu caminho todo contente.

A viagem até minha cidade natal levava cerca de três horas e, felizmente para mim, foi fácil conversar com Kai no caminho. O falatório ficou mais por minha conta, mas ele era um bom ouvinte, e por mim tudo bem. Quanto mais nos aproximávamos da cidade, mais minha ansiedade fervilhava. Quando fui para casa no Dia de Ação de Graças, fiz um bate e volta, então não precisei encarar muitos conterrâneos. Agora que eu ia para passar alguns dias lá, estava muito mais nervosa com a perspectiva de interagir com os outros. Consegui evitar a maioria das pessoas desde o incidente da véspera de Natal do ano passado. Mas sabia que não seria capaz de fazer o mesmo agora. Felizmente, Kai estaria ao meu lado para me dar apoio.

Eu me remexi no banco e cutuquei as unhas.

— Minha família às vezes é difícil. Minha mãe é um pouco participativa demais, e meu pai é muito protetor em relação a mim, então ele pode ser meio exagerado e querer fazer um interrogatório com você. Mas, no geral, é bem na dele. É mais observador do que falador. E meu irmão mais novo é um idiota que ganha a vida me provocando.

— Então o que você está dizendo é que sua família ama você?

— É. — Assenti. — Mais que tudo. — Quando estacionamos na entrada da casa dos meus pais, levei a mão ao peito. — Ai, meu Deus! Por que meu coração está batendo tão rápido? Por que estou tão nervosa?

— Antes que pudesse destravar minha porta, Kai já estava fora do carro, correndo para abri-la. Saltei do carro sentindo a palma das mãos suando.

— Você está nervosa porque está prestes a apresentar um namorado fake para a sua família e tentar convencer todo mundo de que se trata de um relacionamento cem por cento real e autêntico, e isso é uma situação bem estressante.

— Ah. Tá. Ok. — Olhei para Kai enquanto ele tirava nossa bagagem do porta-malas. — Você acha que vamos conseguir?

Ele colocou as malas ao meu lado, enlaçou minha cintura e me puxou para perto.

A proximidade repentina de Kai me deixou desconcertada.

Ele tinha o cheiro da minha colônia favorita, uma mistura de carvalho e frutas cítricas.

Ergui os olhos para ele enquanto sentia meu coração martelar com força no peito.

— O que você está fazendo? — perguntei.

— Interpretando o meu papel — respondeu ele, se inclinando para mim. — Me beije.

— O quê?

— Agora — ordenou, enquanto seus lábios roçavam os meus.

Obedeci, pressionando a boca na dele. Seus braços continuavam em volta da minha cintura, minhas costas ligeiramente arqueadas, quando ele me embalou em seus braços e me beijou. Senti muitas coisas conflitantes ao mesmo tempo. Tontura. Estabilidade. Luxúria. Alegria. Confusão. Felicidade. Para sempre.

Para sempre.

Aquilo foi uma coisa estranha de sentir, mas eu senti.

Quando Kai se afastou, manteve contato visual comigo. Jurava ter visto o mesmo tremeluzir de emoções dando cambalhotas em seu olhar.

— Bem, se não são os dois pombinhos — disse a voz da mamãe, interrompendo o que pensei ser um momento íntimo entre nós dois.

Então na mesma hora me dei conta de que ele estava interpretando um papel. Ele provavelmente vira minha mãe se aproximar.

Espante as borboletas, Holly. Elas não são reais.

— Você deve ser o Kai — disse mamãe, estendendo a mão para ele.

Kai pegou a mão da mamãe e a puxou para um abraço.

— Sou, sim, senhora. É um prazer conhecê-la.

Mamãe o abraçou e parecia tonta quando o soltou. Ela se virou para mim e me abraçou também.

— Você não comentou comigo que ele era tão bonito, Holly.

— Você não perguntou se ele era bonito... — brinquei.

— Ai, meu Deus, estou tão feliz. — Com os olhos marejados de lágrimas de emoção, minha mãe se afastou. Então colocou as mãos na cintura e me analisou. — Fico tão feliz por você, Holly. Isso é tão bom — reforçou ela.

— Mãe... se controle. — Dei um sorrisinho para ela, balançando a cabeça.

— Ela já está chorando? — perguntou papai, vindo até nós.

— Como uma torneira — respondi.

Papai me envolveu em seus braços e deu um beijo em minha testa.

— Olá, querida. Estava com saudade de você.

— Também estava com saudade, pai.

Quando me soltou, a gentileza que dirigia a mim se evaporou. Papai se tornou extremamente sério ao se virar para Kai. Ele o olhou de cima a baixo, avaliando-o.

— E você deve ser o namorado dela.

— Sou — respondeu Kai, estendendo a mão para meu pai. — Sou o Kai.

— Kai — murmurou papai, apertando a mão dele com força. Eu tinha quase certeza de que ele arrancaria os dedos do pobre rapaz. — Você está tratando a minha filha bem?

Kai olhou para mim com um pequeno sorriso nos lábios.

— Sim, senhor.

Papai se virou para mim, ainda segurando a mão de Kai.

— Ele está te tratando bem?

Eu ri e assenti.

— Sim, pai. Agora solte a mão dele antes que você a quebre.

Papai estreitou os olhos para Kai enquanto ainda segurava sua mão.

— Sou faixa preta terceiro Dan no tae kwon do, meu jovem. Sabe o que isso significa, não sabe?

— Que você é capaz de chutar minha bunda em um piscar de olhos se eu magoar a sua filha? — perguntou Kai.

— Não. — Papai balançou a cabeça. — Significa que eu poderia matar você e fazer parecer um acidente.

— Papai! — exclamei.

— Phil, vamos deixar o namorado da Holly em paz, querido — disse minha mãe, ainda enxugando as lágrimas de alegria por eu ter um namorado de verdade. Bem, um namorado fake de verdade, mas o que minha família não sabia não podia magoá-los.

Papai largou a mão de Kai, pegou nossas malas e as levou para dentro de casa.

— Você devia ter me avisado sobre o seu pai — sussurrou Kai, massageando a mão.

— Eu te disse que ele era superprotetor.

— Sim, mas você se esqueceu de mencionar que ele podia me matar com o dedo mindinho.

— Não seja dramático. — Peguei sua mão na minha e comecei a massageá-la. — Você tem que encolher os dedos no tae kwon do, senão corre o risco de quebrá-los. Ele mataria você com um chute ou um soco, não com o dedo mindinho.

Kai levantou uma sobrancelha.

— Não me diga que você também é faixa preta terceiro Dan?

— Nossa, não. — Comecei a andar na direção da casa, Kai logo atrás, pois eu ainda massageava a mão dele. — Sou faixa preta segundo Dan. Nada de mais.

— Então você poderia me matar também. Anotado.

— Minha família inteira poderia matar você.

Kai riu de nervoso enquanto mamãe nos seguia.

Ela deu um tapinha nas costas de Kai.

— Não se preocupe. Ninguém vai morrer nesse fim de semana. Estou tão feliz que vocês dois estão aqui. — Ela se virou para mim. — Seu irmão e o namorado chegaram não faz muito tempo. Mal posso esperar para você conhecer o MJ. Ele continua charmoso como sempre.

Entramos em casa e tiramos nossos sapatos e casacos de inverno no hall de entrada. Mamãe pendurou tudo para nós, e, quando chegamos à sala de estar, Kai e eu ficamos de queixo caído quando demos de cara com Alec e o namorado.

— Puta merda — dissemos ao mesmo tempo.

— Mas não é que o Kai existe? — Alec abriu um sorriso irônico. — E é bonito também. Bom trabalho, maninha. — Ele se aproximou, me deu um tapinha nas costas e apertou a mão dolorida de Kai. — Sou o Alec, irmão da Holly. E este é meu namorado, MJ.

Meu olhar encontrou o de MJ, e vi pânico nele.

— MJ — repeti, inclinando a cabeça ligeiramente enquanto franzia os lábios. — São as iniciais de que nomes?

— Matthew Jr. Herdei o nome do meu pai. Minha família me chama de MJ, mas a maioria das pessoas me chama de Matthew.

Matthew.

Sim.

Exatamente.

Era o mesmo maldito Matthew com quem passei os últimos dois meses. O mesmo Matthew que bebeu e jantou comigo. O mesmo Matthew que me mostrou sua verdadeira cara e desapareceu completamente da minha vida quando eu não quis transar com ele.

Matthew era MJ! Matthew era o MJ de Alec! Como aquilo sequer era possível? Como minha vida passou de comédia dramática a tragédia grega?

Acho que vou vomitar...

— Agora que você está aqui, posso anunciar a novidade! — disse Alec. — A fusão da minha empresa com a Construtora Trading finalmente foi aprovada!

— Ai, meu Deus! — exclamei. — Isso é demais. — Eu não tinha o hábito de elogiar meu irmão por causa da nossa implicância, mas sabia que a aprovação da fusão das duas empresas era algo muito importante.

Com aquele acordo, Alec se tornava um dos mais jovens milionários do país. Com a tecnologia e os sistemas de segurança da empresa dele e a tradição da Construtora Trading, eles mudariam o mundo da construção civil.

Eu estava orgulhosa daquele pequeno babaca. Alec estava fazendo coisas grandiosas.

— Essa não é a única novidade — disse ele, enfiando a mão no bolso da calça, de onde tirou um anel. Ele o colocou no dedo anelar, radiante. — MJ me pediu em casamento, e eu aceitei!

— Puta merda! — Kai e eu repetimos mais uma vez, ao mesmo tempo.

— Foi ontem à noite, depois da fusão — explicou. — Você pode pegar o champanhe, por favor, MJ? Precisamos brindar! — pediu Alec, cutucando o namorado... correção, noivo... ao seu lado.

— Pode deixar comigo — disse MJ, saindo correndo.

— Ah, eu ajudo! — avisei, enquanto perseguia o idiota, desaparecendo na cozinha.

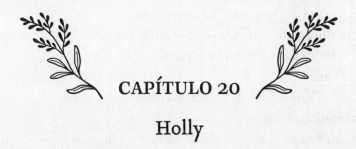

CAPÍTULO 20

Holly

— O que está acontecendo aqui?! — sussurrei meio que gritando para MJ, enquanto o alcançava na cozinha. — O que você está fazendo aqui?

A culpa pesava em seus olhos.

— Escute, fiquei igualmente surpreso quando entrei nesta casa e **vi** as fotos da sua família nas paredes.

— Bem, está na hora de você ir embora.

— O quê? Não vou mesmo. Estou noivo do seu irmão.

— Não, você não está.

Ele arqueou uma sobrancelha.

— Sim, estou.

— Você acha que pode se casar com o meu irmão depois de ter sido infiel? A gente estava se pegando há apenas algumas semanas! Sem chance. Eu não vou deixar isso acontecer. Meu irmão é uma boa pessoa e merece alguém muito melhor do que você.

— Infelizmente, essa decisão não é sua. Alec já disse sim ao pedido. E é por isso que, no momento, estou procurando o champanhe para o brinde. — Ele pegou duas garrafas de prosecco, que rapidamente tirei de suas mãos.

— Não vai ter brinde!

— Vai — respondeu ele, pegando as garrafas de volta —, sim.

Puxei as garrafas de espumante mais uma vez.

— Não, não vai. Não posso acreditar que você estava namorando o meu irmão enquanto saía comigo. Isso é nojento.

Meu irmão e eu beijamos a mesma boca.

Quase tilintamos o mesmo conjunto de bolas.

Quase tocamos o mesmo brinquedo barato.

Meu Deus!

Meu terapeuta iria fazer a festa nas próximas sessões.

MJ deu de ombros.

— Bem, se isso faz com que se sinta melhor, não estou dormindo com você.

— Eu não me sinto melhor.

— Seja como for, seremos parentes em breve, então é melhor já ir se acostumando com o fato de que eu faço parte da sua vida, maninha. Talvez, se você tiver sorte, possamos fazer um revival no seu quarto, quando todos estiverem ocupados.

Ele piscou.

Eu me retraí.

— Você é um porco.

— Felizmente, seu irmão adora carne de porco. Agora, se me dá licença. — Ele tomou as garrafas de mim. — Preciso fazer um brinde.

Arranquei as garrafas das mãos dele mais uma vez.

— Não haverá brinde depois que eu contar tudo ao Alec e...

— Eu já fiz isso.

Congelei.

MJ pegou as garrafas de volta, com um sorriso perverso.

Balancei a cabeça, perplexa.

— O quê?

— Assim que vi as suas fotos, contei para ele que você e eu saímos algumas vezes. Falei que você não significou nada para mim, o que é verdade. Você não significou nada para mim, Holly.

Aquilo foi como um soco na alma.

Provavelmente teria doído se não tivesse vindo de um canalha mentiroso.

— Não acredito em você. Você só está tentando me convencer a não contar a verdade ao Alec. Ele nunca aceitaria que o namorado...

— *Noivo*...

— ... ele nunca aceitaria que um namorado idiota o traísse — concluí a frase. — Ele tem muito amor-próprio para permitir algo assim.

MJ jogou as mãos para cima, em sinal de rendição.

— Pergunte a ele você mesma. Não estou nem aí.

— Ótimo. Vou fazer isso. *Alec*! — gritei, sentindo o coração bater forte dentro do peito. — *Alec*!

Segundos depois, Alec entrou na cozinha com uma sobrancelha erguida.

— Por que você está gritando como uma louca? — perguntou.

Apontei para MJ.

— Nós saímos há algum tempo. Por, tipo, seis semanas.

— Sim, eu sei.

Meu queixo caiu.

— Como assim você sabe?! — Marchei até me postar do lado de MJ, então apontei para mim e depois para ele. — Nós tivemos um rolo. MJ e eu. Saímos juntos.

— Sim — repetiu Alec. — Eu sei. Ele me contou hoje, quando chegamos e ele se deu conta de tudo.

— Ok... então por que ele ainda está aqui?

— Porque ele é meu noivo? — rebateu Alec, sem entender por que eu estava perplexa.

Aquilo me deixou confusa!

— Ele traiu você, Alec! Comigo! Com a sua irmã!

— Eu não traí — explicou MJ. — Estávamos em um relacionamento aberto. Mas não estamos mais, desde que tornamos as coisas oficiais.

Relacionamento aberto? Alec nunca faria isso. Eu conhecia meu irmão. Aquilo não era do feitio dele.

— Mas...

— Sem mas, Holly. É o que é. Só não conte para a mamãe e o papai. Duvido que eles entenderiam. Eles são de uma geração diferente — argumentou Alec.

Eu estava boquiaberta. Não estava entendendo nada, e era apenas alguns anos mais velha que meu irmão.

— Alec...

— Vamos beber champanhe na sala de jantar em dois minutos para brindar meu noivado com o MJ, Holly. Você pode se juntar a nós ou não. Seja como for, vamos comemorar a ocasião. E talvez seja interessante também guardar a sua opinião para você, visto que estava saindo com Kai e MJ ao mesmo tempo, com base na linha do tempo que você revelou.

MJ pegou as garrafas de champanhe das minhas mãos e me lançou um sorriso pecaminoso enquanto ele e Alec se dirigiam até a sala de jantar para o brinde.

Eu me senti como uma perfeita idiota, parada ali. Por que Alec estava agindo como se aceitasse bem a situação? Era para ele estar mais chateado do que deixava transparecer.

Não muito tempo depois, Kai entrou na cozinha e ergueu uma sobrancelha.

— Será que vou querer saber o que aconteceu? — perguntou.

— Provavelmente não, mas preciso da sua ajuda com uma coisa.

Suas sobrancelhas se franziram.

— Por que essa afirmação me preocupa?

— Porque você está aprendendo lentamente o quão louca eu sou?

— Se por lentamente você quer dizer depressa, então, sim. O que é?

— Matth... MJ... é um canalha mentiroso.

— Sim, concordamos quanto a isso. Não quero jogar na sua cara que eu te avisei, mas...

Apontei um dedo para ele e falei sério:

— Não diga eu te avisei.

Ele jogou as mãos para cima em um gesto de derrota.

— Tudo bem, tudo bem.

— Nós precisamos expor as mentiras dele.

— Defina *nós*. — Ele riu e balançou a cabeça. — Não quero participar disso.

— Bem, que pena, vaqueiro, porque, uma vez que se inscreveu para ser meu namorado fake, você se inscreveu para embarcar nas minhas roubadas.

— Isso não estava no contrato.

— Estava em letras miúdas.

— Sinceramente, eu devia saber que você era louca quando descobri que batizou sua gata de Vovó.

— Isso é encantador.

— De um jeito insano, com certeza. Enfim — resmungou ele —, qual é esse seu plano?

— Temos que armar para MJ dar em cima de mim, daí gravamos tudo. Ou você pode ficar amiguinho do Matthew, embebedá-lo e arrancar uma confissão de que ele não é uma boa pessoa.

— Não fico amiguinho das pessoas.

— Eu sei, seu ranzinza. Mas você poderia fazer isso por mim.

— Por que eu faria isso por você?

— Porque sou eu! Holly! Ho Ho Holly! Sua namorada fake favorita.

— Você é ridícula.

— Fico feliz por estarmos falando a mesma língua.

— Não estamos falando a mesma língua. Sequer lemos os mesmos livros. Você está com um livro infantil, e o meu lance é Shakespeare.

Eu ri.

— Para ser bem sincera, livros infantis são ótimos. E, mais, você não é do tipo que curte Shakespeare.

Ele me encarou, arqueando uma sobrancelha. Colocou a mão em meu rosto enquanto se aproximava; estava tão perto que seus lábios estavam a meros centímetros de distância. Então sussurrou:

— Paste em meus lábios e, se estas colinas estiverem secas, perca-se mais abaixo — seus olhos se moveram para baixo, para minhas regiões mais íntimas, antes de se voltarem para meu olhar —, onde jazem fontes agradáveis.

Ele... ele me falou sacanagem no estilo Shakespeare?

Sua voz ficou mais profunda, mais sedutora.

— De hora em hora apodrecemos...

Ele acariciou minha bochecha enquanto fixava os olhos castanhos nos meus. Seu olhar, carregado de intensidade enquanto me seduzia, deixou meu rosto em brasa.

Balancei a cabeça, despertando daquele transe.

— Pare com essa esquisitice de tornar Shakespeare sexy. Além do mais, não temos tempo para isso. Temos planos a fazer.

— Por que temos de fazer planos? Não pode só contar ao seu irmão por que o Matthew não é um cara legal? Antes de enveredar pelo caminho da loucura, que tal tentarmos uma abordagem direta?

Suspirei.

— Tudo bem, mas, se não funcionar, você vai pôr laxante no café da manhã do MJ.

Ele riu e balançou a cabeça.

— Isso não vai rolar.

Imaginei, mas não custava tentar.

UMA GRANDE PARTE DE MIM achava uma loucura esperar por Alec do lado de fora do banheiro, mas MJ e ele pareciam estar colados um ao outro sempre que eu sequer cogitava conversar com meu irmão.

— O que...!? — exclamou Alec, quando estava saindo do banheiro, e eu rapidamente o empurrei de volta para dentro. Então entrei também e fechei a porta, trancando-a e protegendo-a com meu corpo.

— O que raios você está fazendo? — perguntou ele, atônito.

— Precisamos conversar — sussurrei.

Meu irmão arqueou uma sobrancelha, completamente desnorteado com minhas estranhas ações. Meu coração batia forte no peito. Eu tinha quase certeza absoluta de que MJ viria procurar Alec a qualquer segundo. A última coisa que ele iria querer era que Alec e eu ficássemos sozinhos, e assim eu pudesse convencer meu irmão a não cometer o maior erro de sua vida.

— Conversar sobre o quê? — perguntou. Então ele suspirou e apertou a ponte do nariz com a mão direita. — Espere, já sei do que se trata.

Endireitei a postura.

— Você sabe?

— Sim, sei. Senti que isso ia acontecer, e eu estava tentando me preparar.

— Sério? — perguntei.

— É. — Ele colocou as mãos em meus ombros. Muito embora ele fosse meu irmão caçula, sempre foi bem mais alto que eu. — E a resposta é não.

— Não?

— Não, não vou colocar o seu nome nos presentes de Natal da mamãe e do papai. Já sei que comprei presentes melhores e não vou deixar você pegar carona na minha ideia.

— Não é sobre isso que eu quero falar — retruquei, dispensando seu comentário com um gesto da mão.

— Ah! Então o que é?

Engoli em seco enquanto me preparava para lhe dar a notícia sobre MJ. Sabia que aquilo partiria seu coração, e eu não estava gostando da ideia de magoá-lo. Fiquei firme e endireitei a postura.

— O MJ é um galinha — soltei.

Ele me encarou impassível por alguns momentos. Com um semblante completamente inexpressivo. Então caiu na gargalhada.

— Oi?

— O MJ... Ele não é um cara legal.

— Holly, não vou embarcar nessa.

— Estou falando sério, Alec. Você merece alguém melhor que ele.

— Você só está falando isso porque ainda está magoada por ele ter terminado tudo com você.

— O quê? Não, não estou. Estou pouco me lixando. Estou falando porque você merece alguém melhor que ele. O Matthew está com você por interesse!

— Pare com isso, Holly.

— Você não acha estranho que ele não tenha se comprometido com você por meses e, logo depois de você chegar ao ápice da sua carreira, queira ser seu marido?

— Eu não vou ouvir isso.

— Porque você sabe que estou certa!

— Não — sussurrou Alec, meio que gritando. — Não vou ouvir porque sei que você só está magoada, depois do que a Cassie e o Daniel fizeram com você!

Senti meu estômago embrulhar.

— O quê? Não. Isso não tem nada a ver com eles.

— Então você está dizendo que meu noivado não traz nenhum tipo de desconforto para você, depois do que aqueles dois fizeram com...

— Já disse que isso não tem nada a ver com eles, Alec! — ladrei, minhas narinas dilatadas. Minha mente começou a girar, pensando em Cassie e Daniel, o que catapultou minha ansiedade a níveis cada vez mais altos. — Ele está usando você! — gritei. — Como você não consegue ver isso?

Alec pousou a mão no meu ombro e me encarou com pena. Eu odiava quando as pessoas faziam aquilo... me olhavam como se eu fosse patética.

— Holly, sei que nós pegamos no pé um do outro, mas isso já está passando dos limites. E mesmo que o MJ estivesse namorando outras pessoas, tudo bem. É estranho pra caralho que você tenha saído com ele? É. Mas ele me contou que nem tentou transar com você.

Eu bufei.

— Isso é mentira!

— Vocês transaram?

— Não, mas...

— Então não importa — interrompeu-me ele. — Vamos começar do zero. MJ e eu só tornamos as coisas exclusivas quando ele me pediu em casamento, e agora que somos monogâmicos podemos começar uma vida juntos.

— Logo após a fusão da sua empresa? — perguntei. MJ tinha sido muito sorrateiro. — Você não acha suspeito?

— Então você acha que ele só está comigo por causa do meu dinheiro?

— Sim! — Deixei escapar antes que pudesse refletir melhor.

Gostaria de não ter dito nada. O lampejo de mágoa que vislumbrei nos olhos de Alec me revirou o estômago.

Suspirei.

— Quer dizer, bem, sim. Quer dizer, é meio estranho, você não acha, Alec? Alguém que nem era fiel te propor casamento depois de você fechar o maior negócio da sua carreira? Não parece legítimo.

— Sei que a gente brinca muito com esse lance de irmãos implicantes, mas agora você está sendo cruel, Holly.

— Alec...

— Ele me ama.

— Isso não é amor, Alec — insisti.

— O que você sabe sobre amor, Holly? As duas pessoas que você dizia amar mais que tudo estavam te enganando pelas costas o tempo todo.

Uau.

Aquilo doeu.

Alec suspirou.

— Desculpe, fui insensível. Entendo que as festas de fim de ano são difíceis para você, depois do que aconteceu no ano passado, mas não estrague a minha alegria. Estou feliz. Estou feliz, Holly. Pela primeira vez na vida, tudo está dando certo. Vou me casar, e você pode aceitar isso ou não. Aconteça o que acontecer, eu vou me casar. — Com isso, ele me guiou para o canto do banheiro, abriu a porta e me deixou ali parada, feito uma idiota.

Voltei para o quarto e encontrei Kai desfazendo a mala. Ele ergueu o olhar e me deu um meio sorriso.

— Ei. Falou com o seu irmão?

— Falei.

— Então, o que ele vai fazer com o MJ?

Desabei na cama, derrotada.

— Vai se casar com ele.

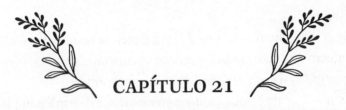

CAPÍTULO 21

Kai

Quando chegou a hora do jantar, mal pude acreditar que Matthew — MJ — estivesse sentado ao lado de Alec, como se ele não fosse uma espécie de vilão malvado de um filme da Marvel. Ele conversava com os pais de Holly como se fosse um homem de palavra quando, na verdade, não passava de um canalha.

— Pare de ficar encarando — sussurrei para Holly, e a cutuquei gentilmente.

— Desculpe — murmurou ela, desviando o olhar de MJ. — É que estou muito irritada. Não estou entendendo mais nada. O Alec é um cara brilhante. Não compreendo por que ele se contentaria com um cara assim.

— O amor é cego. O que faz com que às vezes seja difícil ver a verdade.

— O amor é burro — resmungou Holly, enfiando um pedaço de *grissini* na boca. Ela estava deprimida. Eu não podia culpá-la. Mas Holly estava perdendo algo muito bacana aquela noite... o amor de seus pais.

Eu nunca tinha visto pais que se importassem tanto com os filhos. Phil e Lisa Jackson amavam os filhos mais que tudo. Eu não sabia que o amor de pai e mãe poderia ser tão sonoro, mesmo em meio ao silêncio. O modo como olhavam para os filhos quase deixou o garotinho dentro de mim com inveja daquela conexão.

Muito embora Holly estivesse chateada com toda aquela situação envolvendo MJ, seus pais a faziam rir. Eles lançavam luz sobre o espírito sombrio dela, o que era incrível de testemunhar. Eu costumava sonhar com jantares familiares assim. Uma mesa repleta de amor e risadas, onde lembranças nasciam.

Holly não fazia ideia da sorte que tinha.

— Então você tem um restaurante, Kai? — perguntou Phil, ao me passar a tigela de salada.

— É de lá que eu conheço você! — concluiu MJ, fazendo com que todos se virassem para ele.

Ele arregalou os olhos, e eu tive quase certeza de que seu segredo seria revelado aos pais de Holly. Eu torcia para que fosse o caso. Adoraria que ele fosse pego metendo os pés pelas mãos.

— Desculpe, nós nos conhecemos? — incitei, na esperança de que ele confirmasse.

O corpo de Matthew relaxou um pouco na cadeira, e ele balançou a cabeça.

— Não... Bem, na verdade, não. Você é dono do Mano's, não é isso? Ele se recompôs.

Olhei para Holly, que estava observando toda a situação se desenrolar. Então eu me virei para MJ.

— Sou. Abrimos o restaurante recentemente, há alguns meses. Está indo bem.

— Ah, querida, é aquele bem na esquina da sua rua? — perguntou Lisa a Holly. — Foi assim que vocês dois se conheceram?

— Na verdade, não. Nós nos conhecemos de um jeito horrível — brinquei.

Lisa levantou uma sobrancelha.

— De um jeito horrível?

— Sim. É como um jeito fofésimo, mas o completo oposto. Moramos no mesmo prédio, e um dia a Holly entrou com a cabeça enfiada em um livro e me deu um esbarrão, derrubando a caixa de bebida que eu estava carregando.

— O Kai está querendo dizer que ele esbarrou em mim — corrigiu-o Holly. — Ele fez uma sujeira enorme e estragou o meu livro.

Lisa soltou uma exclamação.

— Ele estragou um livro?!

— Ele. Estragou. Um. Livro! — exclamou Holly, de modo dramático.

Lisa me encarou, decepcionada.

— Foi muito horrível da sua parte, Kai.

Eu ri.

— Foi a Holly que esbarrou em mim. Mas, para ser sincero, algumas semanas atrás eu compensei o estrago. Comprei alguns romances para ela, inclusive o livro que arruinei.

Lisa ofegou novamente.

— Você comprou livros para ela?!

Assenti.

Lisa desfaleceu, segurando o rosto com as mãos, olhando para mim com uma expressão sonhadora.

— Isso foi fofésimo da sua parte, Kai.

— Bem, você está um tanto indecisa, não? — brincou Holly com a mãe.

— O que eu posso dizer? Tenho uma queda por romance. — Ela se virou para o marido e deu um tapa em seu braço. — Por que você nunca compra livros para mim?

— Ai, vai começar — gemeu Phil. Ele apontou os dedos em riste para MJ e para mim. — Não me venham bancar os Românticos Perfeitos. Vocês estão dificultando as coisas para mim.

Soltei uma risada.

— Não precisa se preocupar. Vou manter meu nível de romance no mínimo a partir de agora.

— Eu não prometo nada, senhor — disse MJ, me fazendo revirar os olhos.

Matthew talvez fosse o cretino mais irritante que já conheci. Lancei um olhar para Holly, e ela retribuiu com um igual. Tive a sensação de que iríamos compartilhar um punhado de olhares do tipo "mas que porra" durante os próximos dias.

— Acho incrível você ter um restaurante — comentou Phil, voltando ao assunto.

— Pois é. Demorou bastante. Meu sócio e eu devíamos ter feito isso há anos, mas minha ex-mulher teve câncer, então dei um tempo em tudo até nos separarmos.

— Você largou uma mulher que tinha câncer? — perguntou MJ, com um tom de desprezo, me julgando.

— Na verdade, não. Foi ela que me deixou.

— Eu não fazia ideia disso — disse Holly, com a mão apoiada em meu antebraço. — Sinto muito — sussurrou.

Dei de ombros e tentei afastar o mal-estar.

— É a vida. — Eu me remexi na cadeira e abri um sorriso falso. — Seja como for, depois que ela melhorou, tive mais tempo para me concentrar em fazer do Mano's uma realidade. Então, agora ele é.

— Que incrível. Bom para você. Dá muito trabalho abrir um negócio — comentou Phil. — Isso mostra que você é esforçado.

— É lamentável que a indústria esteja tão saturada. A maioria dos restaurantes na cidade não completa um ano. Você tem um plano B? — perguntou MJ.

Em que momento seria apropriado dar um soco na cara de alguém à mesa de jantar? Matthew não parava de me dar alfinetadas, sendo que ele era o vilão da noite.

— Não acho necessário. O restaurante está indo muito bem. Até alguém tão elegante quanto você o conhece, então as pessoas devem estar comentando sobre ele por aí. — Eu o cutuquei, com um grande sorriso.

— Ter um plano B não faz mal a ninguém — rebateu ele.

— Aposto que você é mestre em planos B — rosnou Holly, me arrancando uma risada. Nós estávamos unidos em torno do ódio comum por aquele homem.

— Temos muito mais empreendimentos comerciais pela frente — revelei a ele.

Alec colocou a mão no ombro de MJ.

— Não devemos interrogar o novo namorado, querido. — Alec olhou para mim e sorriu. — MJ estudou administração na faculdade. Fica intrigado demais com todos os aspectos dos negócios.

— Sem problemas. Posso responder a qualquer pergunta que ele me faça — retruquei, em um tom um pouco ameaçador, porque parecia evidente que MJ estava me atacando.

Eu não era uma pessoa de recuar ou de me intimidar. Mas ele não tinha motivo para ser rude comigo. A menos que estivesse... com ciúme? Ele estava com ciúme por eu ser namorado da Holly?

Coloquei a mão em cima da de Holly e me inclinei para ela, então sussurrei em seu ouvido:

— Acho que ele está com ciúme.

— Quem? — perguntou ela, baixinho.

— O babaca.

— Ah. Ciúme de quem?

— De mim com você.

— Sem chance.

— Vire a cabeça e me beije, depois veja a reação do cara, ok? Finja que está rindo ou algo assim.

Holly riu e me empurrou de leve, então se inclinou para me beijar.

— Você é um bobo, Kai.

No momento em que nos separamos, flagrei o olhar maligno que MJ lançou para mim.

Era nítido que Matthew estava com ciúme, porque era esse tipo de homem. Queria o que não podia ter. Agora que Holly estava oficialmente fora do alcance, era como se a desejasse ainda mais. Minha mera existência na vida dela o irritava.

Ótimo.

Eu não queria que ele se sentisse confortável mesmo.

— Melhor eu pegar a sobremesa — ofereceu Holly, levantando-se da mesa. — Kai, você me ajuda? — Ela estendeu a mão para mim, e eu alegremente a peguei e segui Holly até a cozinha.

Assim que estávamos fora do campo de visão de todos, nós nos entreolhamos.

— Eu odeio esse cara! — exclamamos juntos.

— Estou reconsiderando o plano do laxante — admiti, indo até a bancada para pegar os pratos de sobremesa e os talheres.

— Acho que a minha loucura está te contagiando. — Ela pegou o bolo de limão na geladeira. — Mas ainda acho que é a melhor opção. Um homem de merda merece calças com merda.

— Frase para estampar camiseta.

— Podemos abrir uma empresa de camisetas, já que o MJ está tão preocupado por você não ter um plano B.

— O que raios vocês dois estão fazendo? — perguntou MJ, marchando até a cozinha.

Holly e eu nos viramos para ele, surpresos com sua chegada.

Eu pigarreei.

— Pegando a sobremesa.

MJ se virou para Holly.

— Ele é aquele cara que apareceu no seu apartamento uma vez — comentou. — É o dono do restaurante.

— Achei que tínhamos deixado isso claro durante a conversa no jantar — retrucou Holly, fazendo um desvio para passar por MJ.

Ele bloqueou sua passagem.

Todo o meu corpo ficou tenso enquanto me preparava para dar um passo à frente se MJ tentasse alguma coisa.

— Espere um minuto. Vocês dois estavam se vendo quando nós estávamos saindo? — sussurrou meio que gritando MJ. O ciúme não lhe caía bem. Ele parecia corado. — Está brincando comigo? Você me levou para o restaurante dele. O sujeito apareceu no seu apartamento naquela noite! — repetiu, como se quanto mais insistisse naquilo, mais provas descobriria.

— E daí? — rebateu Holly, com toda a sua doçura. — Qual é o problema?

— O problema é que você é uma hipócrita!

— O que você quer dizer com isso? — perguntou Holly. Ela abriu um sorriso atrevido e deu uns tapinhas reconfortantes em seu ombro, zombando dele. — Nós não éramos exclusivos.

A raiva nos olhos de MJ crescia segundo a segundo.

— Mas você pensava que nós éramos.

— O que importa, futuro cunhado? Somos uma família agora.

Ele se aproximou da Holly, e foi aí que eu me coloquei entre os dois.

— Melhor não — avisei, a voz baixa e autoritária.

MJ me olhou de cima a baixo, avaliando se seria capaz de me derrubar. Ele não era.

Mas teria sido divertido vê-lo tentar.

Então ele deu um passo para trás, abriu um leve sorriso e falou:

— Lamento saber que a sua esposa com câncer te deixou. Você deve ter ficado magoado.

Aquilo era o que ele fazia de melhor... encontrar o ponto fraco de uma pessoa e cravar a faca bem fundo nele.

Ele saiu do ambiente, sentindo-se triunfante porque provavelmente vira a mudança em minha postura. Holly se aproximou de mim e pousou a mão em meu antebraço.

— Você está bem? — perguntou ela.

— Sim — menti. — Estou bem.

Dois anos antes

— O QUE VOCÊ ESTÁ FAZENDO? — perguntei a Penelope, ao entrar em nosso apartamento. Senti um nó no estômago porque sabia o que ela estava fazendo. Havia quatro malas na sala de estar, todas perfeitamente alinhadas. Seu casaco de inverno estava em cima da mala maior enquanto as luzes da árvore de Natal piscavam no canto.

— Kai. O que você já está fazendo em casa? — perguntou ela.

Ela pronunciou casa como se fosse um lugar ao qual ela pertencia, mas a presença das malas ali me contava outra história.

Dei um passo em sua direção.

— Para onde você está indo?

— Eu... bem, nós... — Sua voz falhou, e senti que era meu dever confortá-la. Lágrimas começaram a rolar por suas bochechas enquanto ela balançava a cabeça. — Estou grávida.

Meu coração parou de bater, e minha respiração congelou. Uma torrente de emoções me atingiu, mas a primeira coisa que me veio à cabeça foi o câncer. Da última vez que pensamos que ela estava grávida, Penelope estava, na verdade, doente.

— Temos que ir ao médico — falei, firme, ignorando todas as pistas que indicavam que ela estava prestes a me deixar. — Precisamos ter certeza de que você está bem. Pode ter sido uma recaída — avisei. Comecei a tatear o bolso e peguei meu celular. — Vou ligar para o seu médico e...

Penelope se aproximou e colocou a mão no telefone.

— Não, Kai. Não estou doente de novo. Estou grávida. Nós já fomos ao médico para fazer um check-up duplo. Estou grávida.

— Nós? — perguntei. — O que você quer dizer com nós?

Por favor, diga que foi com a sua mãe.
Por favor, diga que você foi fazer os exames com a sua mãe.
Por favor, Penelope... não faça isso comigo...

Lágrimas começaram a rolar pelo rosto dela e, ainda assim, eu queria confortá-la. Queria ser o refúgio em que se abrigava quando seu mundo estava de cabeça para baixo. Ela devia ter me procurado quando se sentiu sobrecarregada ou magoada.

Mas, daquela vez, não era ela quem estava estilhaçada em um milhão de pedaços. Suas lágrimas não pareciam justificadas. Pareciam cruéis.

Foi ela quem me magoou.

Foi ela quem me traiu.

— Sinto muito, Kai.

Foi tudo o que ela conseguiu dizer.

Ela sentia muito.

Depois de eu ter ficado ao seu lado durante o período mais difícil de sua vida.

Depois que a perdoei por ela já ter me traído uma vez.

E eu ainda a amava.

Eu ainda te amo...

A traição parecia um ataque cardíaco ininterrupto.

Atacava cada centímetro de sua mente, embaralhando os pensamentos.

Devorava seu espírito, enviando ondas de insegurança diretamente para sua alma.

Partia seu coração. Não uma vez, e sim repetidas vezes.

Balancei a cabeça.

— Achei que você não pudesse engravidar. Discutimos a questão com os médicos. Pensei... Usamos preservativos para evitar complicações, e...

— Minha mente estava girando. Eu não conseguia respirar. Parecia que meu peito havia desabado, impedindo um novo fôlego de encontrar o caminho até meus pulmões.

— Não é seu, Kai.

Quatro palavras.

Um coração partido.

— Como pode ter certeza disso? Como você pode saber com certeza que...

— Kai — cortou ela, balançando a cabeça.

Penelope tinha certeza.

Eu estava devastado.

— É do Lance — murmurei.

Ela assentiu lentamente, colocando o cabelo atrás das orelhas.

— É.

Seu cabelo estava crescendo de novo...

Eu estava tão feliz por seu cabelo estar crescendo de novo...

Meu olhar caiu sobre as malas, então voltou para Penelope.

— Você está me deixando — constatei, com a voz entrecortada.

— Sinto muito — repetiu. Ela disse as palavras como se elas pudessem fazer alguma diferença àquela altura. Suas desculpas eram como o vento. Vazias. Frias. Sem significado.

— Você ia embora sem dizer nada.

— Achei que seria mais fácil assim.

— Mais fácil para quem?

Para mim não poderia ter sido. Não teria sido mais fácil se eu tivesse entrado aqui e visto que todas as coisas de Penelope haviam sumido. Teria me marcado para a vida toda. Mas, por outro lado, aquilo também iria deixar cicatrizes. Eu já sentia meu coração cansado se transformando em pedra.

Havia quatro malas na sala de estar, todas perfeitamente alinhadas. Seu casaco de inverno estava em cima da mala maior enquanto as luzes da árvore de Natal piscavam no canto. Ela levou todas do apartamento sem dizer uma única palavra.

Eu me sentei sob as luzes de Natal enquanto lentamente começava a desmoronar.

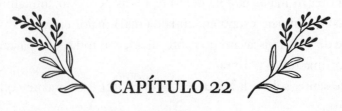

CAPÍTULO 22

Holly
Presente

— Sinto muito — disse para Kai, enquanto afofava os travesseiros em nossa cama king size. — Sobre a Penelope. Eu não fazia ideia de que você tinha passado por isso.

Ele estava sentado na cadeira do canto, desamarrando os sapatos sociais.

— Como você poderia saber? Nunca falamos sobre ela. Não foi nada de mais.

Franzi o cenho, a culpa pesando em meu estômago. Eu estava tão obcecada em encontrar um par para as festas de fim de ano que nem havia demonstrado interesse pelos problemas de Kai. Mano havia comentado que aquela época do ano era um período difícil para o irmão, mas eu não tinha entendido o porquê.

Prendi o cabelo em um grande coque, me joguei na cama e cruzei as pernas, parecendo um pretzel.

— Ok. — Dei um tapinha no colchão, indicando o espaço à minha frente. — Me conte mais sobre você.

— Nós não precisamos fazer isso, Holly — insistiu ele, mal-humorado. Eu não o culpava. As palavras de MJ haviam sido cruéis. Eu estava percebendo muito rápido quando Kai ficava preso em seus pensamentos.

— Mas você pode falar comigo, se ajudar. Quer dizer, se não quiser desabafar, eu...

— Não quero — interrompeu-me ele, de modo brusco, com uma careta estampada no rosto.

— Ah, então tudo bem.

Ele me encarou depois de tirar os sapatos. Resmungou algo em voz baixa e suspirou.

— Foi mal. Não quis ser grosso.

— Tudo bem.

— Não é nada pessoal. Não falo com ninguém sobre ela, de verdade, a não ser com o Mano. Na maioria das vezes, é ele quem comenta sobre a Penelope e eu o ignoro.

— Por quanto tempo vocês dois ficaram casados?

— Cinco anos. Mas namoramos por mais de dez. Ainda estamos oficialmente casados, mas eu não a via fazia dois anos. Ela desapareceu, até que recentemente deu as caras e me entregou a papelada do divórcio.

— Foi no dia que você ficou mal-humorado comigo?

Ele assentiu.

Fazia sentido.

— Sinto muito, Kai. Como você se sente sobre tudo isso?

Ele franziu as sobrancelhas.

— Pare com isso.

— Parar com o quê?

— De fazer com que eu me abra com você.

Abri um sorriso radiante.

— Mas parece que você quer se abrir comigo.

— Não. — Ele balançou a cabeça ao seguir até sua mala e pegar o pijama. — Não quero. — Ele foi até o banheiro para se trocar. Então saiu e se dirigiu até seu lado da cama. Antes de se sentar, perguntou: — Quer que eu apague as luzes?

— Por favor.

Ele se levantou e desligou os abajures e a luz. Então se aproximou da cama, hesitante.

— Posso dormir no chão — ofereceu.

Puxei o edredom do lado dele da cama.

— Não seja ridículo. — Dei um tapinha em seu lugar.

Ele soltou um pequeno suspiro e se acomodou ao meu lado.

Ficamos em silêncio por um segundo, mas muitos pensamentos rodopiavam em minha mente.

— Kai?

Ele bufou, ciente de que eu não desistiria do assunto.

Kai se sentou e eu fiz o mesmo, me colocando de pernas cruzadas na sua frente.

— Você tem cinco minutos — avisou, pegando o celular na mesinha de cabeceira. — Cinco minutos para perguntar qualquer coisa que queira perguntar sobre mim e Penelope. E aí chega.

— Ok! E você vai responder qualquer coisa?

— Vou.

— Inicie o cronômetro.

Ele me obedeceu, e eu mergulhei de cabeça.

— Por que ela te deixou?

— Ela estava grávida de outro homem.

Meu queixo caiu. Ai, Deus! Eu não podia nem imaginar como aquilo havia sido difícil.

— Você ainda a amava?

— Sim. Infelizmente, o amor não acaba de uma hora para a outra. Mesmo quando é isso que você quer. Se acabasse, eu teria ido embora um ano antes de ela engravidar, quando descobri que ela me traía.

— Peraí, você descobriu que a Penelope te traiu e ficou com ela?

— Descobri depois que soubemos sobre o câncer. Eu não ia deixá-la logo depois de uma notícia dessas. Principalmente quando ficou evidente que o outro cara não ia fazer nada para ajudar.

— Mas... ela te traiu.

— Sim.

— E você ficou?

— Sim.

— Kai...

— Que tipo de homem eu seria? — perguntou. — Se abandonasse a minha esposa doente?

— Mesmo depois do que ela fez com você?

Ele fez uma pausa. Suas sobrancelhas se franziram, então Kai deu de ombros.

— Eu tinha feito uma promessa no dia do nosso casamento. Na saúde e na doença. Não achei justo ignorar a parte da doença.

Foi naquele momento que me apaixonei completamente por Kai Kane.

Meu coração batia forte quando inclinei a cabeça, encarando o homem cuja verdadeira natureza só agora eu começava a vislumbrar. Ele estava abrindo seu livro para mim, as páginas difíceis de ler. Aquele parecia o melhor presente de Natal que eu poderia ter ganhado.

— Kai?

— O que foi?

Abracei meu travesseiro junto ao peito e sussurrei:

— Você é o tipo de homem que eu colocaria no topo da minha lista de Natal.

Ele se virou para mim e abriu um meio sorriso.

— Se quiser, amarro um laço de fita na cabeça, na manhã de Natal.

Por favor, faça isso.

— Como você se sente sobre a papelada do divórcio? — perguntei.

— Livre — respondeu ele, sem pensar. — Sinto como se estivesse quase livre. Já queria o divórcio há muito tempo, mas não tinha conseguido localizá-la. Penelope me tirou do prumo quando apareceu do nada, mas mal posso esperar para que esse capítulo termine.

— E você... — O cronômetro tocou antes que eu pudesse terminar a pergunta.

Kai sorriu e desligou o alarme.

— É quase uma da manhã, e vamos ter um dia agitado pela frente, de acordo com a programação da sua mãe.

Eu teria matado por mais cinco minutos.

Eu me deitei de frente para Kai, ainda abraçando meu travesseiro.

— Kai?

— Durma, Holly — murmurou ele.

— Tá bom, já vou dormir. Só mais uma pergunta.
— O tempo acabou.
— Eu sei, mas...
Ele suspirou e abriu os olhos para me encarar.
— Só mais uma pergunta.
— Seu coração está bem?
Ele hesitou por um segundo. Seus olhos tinham um brilho gentil quando ele abriu a boca.
— Está, hoje. Estou em boa companhia. — Um minúsculo, quase imperceptível sorriso fez seus lábios se curvarem. — Boa noite, Holly.
Eu sorri.
— Boa noite.
Ele adormeceu e começou a roncar.
Achei que odiaria dividir a cama com um homem que roncava porque eu tinha sono leve, mas, naquela noite, não me importei tanto, já que os roncos eram de Kai.
Kai Kane.
Borboletas, roncos e Kai Kane.

Eram quase quatro da manhã.
Eu estava errada.
Eu estava completamente errada.
Eu, de fato, odiava dividir a cama com um homem que roncava.
As borboletas de antes voaram para longe e deixaram apenas sons guturais, grunhidos que eu supunha serem uma imitação dos roncos do Pé Grande.
Cobri a cabeça com o travesseiro, pressionando a palma das mãos nos ouvidos, fazendo o possível para abafar os resmungos daquele urso pardo.
Eu o cutuquei na lateral do corpo, na esperança de fazer com que ele parasse de roncar, mas, quando Kai virou o rosto para mim, de alguma

forma os sons pioraram. Agora havia a doce melodia de um apito emitido pelo nariz entre cada inspiração dramática. Como Kai agora estava de frente para mim, seu hálito quente atingia meu rosto enquanto ele respirava pela boca.

Que nojo.

Peguei meu travesseiro e o cobertor extra na cadeira e corri para o banheiro, fechando a porta. Entrei na banheira e me acomodei o mais confortavelmente possível, então fechei os olhos e tentei dormir por algumas horas.

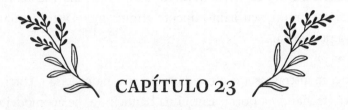

CAPÍTULO 23

Kai

Acordei sozinho na cama, me sentindo bem descansado. Meu cabelo estava despenteado, e eu soube que era hora de ir correndo para debaixo do chuveiro assim que conferi meu hálito matinal. Fui até a mala, peguei minha roupa para aquele dia e segui para o banheiro.

Coloquei as roupas em cima da bancada da pia e depois me despi. Estendi a mão por trás da cortina do chuveiro para abrir a água e, assim que o fiz, um grito estridente ecoou da banheira.

— O que você está fazendo?! — gritou Holly, se levantando de um pulo, já encharcada.

Fechei a água depressa e abri a cortina.

— O que eu estou fazendo? O que *você* está fazendo aí? — perguntei, perplexo. — Por que você está dormindo na banheira?

Ela enxugou a água dos olhos.

— Porque você ronca como um vovô.

— Vovô, tipo um gato?

— Não, um avô, tipo um velho de noventa anos. — Ela abriu os olhos e me encarou. — Ai, meu Deus, você está nu!

Olhei para mim mesmo e me sobressaltei, cobrindo minhas partes.

— Merda, foi mal!

Honestamente, nada daquilo era novidade para ela. Eu vinha pensando sobre aquela tarde em meu apartamento mais do que gostaria de admitir. Aquela era minha nova lembrança favorita.

— O que está acontecendo aqui? Ouvi um grito! — disse Lisa, correndo para o quarto e me encontrando parado no banheiro, com as mãos cobrindo minhas partes, e Holly encharcada na banheira.

— Mãe! Saia! — gritou ela, em pânico.

Corri para trás da porta do banheiro com a intenção de me esconder, ciente de que Lisa tinha visto mais do que gostaria.

— Ai, meu Deus! Desculpe! Desculpe! Eu não vi nada! — gritou Lisa. — Bem, eu vi uma coisa, mas estou fingindo que não vi para não deixar ninguém constrangido!

Eu jamais iria esquecer aquele momento.

— Vocês dois continuem fazendo o que estavam fazendo — disse Lisa. — Já estou de saída. Mas, da próxima vez, Holly, é bom você tirar a roupa antes de entrar no chuveiro.

— Ai, meu Deus, mãe! — gemeu Holly. — Feche a porta quando sair!

Saí detrás da porta quando ouvi Lisa deixar o quarto. Holly olhou para mim, e notei que seus olhos desceram um pouco pelo meu corpo por alguns segundos, antes de ela voltar a me encarar com um olhar tímido.

— Melhor eu sair do seu caminho — disse ela, enquanto saía da banheira, pingando.

— A gente sempre pode tomar banho junto para salvar o planeta — brinquei, sabendo que estava fazendo Holly corar.

Por uma fração de segundo, ela pareceu tentada.

— Cale a boca, Kai — disse ela, e passou correndo por mim, cobrindo os olhos.

— Pode olhar se quiser. Não sou tímido.

— Parece que nenhuma parte do seu corpo é tímida — comentou ela, acenando para baixo, na direção das minhas joias da coroa, totalmente despertas para o diálogo.

— O que eu posso dizer? Queria te desejar bom-dia.

— Não são nem oito da manhã e estamos falando do seu pênis. Preciso de café.

— Posso te dar um pouco do meu leite se você estiver...

— Kai! — gritou Holly, o rosto completamente vermelho como um tomate.

Eu ri e levantei as mãos.

— Ok, ok, passei dos limites. Anotado.

— Mãos para baixo! — disse Holly, não antes de seu olhar descer para aquele ponto outra vez. — Mãos para baixo!

Fiz o que ela pediu, e Holly saiu correndo para tirar as roupas molhadas.

Uma parte de mim gostaria que ela tivesse levado a sério o convite para que a gente tomasse banho junto.

Nem por um segundo eu teria odiado aquela possibilidade.

APÓS O EPISÓDIO CONSTRANGEDOR daquela manhã, a mãe de Holly corava sempre que me via. Depois da espiadela no banheiro, eu até a ouvi dizer à filha que entendia o meu encanto.

Eu me senti humilhado, mas também... lisonjeado?

Fiquei grato por Phil não ter testemunhado o incidente. Eu estava meio temeroso de que ele pudesse querer me mostrar que era faixa preta terceiro Dan por eu ter sido flagrado nu em sua casa com sua filha. A última coisa que eu queria era morrer alguns dias antes do Natal por causa de um mal-entendido.

— Você está vestido? — perguntou Holly, voltando para o quarto com a mão cobrindo os olhos.

Dei uma risada.

— Você está a salvo. Vou permanecer vestido pelo restante do dia.

— Ótimo. Ok. Bom... — Ela colocou as mãos na cintura. — Está na hora de eu te dar o seu presente de Natal.

— O Natal é daqui a dois dias.

— Eu sei, mas este tem que rolar hoje. — Ela tirou uma caixa de presente da mala e a entregou para mim. — Feliz Natal, Kai.

Arqueei uma sobrancelha.

— O que é isso?

— O objetivo de um presente de Natal é abri-lo para descobrir o que é. — Ela acenou com a mão. — Vamos. Faça isso. Abra!

Comecei a desembrulhar o presente e abri a caixa. Comecei a rir, balançando a cabeça, enquanto puxava uma camisa com meu nome e sobrenome nas costas.

— Uma camisa de time?

— Você disse que nunca teve a chance de jogar futebol na escola como queria, então percebi que agora podemos fazer isso. Começando pela camisa. Eu também tenho uma! — Ela pegou uma camiseta com seu primeiro e último nome nas costas. — Vista. Temos que ir. Meus pais já estão a caminho. O Alec e o MJ vão no nosso carro.

— Para onde?

— Para o campo de futebol aqui perto. Meu pai marcou de jogarmos por algumas horas. Deve começar a nevar mais tarde, de noite, então precisa...

— Você alugou um campo de futebol para mim?

— Aluguei. É o campo de futebol do colégio. Papai treina lá. Não é nada de mais. — Ela estava errada. Era alguma coisa, sim. Era enorme. Ela seguiu para a porta. — Vamos, vamos...

Agarrei seu antebraço e a puxei para mim.

— Holly, espere.

O olhar dela se dirigiu até onde nossos corpos se tocavam, então ela levantou a cabeça.

— O quê?

— Você alugou um campo de futebol para mim, personalizou camisetas e convenceu toda a sua família a participar para que eu pudesse ter uma experiência que não vivi quando criança?

Ela assentiu lentamente e repetiu:

— Não é nada de mais.

— É, sim. — Dei um passo à frente, coloquei meu dedo sob seu queixo e levantei sua cabeça até que nossos olhares se encontrassem.

Aproximei minha boca da de Holly e a beijei sem pensar.

Eu a beijei porque ansiava por seu gosto.

Eu a beijei porque quis.

Eu a beijei porque a única coisa em que conseguia pensar naquele momento era grudar meus lábios nos dela. Meus braços a envolveram, apertando-a junto a mim, enquanto Holly se entregava ao beijo.

— Tem alguém olhando? — sussurrou ela, pensando que eu estava fazendo uma encenação.

— Ninguém está olhando.

— Então. — Seus lábios se afastaram dos meus suavemente. Com o dedo, ela traçou o contorno da minha boca. — Esse beijo foi só para me beijar?

— Sim.

— Ah. Ok. Bem... — Suas mãos desceram até meu peito. — Faça isso de novo. Mas, dessa vez, com vontade.

Rapidamente, fechei a porta do quarto e encostei as costas de Holly na madeira. Abaixei minha boca até a dela e a peguei em meus braços, levantando-a no ar. Suas pernas envolveram minha cintura enquanto eu deslizava minha língua para dentro de sua boca, beijando-a mais intensa, profunda e demoradamente. Senti o beijo em cada centímetro do meu corpo.

Suas mãos enlaçaram meu pescoço enquanto eu saboreava cada pedaço dela. Holly gemeu ligeiramente na minha boca enquanto minhas mãos percorriam a parte inferior de suas costas. Eu só queria levá-la para a cama e beijar cada centímetro de seu corpo. Queria que minha língua redescobrisse cada cantinho de seu ser.

— Gente, parem de se agarrar e vamos pegar a estrada! — disse Alec, batendo na porta do quarto. — A mamãe e o papai já devem estar se perguntando onde estamos.

Holly riu na minha boca, e lhe dei um selinho rápido enquanto a colocava de volta no chão. Seus olhos castanhos se fixaram nos meus conforme ela mordia o lábio inferior.

— A gente continua depois?

— Continua. — Eu mal podia esperar por aquilo.

Abri a porta e dei de cara com Alec e MJ parados ali. MJ parecia irritado, mas Alec exibia uma expressão maliciosa.

— Bonito o seu batom — comentou Alec, atravessando o corredor. — Vamos!

Limpei a boca e, ao flagrar MJ me fuzilando com os olhos, me senti vitorioso naquele momento. Beijar Holly estava rapidamente se tornando meu passatempo predileto. E o fato de que aquilo incomodava MJ era a cereja do bolo.

Peguei um moletom e joguei minha camisa de time por cima. Eu sabia que aquela camisa seria minha peça de roupa favorita por um bom tempo. Desejei que Mano estivesse ali para ver o jogo. Ele teria adorado fazer parte daquilo.

Os pais de Holly já estavam se alongando na linha de cinquenta jardas quando chegamos ao campo. Eles também haviam chamado o avô de Holly, que usava uma camisa de árbitro. O homem estava jogando uma bola de futebol americano para o alto com um grande sorriso no rosto. Como todos os membros de sua família, ele parecia estar ridiculamente em forma.

Holly disse que eles eram uma família meio artística, mas não demorei muito tempo para perceber que o tae kwon do era o esporte deles; inclusive do vovô. Aquelas pessoas podiam se dobrar e se alongar em posições nas quais meu corpo nem sonhava em chegar. Talvez fossem a família mais flexível que eu já tinha conhecido.

— Não se preocupe, Kai — disse Alec, dando tapinhas em minhas costas. — É futebol de toque, não vamos derrubar ninguém.

Ele começou a correr em direção aos pais, deixando nós três para trás, MJ, Holly e eu.

— Obrigado mais uma vez por ter mandado fazer esta camisa personalizada, Holly — agradeceu-lhe MJ, com doçura.

Aquilo me fez querer dar um soco no estômago dele. Ele realmente não tinha nenhuma razão para falar com ela. Também o peguei olhando para ela no carro. Ele era um caso clássico de alguém que cobiça o que não pode ter.

Holly estava longe de estar interessada, no entanto.

Ela revirou os olhos.

— Se eu soubesse que você era você, teria escrito cretino nas costas da camisa. — Ela pegou minha mão. — Anda, Kai. Vamos.

Fomos encontrar os pais dela e me dei conta de que não houve sequer uma vez em que eu havia precisado tomar as dores da Holly, já que ela era perfeitamente capaz de se defender sozinha. Ainda assim, eu sempre estaria por perto, esperando para defender sua honra, se ela precisasse.

Mas quando se tratava de MJ? Não era necessário. Holly era ótima em fazer com que ele se lembrasse do babaca que havia sido.

O jogo começou bem divertido. Holly, o pai e eu estávamos no mesmo time. MJ, Lisa e Alec eram nossos oponentes. Houve muitos risos, muitas brincadeiras e muita alegria. Quando era criança, eu sonhava com férias de Natal assim, a família reunida e participando de atividades ridiculamente divertidas.

Holly não sabia, mas estava realizando mais um sonho meu naquela tarde. Quando veio a jogada final da partida, nossa equipe já tinha aberto dois pontos no placar. Como quarterback, fiz contato visual com Holly, mostrando que pretendia lhe passar a bola. Ela flexionou o braço e deu um tapinha em seu bíceps, como se mostrasse que estava pronta para receber.

Abri um sorriso malicioso e me posicionei para receber o lançamento de Phil. Ele jogou a bola, e, quando a peguei, levantei as mãos para jogá-la na direção de Holly. Antes que eu pudesse fazer a jogada, fui abalroado, meu corpo voando para trás, e um cotovelo acertou meu olho.

— Mas que...? — exclamei, aterrissando com força no campo de futebol.

Ergui o olhar e vi MJ parado sobre mim com uma expressão presunçosa. Ele jogou as mãos para cima em sinal de rendição.

— Foi mal.

— Cara, o que foi isso? É futebol de toque — disse Alec, enquanto corria até nós e dava um safanão em MJ. — Você podia ter machucado alguém. — Alec esticou a mão para mim. — Você está bem, Kai?

Peguei sua mão, e ele me ajudou a ficar de pé.

— Sim. Estou bem.

— Foi um acidente — insistiu MJ, mas não foi nada disso.

— O olho dele já está inchando. Vamos para o vestiário, Kai. Vou pegar uma bolsa de gelo — ofereceu Alec.

Holly se aproximou correndo e tocou meu rosto.

— Você está bem?

— Estou bem. Só fiquei sem respirar por alguns segundos.

Ela lançou a MJ um olhar severo.

— Você é um babaca estúpido!

— Foi um acidente! — ecoou ele novamente, embora estivesse cristalino como água que nada naquela jogada havia sido acidental, e sim pessoal. Os únicos que acreditaram que tinha sido um acidente foram os pais de Holly, que ficaram totalmente surpresos com o ocorrido.

Alec me levou até o vestiário, e eu me sentei em um banco enquanto esperava que ele encontrasse a bolsa de gelo. Meu rosto formigava com o golpe que levei no olho, mas eu não iria reclamar. Podia ter sido pior.

— Você sabe que a Holly tem razão quanto ao MJ, não sabe? — perguntei a Alec, enquanto ele trazia a compressa.

Ele pigarreou e assentiu, pressionando a bolsa de gelo que havia enrolado em uma toalha de papel no meu olho.

— Segure aqui. — Fiz o que ele pediu. Alec esfregou a nuca. — Você acha que ele ainda sente algo por Holly?

— Não. Acho que o MJ está com ciúmes do que não pode ter.

— Mas ele tem a mim. Não entendo por que isso não é o bastante.

— Não faça isso, Alec.

— O quê?

— Não comece a acreditar que não é bom o bastante. Ele é um idiota. O problema é ele. Não você.

Ele se sentou no banco ao meu lado e juntou as mãos.

— Talvez seja difícil acreditar, mas não tem uma fila de pessoas querendo ficar comigo. — Ele soltou uma risada nervosa. — Sou alto, magro, com esse jeito de nerd. Não costumo atrair a atenção dos caras.

MJ foi a primeira pessoa a demonstrar um interesse real por mim. Pelo menos foi o que eu pensei. Descobri que ele estava mostrando interesse por muitas outras pessoas. Quando pedi para termos um relacionamento exclusivo, ele não concordou e disse que devíamos ir devagar e agir com sinceridade. Aceitei porque que outra opção eu tinha? Ficar sozinho?

— Isso é sempre uma opção.

— Eu já fiquei sozinho. — Ele balançou a cabeça. — Não é para mim. Sou bom em um monte de coisas. Sou bom no trabalho. Sou ótimo em ganhar dinheiro. Mas péssimo em socializar. Sou desajeitado e nada parecido com a Holly. Ela é uma estrela nata. As pessoas amam as particularidades dela, enquanto as minhas deixam todos constrangidos. Então, quando o MJ decidiu ficar comigo depois da fusão da minha empresa, quando disse que tinha se apaixonado por mim e que queria se casar comigo... agarrei a oportunidade.

— Depois da fusão.

Ele riu, mas o som estava impregnado de tristeza.

— Eu sei.

— Ele não se importa com você. Não da maneira que você merece, Alec. Você consegue coisa melhor.

— Esse é o problema. Não acho que consigo. E se isso for o que me resta? E se essa for a minha única chance? Prefiro ser meio amado do que nem um pouco amado. — Ele se levantou do banco. — Sinto muito pelo seu olho.

— Vou sobreviver. — Ele começou a se afastar, então eu o chamei. — Fique atento. Observe como ele te trata o tempo todo, não apenas nos momentos felizes de faz de conta. Porque é o que são esses momentos, apenas faz de conta. Nada nele é verdadeiro, e meio amor não é uma opção. Ou é por inteiro ou não é nada. Não confunda os lampejos momentâneos de cuidado que ele oferece a você com amor.

Alec não respondeu, mas passou por Holly, que estava entrando enquanto ele saía.

Ela veio até mim e se sentou no banco.

— Você está bem?

— Estou bem. — Abaixei a bolsa de gelo do rosto.

Ela me tocou levemente com os dedos.

— Vai ficar um hematoma.

— Isso porque você não viu o outro cara — brinquei.

— Eu vi. Infelizmente, ele parece bem. — Ela encostou a cabeça no meu ombro. — Meus pais vão nos levar, então não vamos precisar voltar no carro com o MJ.

— Talvez seja melhor. — Inclinei a cabeça, pousando-a sobre a de Holly. — Sabe, esse foi o melhor presente que já ganhei, mesmo com o olho roxo.

— Sério?

— Sério.

— Ótimo. Tenho uma última surpresa para você. — Ela se levantou e dobrou o corredor apressada. Quando voltou, vinha balançando os quadris, toda feliz, segurando a bola. — A bola do jogo é oficialmente sua.

Soltei uma risada.

— Vou colocá-la na cornija da lareira do restaurante quando a gente voltar para casa.

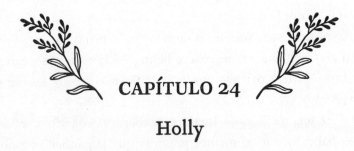

CAPÍTULO 24

Holly

Depois do jogo, voltamos para casa a fim de desestressar. Kai se juntou ao meu pai na sala para assistir ao futebol. Papai aparentava estar muito feliz por ter alguém que realmente entendia o que ele falava quando se tratava de esporte. Kai parecia muito contente apenas por vivenciar um Natal dos Jackson... mesmo com seu lindo olho roxo.

Quando estava indo ao quarto para pegar meu laptop, fui abordada por MJ, o que me deixou surpresa.

— Holly, oi. Como está o olho do Kai? — perguntou.

Revirei os olhos.

— Como se você se importasse. — Desviei para passar por ele, mas MJ segurou meu braço com firmeza. Olhei para o indesejado aperto e puxei meu braço. — O que você está fazendo?

Ele conferiu o corredor, para ter certeza de que estávamos sozinhos, então sussurrou:

— Precisamos conversar.

— Você vai terminar com o meu irmão?

— Não.

— Você vai para o inferno?

— O quê? Não.

Dei de ombros.

— Então não temos nada para falar.

Já estava seguindo para o quarto quando MJ me parou mais uma vez.

— Não, é sério, nós precisamos conversar. É sobre o Kai.

— O que tem ele?

MJ fez uma careta e enfiou as mãos nos bolsos.

— Ele não é o cara certo para você.

Bufei, dando uma risada.

— Como é?

— O Kai. Ele não é a pessoa com quem você deveria estar. Ele é... esquisito. Tenho notado alguns comportamentos suspeitos. Parece que ele tem pavio curto, mas disfarça bem. Além disso, parece meio aventureiro.

Mas o que estava acontecendo? Estaria MJ — o maior cretino de todos — tentando me alertar que Kai era, na verdade, um aventureiro? Ele só podia estar brincando.

— Você tem bebido muito eggnog batizado? — perguntei.

— Estou falando sério, Holly. Estou preocupado com você.

— Preocupado ou com ciúme?

— Ciúme? — Ele riu e coçou a nuca. — Não sou ciumento. Estou sendo um cunhado preocupado.

— Você não é meu cunhado, e não pense nem por um segundo que vou parar de tentar fazer com que o Alec veja o verdadeiro ogro que você é. Agora, se me der licença. — Comecei a seguir meu caminho quando MJ me parou pela terceira vez, bem no arco que levava à sala de jantar.

Ele olhou para o visco acima de nossas cabeças, depois desceu o olhar para mim. Então levantou uma sobrancelha, e um sorriso perverso se abriu em seus lábios.

— Ai, que nojo! — gritei, empurrando-o para longe. — Me deixe em paz, MJ, e deixe o nome do Kai fora da sua boca. Ninguém pediu a sua opinião, e ninguém se importa com a sua falsa preocupação. Além disso, vou contar ao Alec sobre esse pequeno momento do visco também, seu esquisito.

— Foi de brincadeira! — gritou ele, enquanto eu me afastava.

A única brincadeira naquela situação era ele.

Quando entrei na cozinha, totalmente perturbada por causa do MJ, dei de cara com minha mãe quase tendo um colapso enquanto procurava freneticamente algo na geladeira.

— Não acredito que não comprei manteiga o suficiente — comentou mamãe, parada no meio da cozinha, depois de ter ficado dez minutos vasculhando a geladeira. — Não tem como fazer bolo inglês sem manteiga. É impossível.

— Posso dar um pulo no mercado para comprar. Não me custa nada — ofereci.

— Ah, querida, você faria isso? Significaria o mundo para mim! — exclamou mamãe, batendo palmas. — É o bolo predileto do seu pai, e só o preparo no Natal. Ele ficaria arrasado se não o tivéssemos.

— Eu também ficaria arrasada — brinquei. — Enquanto eu estiver fora, fique de olho no papai para que ele não pegue pesado com o Kai na hora de cortar a lenha.

Papai pediu a todos os rapazes que o ajudassem a cortar lenha para as lareiras. Provavelmente ele acha que vai ser uma boa oportunidade para interrogar MJ e Kai. Eu estava um pouco nervosa com a ideia de deixar Kai sozinho com meu pai, que era superprotetor. No entanto, eu sabia que Kai era capaz de tirar aquilo de letra. E torcia para que papai pegasse MJ em uma de suas mentiras. Talvez Alec encarasse melhor o conselho de deixar MJ se viesse de papai, e não de mim.

Como se pressentisse que estávamos falando dele, Kai apareceu segurando o casaco e foi direto para a porta dos fundos, seguindo para o galpão de papai, para um papo de homem.

— Ei, vou dar um pulo no supermercado — avisei a Kai.

— Vai encarar o supermercado a dois dias do Natal? Você é uma mulher corajosa — brincou.

— Ou louca. Tudo bem você ficar cortando lenha com o meu pai? — perguntei.

Ele flexionou os braços, mostrando seus bíceps gigantes.

— Acho que dou conta de cortar lenha.

Revirei os olhos diante daquela ceninha.

— Calma, Dwayne "The Rock" Johnson. Ninguém está pedindo para você sacar a artilharia pesada.

Ele uniu as mãos atrás das costas para evidenciar ainda mais os músculos.

— Não posso evitar. A artilharia pesada meio que surge sem eu querer.

Se eu não estivesse tão focada naquele físico, teria revirado os olhos mais uma vez. Kai era tão gato o tempo todo que era até ridículo. E o charme dele só aumentava com seu bom humor. Tenho inclusive que me controlar porque, do nada, me lembro daquela tarde no apartamento dele, quando a ideia inicial era apenas nos beijarmos. Não havíamos comentado nada sobre o assunto desde aquela situação toda, e, de certo modo, eu me sentia meio grata por isso. Também estava um pouco desapontada por não ter acontecido de novo. Talvez tenha sido uma transa casual para Kai. O que me deixava um pouco decepcionada. Eu ainda esperava o momento em que ele iria murmurar "boa menina" para mim.

— A gente se vê quando eu voltar — falei para ele.

Ele se inclinou e me beijou. Fiquei me perguntando se fora um beijo só para me beijar ou para sustentar a farsa do nosso relacionamento na frente da minha mãe.

— Boa sorte no mercado — disse ele, me dando outro selinho. Depois vestiu o casaco e foi procurar meu pai.

Mamãe me encarava com um sorriso no rosto.

Levantei uma sobrancelha.

— O quê?

— Nada, nada. É bom ver a minha filha assim. Você está feliz com ele. Adoro isso.

— Não é nada de mais, mãe.

— É, sim — discordou ela. — Eu sei quanto o que aconteceu com a Cassie e o Daniel magoou você.

Senti meu estômago embrulhar assim que ouvi aqueles nomes. Tentei ignorar a sensação com um dar de ombros.

— Isso é história antiga.

— Não é, não — retrucou ela, com o cenho franzido. — Mas você está melhorando. E ver como aquele homem olha para você, Holly... — Ela soltou um assobio baixo. — É exatamente como o seu pai olha para mim. Aquele menino está apaixonado.

Meu rosto esquentou. Se ao menos mamãe soubesse que Kai estava só interpretando um papel. Pelo visto, ele merecia um Oscar. Mamãe não fazia ideia de que Kai e eu não éramos um casal de verdade.

— Ele é maravilhoso — afirmei, sendo sincera. — Ele é um dos bons.

— E você também é uma das boas. — Então fez sinal para que eu me apressasse. — Mas vou precisar da manteiga, então, se puder ir logo, querida...

Saí correndo, na esperança de fazer um bate e volta no mercado, mas sabendo exatamente como minha cidade natal funcionava. Provavelmente não seria o caso. No segundo em que estacionei na entrada do mercado, fiquei desanimada. O estacionamento lotado era sinal de que eu ia encontrar com muita gente conhecida.

Coloquei o gorro de inverno, esperando que aquilo me ajudasse a ficar um pouco disfarçada. Corri para dentro do mercado com a cabeça baixa. Felizmente, eu conhecia aquele lugar como a palma da minha mão, então consegui encontrar a seção de laticínios mesmo andando com a cabeça baixa, ziguezagueando pela multidão.

Assim que cheguei à seção das manteigas, suspirei de alívio. Ergui o olhar e estendi a mão para um tablete, mas na mesma hora resmunguei comigo mesma quando ouvi a mais alta e fofoqueira voz de toda Birch Lake chamar meu nome.

— Ora, ora, se não é a doce e velha Holly Jackson em carne e osso! — gritou Daisy Churchill, segurando uma caixa de ovos. — Escutei que você tinha voltado para as festas de fim de ano. A Stacey Lynn comentou que viu você sair de um carro com um belo cavalheiro dia desses. É seu namorado? Você está namorando, Holly? — perguntou ela, marchando na minha direção.

Daisy era uma senhorinha que passava a maior parte do tempo na varanda em frente à sua casa comentando em voz alta com o marido Earl sobre todos que passavam de carro por ali. No momento, seu cabelo loiro estava enrolado em bobes e, mesmo que não houvesse um cigarro pendurado em sua boca, eu podia sentir o cheiro de tabaco entranhado em suas roupas. Havia duas coisas que Daisy amava na vida: fumo e fofoca.

Senti os olhos das pessoas ao redor pousarem em mim. O burburinho não demorou muito a começar, pois Daisy continuava a todo volume. Esmagando um tablete de manteiga, me perguntei o que Deus tinha contra mim. Quem eu tinha irritado em uma vida passada para acabar naquela situação? De todas as pessoas naquela cidade que poderiam ter me visto, precisava ser justo a intrometida e escandalosa da Daisy Churchill? Se havia uma coisa que Daisy sabia fazer muito bem era atrair uma multidão.

— Oi, Daisy. Que bom ver você. Tive que dar um pulinho aqui para comprar manteiga e...

— Eu estava sentada aqui, pensando — começou ela, me cortando de modo agressivo. — Me perguntando sobre a última vez que vi você. Acho que foi na véspera de Natal do ano passado. Ah, querida, nem tive a chance de prestar minhas condolências, depois que a Cassie e o Daniel fugiram juntos. Foi uma pena o que aconteceu com você. Aposto que você ficou com muita vergonha. Nossa, eu também não teria dado mais as caras na cidade. Entendo por que você andou evitando Birch Lake.

Na maioria das vezes, as pessoas prestavam condolências em velórios, não em casamentos. Típico de Daisy esfregar sal naquela ferida. O dia em que minha fé e confiança nas pessoas morreram. *Descanse em paz, Holly.*

— Eu não estava evitando Birch Lake, só andei ocupada. — Abri um sorriso, principalmente porque as pessoas estavam paradas ali vendo a cena. — Vivendo e aprendendo, Daisy. Me desculpe, mas eu realmente preciso...

— Holly!

No momento em que ouvi meu nome, todos os pelos do meu corpo se arrepiaram. Eu conhecia aquela voz. Alguns segundos antes, pensei que o pior som que poderia ter ouvido era a voz da Daisy. Bom, até a voz de Cassie interromper nossa conversa. Dei meia-volta para encarar minha ex-melhor amiga parada ali, com uma expressão atônita. Meus olhos se desviaram dos dela e desceram até sua barriga.

Ai, meu Deus. Cassie estava grávida.

Ela estava *muito* grávida.

Grávida tipo... o termômetro prestes a apitar avisando que o bebê já estava no ponto.

Senti fraqueza enquanto a observava.

Então, segundos depois, Daniel dobrou o corredor.

— Ei, querida, não estou conseguindo achar a aveia e... — Daniel ergueu o olhar para ver o que prendia a atenção de Cassie. Quando me viu, seus olhos se arregalaram e ele deu um passo para trás. — Holly!

Daisy colocou a mão em meu ombro. Ela se aproximou, trazendo consigo aquele cheiro de cigarro, e disse:

— Ah, querida, isso deve trazer muitas lembranças da última véspera de Natal, não é? Aposto que é um grande trauma para você, não é?

Olhei para Daisy como se ela fosse louca, então fiz a única coisa que me ocorreu: corri de volta para o carro com a manteiga na mão.

Eu não conseguia acreditar no que havia acabado de vivenciar naquele mercado.

Daniel, Cassie e a manteiga roubada.

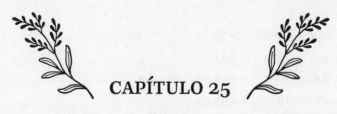

CAPÍTULO 25

Kai

— Precisa de ajuda com esse pedaço de madeira? — perguntou MJ, carregando uma pilha de lenha cortada no ombro. — Parece que esse aí está difícil.

Meu ódio por aquele cara crescia a cada segundo. Desci o machado no pedaço de madeira, cortando-o ao meio.

— Acho que dou conta.

MJ sorriu.

— Bom para você, Kai. Não desista.

Eu teria soltado os cachorros em cima dele se o pai de Holly não estivesse a poucos metros de distância de mim.

MJ e Alec haviam levado uma parte da lenha até os fundos da casa dos Jackson para depois levar tudo lá para dentro. Estávamos cortando lenha havia um bom tempo. Minhas bolas pareciam congelar naquele galpão, mas eu não iria reclamar. Phil nos trouxe cidra de maçã quente, batizada com uísque, o que ajudou bastante.

— Ele é uma figura, não é? — perguntou-me Phil.

— Desculpe... o quê?

— O MJ. Ele não existe.

— Pode-se dizer que sim — murmurei, enquanto cortava outra tora de madeira.

Phil me trouxe um novo tronco e o colocou no topo do cepo em que eu apoiava a lenha que estava cortando.

— O que você acha dele?

Arqueei uma sobrancelha.

— O que eu acho do MJ?

— É. Eu adoraria saber a sua opinião.

Balancei levemente a cabeça.

— Para ser franco, eu me orgulho de não ser um mentiroso. Então, se eu revelar o que penso sobre aquele cara, você pode não gostar.

Phil sorriu e me deu um tapinha nas costas. Então foi até o toco que estava cortando e pegou o machado.

— Eu acho esse cara um idiota.

Suas palavras me deixaram chocado.

— Peraí, o quê?

— Não suporto aquele babaca arrogante. Ele é presunçoso e rude. E nem tente porque não vai conseguir me convencer de que ele nocauteou você naquele jogo por acidente.

Abaixei o machado e me virei para Phil, atordoado.

— Você também detesta o MJ?

— Com todo o meu ser. E é impressão minha ou ele não tira o olho da minha filha?

— Pode acreditar, Phil... — Eu ri. — Não é só você que não vai com a cara dele. Holly e MJ ficaram juntos por um tempo. Ela não sabia que se tratava do MJ do Alec até ontem.

— E o meu filho sabe disso?

— Sabe. Nós contamos para ele.

Phil franziu o cenho.

— Alec não costuma ter sorte com relacionamentos. É a pessoa mais inteligente que conheço, mas vejo que tem dificuldades quando se trata do assunto. É um tópico sensível para ele. Mas ele merece alguém melhor do que aquele idiota.

— Concordo cem por cento com você.

Phil inclinou a cabeça enquanto me analisava.

— Mas você é diferente. Gosto de você. Parece ser franco e direto.
— Não sei ser de outro jeito.
— Pois é. Gosto de pessoas assim. A Holly merece um cara legal depois do último. Mesmo que essa coisa entre vocês tenha começado como um arranjo, é óbvio que vocês dois começaram a desenvolver sentimentos verdadeiros um pelo outro.

Abri a boca, mais uma vez atônito.

Ele sabia que nosso relacionamento era de mentira?

Phil riu.

— Sou discreto, Kai, mas não sou burro. Mas de uma coisa eu sei... você se preocupa com a minha filha.
— Sim. Eu me importo muito com ela.
— Eu sei. Não precisa dizer nada, eu vejo. Não dá para fingir um sentimento. Vou pedir uma coisa muito importante para você, pode ser?
— Qualquer coisa, senhor.
— Cuide bem do coração da Holly. Ele ainda está um pouco machucado depois de tudo o que aconteceu no ano passado.
— Ela me disse que o ex a deixou no último Natal. Deve ter sido difícil para ela.
— Ela contou para você como foi? — perguntou Phil.
— No dia do casamento.
— É. E ela contou com quem ele foi embora?

Eu levantei uma sobrancelha.

— Não.

Phil suspirou e apertou a ponte do nariz. Em seguida, começou a me contar tudo o que aconteceu no ano anterior, na véspera de Natal. Sobre o casamento, Daniel e a melhor amiga de Holly, Cassie.

Enquanto ouvia a história, meu coração foi se partindo em um milhão de pedaços. Agora eu entendia por que ela não queria aparecer na cidade sozinha. Ela estava com medo de enfrentar todas aquelas pessoas, depois de uma situação tão dramática. Agora, finalmente, muitas das atitudes dela começaram a fazer sentido para mim.

Phil me contou todos os detalhes, então esfregou o nariz com o polegar e fungou.

— Bom, como pode ver, minha filha enfrentou uma tempestade. Se você vai ser o homem da vida dela, preciso que traga mais dias ensolarados para Holly. Se alguém merece isso, essa pessoa é ela.

— Prometo que vou cuidar do coração dela, se ela o der para mim.

Phil sorriu.

— Não seja bobo, Kai. Ela já deu.

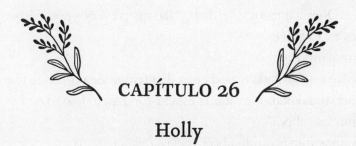

CAPÍTULO 26

Holly

Deixei a manteiga com minha mãe sem dizer uma palavra e fui direto para o quarto, com a desculpa de que precisava de um banho.

Depois de uns instantes, Kai entrou no quarto, espumando de raiva.

— Ok, sei que eu falei que já estava grandinho para colocar laxante na bebida daquele sujeito, mas estou ficando puto com o MJ. Ele humilha demais o Alec e... — Kai olhou para mim. — O que foi? — perguntou, alerta. Ele correu até mim e inclinou a cabeça. — O que aconteceu?

— Eles vão ter um bebê — respondi, atordoada. Eu me sentei na cama e congelei.

Ele piscou algumas vezes.

— Sinto muito, acho que perdi alguns capítulos aí.

— Encontrei meu ex-noivo e a Cassie no mercado. Cassie era minha...

— Melhor amiga e coautora. Seu pai me contou.

— Ele te contou que ela fugiu com o meu ex-noivo no dia do nosso casamento?

Ele se sentou ao meu lado.

— Sim, ele me contou. Sinto muito, Holly.

— Está tudo bem.

— Não está, não.

Não está tudo bem.

Olhei para minhas mãos em meu colo e comecei a puxar os dedos, meio nervosa.

— Sei que parece idiotice, mas eu não queria ver aqueles dois nunca mais na vida. Na minha cabeça, inventei uma história na qual eles eram infelizes. Queria que fosse verdade. Não queria ver os dois felizes, e eles são. Eles estão felizes.

Kai franziu o cenho.

— Você está abalada e ainda não deu tempo de processar tudo.

— É. Estou tentando esquecer essa história toda. Isso só está ferrando com a minha cabeça.

— Vamos tomar um banho para lavar essa energia.

Kai se levantou e pegou minha mão. Levantei do colchão ajudada por ele, que me acompanhou até o banheiro. Ele fechou a porta e ligou o chuveiro. Começou a me despir até que eu ficasse só de calcinha e sutiã. Eu não disse uma palavra. Minha mente tinha desligado, e eu não podia fazer nada. Quando Kai terminou de tirar minha roupa, ele se despiu e, só de cueca, entrou no chuveiro.

Ele estendeu a mão para mim. Eu a aceitei e entrei no chuveiro com ele. A água estava fervendo, mas eu gostei. Gostei de sentir a água queimando a minha pele.

— Posso lavar o seu cabelo? — perguntou ele, colocando os dedos embaixo do meu queixo, levantando minha cabeça para que eu o encarasse.

Assenti.

— Quais produtos você usa primeiro? — Ele quis saber.

Apontei para o xampu. Ele o pegou, colocou um pouco na palma da mão, então começou a passar os dedos pelos meus cachos apertados enquanto eu permanecia imóvel. Ele massageou meu couro cabeludo, distribuindo o xampu desde a raiz do cabelo até as pontas.

— Chegue um pouquinho para trás — pediu ele, e eu obedeci, me colocando embaixo do chuveiro.

Fechei os olhos enquanto Kai massageava meus fios. Lágrimas caíam conforme as lembranças do meu encontro com Cassie e Daniel surgiam. Era demais para mim. Amanhã é véspera de Natal, o dia em que os dois fugiram juntos, e hoje eu descobri que eles vão ter um bebê.

A vida podia ser bem cruel. O que eu havia feito em uma vida passada para merecer aquilo? Eles nem mesmo pediram desculpas pelo que aconteceu. Simplesmente foram embora, como se estivessem vivendo uma história de amor de conto de fadas, me deixando para trás, tendo de recomeçar do zero.

Minhas lágrimas, misturadas com os cristais de água, dançavam pelo meu corpo quando Kai começou a enxaguar meu cabelo.

— Você vai ficar bem, Holly, você vai ficar bem — dizia ele, me acalmando, enquanto seus dedos desembaraçavam o cabelo molhado que caía solto pelas minhas costas. Kai o penteava com as mãos, em movimentos suaves, tomando cuidado para não o puxar com muita força. — Você vai ficar bem — repetiu.

Meu coração ia absorvendo as palavras conforme elas saíam de sua boca.

Eu vou ficar bem.

Eu vou ficar bem.

— Posso lavar seu corpo? — perguntou ele, depois de lavar meu cabelo.

Assenti.

— Posso tirar sua lingerie?

Assenti novamente.

Aquilo parecia íntimo... ele despiu meu sutiã e minha calcinha. Eu me sentia segura com ele. Eu gostava daquilo em Kai... ele fazia com que eu me sentisse protegida quando meus pensamentos provocavam o efeito oposto.

Ele pegou o sabonete e uma bucha e começou a me lavar da cabeça aos pés. Enquanto Kai esfregava meu corpo, eu me encostei nele, sentindo que aquele homem era uma espécie de rede de segurança que me impedia de cair. Ele também se lavou, enquanto me dava banho. Assim que terminamos de tomar banho juntos, Kai saiu do chuveiro e enrolou uma toalha em volta do próprio corpo. Em seguida, pegou outra toalha e a estendeu na minha frente. Kai enrolou a toalha no meu corpo e a prendeu na lateral. Então pegou minhas mãos e me levou de volta para o quarto.

Ele abriu a gaveta da cômoda em que eu havia guardado minhas roupas e pegou um pijama e uma calcinha. Ele me vestiu primeiro, depois colocou um short e uma camiseta.

— Na outra noite, quando lavou o cabelo, você o desembaraçou com uma escova e alguns produtos específicos — comentou ele. — Posso fazer isso para você?

Meu coração triste e cansado...

Começou a bater novamente.

— Pode — sussurrei.

Mostrei os produtos a Kai, que rapidamente juntou todos. Então ele pegou uma camiseta de algodão para secar meu cabelo a fim de não danificar as pontas. Ele me sentou no chão e puxou uma cadeira para si. Fiquei sentada ali de pijama, com as pernas cruzadas.

Kai começou a aplicar o produto no meu cabelo, mas verificando antes as quantidades corretas com atenção. Ele usou a escova com cerdas de bolinha para pentear os fios, garantindo que meus cachos naturais continuassem intactos a cada escovada. Então aprendeu a torcer meu cabelo em mechas, como eu o havia instruído, e o enrolou em um lenço quando terminou, para protegê-lo durante a noite.

Depois, pegou as roupas que haviam ficado no banheiro, atravessou o corredor e as jogou na máquina de lavar. Quando voltou para o quarto, trazia um chá para mim.

Eu nem sabia que aquela era uma das minhas linguagens de amor até aquela noite — gestos de gentileza.

— Aqui, beba — ordenou ele. Fiz o que ele pediu. A quentura do chá e a bondade de Kai fluíram pelo meu corpo, soprando o hálito da vida mais uma vez em mim.

— Obrigada — eu lhe agradeci, me levantando para me sentar na cama.

— De nada — respondeu ele, se sentando ao meu lado.

Eu me virei para ele novamente, coloquei a mão em seu rosto e olhei dentro daqueles olhos que estavam começando a significar o mundo para mim.

— Obrigada — repeti, me certificando de que ele soubesse quanto suas ações significavam para mim.

Com delicadeza, Kai segurou meu rosto e me deu um sorriso gentil.

— De nada — repetiu ele, beijando minha testa.

Naquele instante, eu soube que não queria que aquele homem saísse da minha vida. Nunca. Aquele fato por si só me aterrorizava, porque eu sabia que o amor podia machucar. Meu coração danificado era a prova disso.

A ideia de Kai me machucar foi quase o suficiente para me fazer querer fugir. Quase.

Mas eu fiquei, porque ele era a única coisa que confortava meu conturbado coração. Ele estava começando a parecer um lar para mim. Só esperava que aquele lar não ruísse com o tempo.

Pousei minha xícara de chá na mesa de cabeceira, me sentindo meio tola por ter desmoronado.

— Sinto muito — murmurei, quando o embaraço de toda aquela situação me arrebatou.

— Não faça isso.

— O quê?

— Não peça desculpas por ter sentimentos. — Ele dobrou os joelhos junto ao peito e cruzou os braços, apoiando-os nas rótulas. Kai inclinou a cabeça para mim. Seus olhos castanhos estavam cheios de preocupação e cuidado. Eu não tinha certeza se já tinha visto Kai agindo de forma mais gentil e atenciosa do que naquela noite. — O que você precisa que eu faça, Holly? Como posso colá-lo?

— Colar o quê?

— O seu coração.

Aquelas duas palavras fizeram meus olhos mais uma vez se encherem de emoção, porque eu sabia que não havia muito o que ele pudesse consertar, mas a delicadeza de seu tom parecia um cobertor pesado enrolado em mim.

— Não sei se o meu coração é do tipo que pode ser remendado — expliquei. — Não depois do que aqueles dois fizeram comigo.

Nossos cotovelos se encostaram quando cruzei os braços e os apoiei nos joelhos, ficando na mesma posição que Kai.

— Quer conversar ou prefere não falar do assunto? — perguntou ele.

— Na verdade, não sei.

Uma parte de mim queria falar sobre isso.

Um pedaço de mim precisava falar sobre a traição da qual eu havia sido vítima.

No entanto, outra parte de mim queria tentar esquecer que aquilo um dia aconteceu.

Passei a mão no rosto.

— Parece loucura, sabe? Porque eu odeio os dois. Odeio demais o Daniel e a Cassie pelo que fizeram comigo, mas, ainda assim, fiquei bem mexida quando vi os dois. Eu senti tanta mágoa. Como isso é possível? Como posso odiar tanto duas pessoas e ainda me importar tanto com elas?

— Porque não é assim que as coisas funcionam.

— Como assim?

— Você não deixa de se importar com uma pessoa quando ela te trai. — Kai franziu as sobrancelhas. — Quando descobri que a Penelope tinha câncer, fiquei em negação. Fiz com que ela fosse atrás de uma segunda, terceira, quarta opinião. Porque eu não podia me conformar com a ideia de que alguém com quem eu me importava estava com câncer em estágio três. Não conseguia entender como uma coisa dessas podia acontecer com alguém que eu conhecia e que tanto amava.

Eu o escutava atentamente, meu coração batendo acelerado no peito. Sabia como era difícil para Kai se abrir com as pessoas, e ele estava compartilhando detalhes da vida dele comigo para me confortar e fazer com que eu me sentisse menos sozinha.

Ele pigarreou.

— Fui a todas as reuniões, a todas as sessões de quimioterapia, todas as consultas médicas e, sempre que qualquer coisa ruim era falada, eu me virava para Penelope e contava a história de alguém que tinha ficado curado que eu havia lido na internet. Eu insistia que ela ia conseguir vencer a doença. Afirmava que ficaria bem porque eu precisava que ela ficasse bem. Tudo isso depois de já saber da traição e de todo o resto. Eu me lembro de uma tarde, depois da quimioterapia... ela estava muito enjoada. Eu me sentei no chão do banheiro enquanto ela vomitava e fiquei acariciando as costas dela. Penelope olhou para mim com lágrimas nos olhos e me perguntou por que eu ainda estava ali cuidando dela, depois de tudo o que ela tinha feito.

— Por que você ficou cuidando dela?

— Porque eu precisava que ela estivesse bem. Precisava que ela estivesse viva para poder odiá-la. Porque não se pode odiar os mortos, é uma atitude egoísta. Você é forçado a sentir saudade, e eu não queria sentir saudade da Penelope. Queria brigar com ela. Queria olhar para aquela mulher e dizer que ela tinha partido o meu coração, que ela era um lixo humano de moral duvidosa. Eu queria que ela vivesse, que tivesse uma vida ótima e filhos com outro homem, algum dia. Queria que ela prosperasse, risse, que fizesse suas corridas estúpidas de cinco quilômetros nas manhãs de Ação de Graças. Eu queria que ela tivesse uma vida, mesmo que significasse que eu não faria parte dela. Então, quando pensei que tinha superado, senti aquela mesma raiva voltar assim que Penelope reapareceu há algumas semanas. Eu também pensei que tivesse deixado toda aquela situação para trás. Mas é isso que acontece com os gatilhos que temos na vida... eles afetam você, mesmo quando você acredita que já superou um problema. Um dos seus gatilhos foi acionado hoje. A raiva e a tristeza dentro de você foram reavivadas. E tudo bem. Você é humana. Acontece. Mas você vai ficar bem. — Ele olhou para mim e deu um sorrisinho.

Era um sorriso contido, que parecia mais uma careta.

Seu coração ainda estava ferido pelo gatilho que era a traição da Penelope, ativado novamente algumas semanas antes.

Seus olhos castanhos eram o bastante para me mostrar aquilo... ele ainda estava de luto por ela, embora Penelope continuasse viva.

Talvez aquilo fosse a verdadeira definição de dor; um coração se partindo repetidas vezes, mesmo anos depois da mágoa original.

Aquilo era algo que tínhamos em comum... o luto por pessoas vivas.

Meus lábios se abriram, e engasguei assim que inspirei. Fechei os olhos por um segundo e soltei a respiração lentamente. Eu sabia que, se Kai conseguia ser corajoso o bastante para compartilhar suas mágoas comigo, cabia a mim retribuir o favor, expondo os cantos mais sombrios da minha alma.

— Nós éramos melhores amigas desde os nove anos — comecei. — Cassie era a luz da minha vida. Era o oposto de mim da melhor maneira possível. Era otimista, enquanto eu era a maior pessimista do mundo. Ela acreditava em histórias de amor, e eu duvidava que o amor fosse real.

— Você não acreditava no amor?

— Não até ela me convencer a acreditar nele. — Eu me recostei na cabeceira da cama e puxei os joelhos mais para junto do peito. — Mas ela sempre me falou que odiava o Daniel. Dizia que não éramos um bom par. No dia do meu casamento, inclusive, ela tentou me convencer a não seguir com a cerimônia. Depois entendi por quê.

— Sinto muito que ela tenha feito isso com você.

— Quando tínhamos dezessete anos, Cassie teve a ideia de escrevermos romances juntas. Achei aquilo ridículo, mas ela ficou insistindo até que conseguiu me convencer. Então, um dia, peguei meu laptop e nós começamos a esboçar nosso primeiro romance. E foi aí que H.C. Harvey nasceu. Cinquenta e poucos romances depois, tudo se deu por Cassie acreditar tanto em histórias de amor.

— H.C. Holly e Cassie.

Assenti.

— Nosso pseudônimo. Há alguns meses, ela divulgou que estava escrevendo seu primeiro romance solo. Eu não escrevi nem um mísero capítulo.

— Sua inspiração vai voltar.

— Talvez. — Dei de ombros. — Ou talvez ela fosse a magia em H.C. Harvey.

— Sua inspiração vai voltar — repetiu Kai. — Você está só passando por uma tempestade agora. Não vai chover para sempre.

Eu torcia para que ele tivesse razão. Sentia falta de contar histórias românticas, mas era difícil escrever sobre o amor quando se viveu um ano cheio de dor.

— A deslealdade dela me magoou mais do que a de Daniel. Foi como se ela tivesse me traído mais do que ele.

— Faz sentido. Ela era sua melhor amiga, era para ter sido a sua pessoa. Foi uma merda o que ela fez, mas não teve nada a ver com você. Ainda assim, entendo que tenha ficado machucada. E estou orgulhoso de você.

— Orgulhoso de mim? Por quê?

— Depois do que eles fizeram, você poderia ter se tornado fria e cruel. Fico feliz que não tenha deixado essa traição te transformar em uma pessoa fria. Depois da Penelope, me tornei uma pessoa sombria, perdi minha luz. Estou orgulhoso de você por não ter seguido o mesmo caminho, porque este mundo precisa de mais luzes como a sua.

Quem diria?

Quem diria que corações partidos ainda podiam bater tão depressa?

Eu me virei para Kai, e ele se virou para mim. Segurei suas mãos, e ele segurou as minhas. O calor de seu toque enviou uma corrente de eletricidade por todo o meu corpo. Senti uma onda de tensão assomando no estômago.

— Kai?

— Diga.

— Você é o melhor namorado fake que eu já tive.

— Holly?

— Pode falar.

— Você é a melhor pessoa que eu já conheci.

E pronto.

Meu coração agora pertence a você, Kai. E você não faz ideia disso.

— Posso te contar um segredo? — perguntou ele.

— Por favor.

— Estou começando a gostar tanto de você que fico até assustado.

— Kai...

— Não precisa falar nada, Holly. Não foi minha intenção fazer você dizer que gosta de mim ou admitir possíveis sentimentos por mim, porque você não precisa fazer isso. Você não precisa sentir nada além de amizade por mim. Mas não sei por quanto tempo eu seria capaz de esconder esse sentimento. Não sei por quanto tempo mais eu conseguiria fingir que você não é a primeira pessoa em que penso todas as manhãs, e que não é a última em que penso toda noite.

Cheguei mais perto de Kai, me esgueirando até seu colo. Ele me permitiu fazer isso e me abraçou, fazendo com que eu me derretesse em seus braços. Minha cabeça estava apoiada em seu ombro, e suas mãos acariciavam a parte inferior das minhas costas. Ele descansou o queixo no topo da minha cabeça, e nós deslizamos direto para nossos lugares, como se fôssemos as peças que faltam no quebra-cabeça um do outro. Eu gostava do modo como nos encaixávamos. Gostava da forma como ele me segurava, como se tivesse esperado essa oportunidade a vida inteira.

Minha respiração afagou seu pescoço quando sussurrei:

— Eu também sinto a mesma coisa. Sinto tanto que me assusta.

— Podemos ter medo juntos — sugeriu ele. — E ainda nos apaixonar um pelo outro.

— Juntos? — perguntei.

— Juntos — prometeu Kai.

Ele se abaixou e beijou minha testa. Seus lábios em contato com minha pele enviaram eletricidade até meu coração cansado. Ele me beijou de novo... outra centelha de luz.

Então olhei para ele. Nossos olhos se encontraram por um segundo, antes que seu olhar pousasse em minha boca. Minha língua roçou lentamente o lábio inferior enquanto ele observava aquele suave movimento.

Ele ergueu a mão até meu rosto, acariciando meu lábio inferior com o dedo até que ele se inclinou para mais perto de mim. Nossas respirações ofegantes se entrelaçaram enquanto minha frequência cardíaca se intensificava. Eu o inspirei conforme ele se encostava mais em mim. Seus lábios roçaram os meus. Meus nervos estavam à flor da pele, e eu só conseguia pensar em uma coisa: queria que ele me beijasse.

Mas não queria que fosse qualquer beijo.

Eu queria o tipo de beijo "me devore e faça amor com os meus lábios". O beijo com o qual sonharia pelo restante da minha vida. O beijo que nos transformaria em... *nós*.

Foi o que Kai me deu. Ele me beijou, e eu o senti tocar as partes não cicatrizadas da minha alma. Seus beijos pareciam os céus caindo sobre mim. Seus beijos pareciam seguros, quentes e reais.

Pareciam tão, tão reais...

Eu não sentia nada real havia muito tempo.

Nunca me senti tão segura como ali, nos braços de Kai. Eu me afastei ligeiramente dele e o encarei. Aqueles olhos castanhos com flocos de esmeralda pelos quais eu estava me apaixonando.

Ele olhou para mim exatamente como disse que alguém faria um dia...

Será que ele sentiu o estômago dar um nó quando me encarou? Será que ele se sentia tão à vontade perto de mim quanto eu me sentia quando estava ao seu lado?

— Kai... O que você vê quando olha para mim? — perguntei baixinho. Tão baixo que não tinha certeza se ele havia escutado.

Ele colocou a mão em meu rosto.

— Tudo — respondeu. — Eu vejo tudo quando olho para você.

— Há quanto tempo?

Ele riu e balançou a cabeça.

— Há tempo suficiente para o Mano zombar de mim todos os dias, há semanas.

— Você pode me fazer um favor? — sussurrei, me aconchegando ao seu lado.

— Posso.

— Você pode dormir abraçado comigo?

Ele me puxou para mais perto e intensificou o abraço.

— Sim.

Acordei no meio da noite e me vi no abraço de Kai. Aquela era minha maneira favorita de acordar. Eu me sentia segura nos braços dele, sabendo que ele não me soltaria de jeito nenhum. Eu me aconcheguei mais a Kai enquanto ele me aninhava. Seus olhos ainda estavam fechados, mas, quando comecei a me mexer, ele murmurou:

— Você está bem?

— Estou — respondi, também em um sussurro.

Ele me deu um beijo na testa.

Ergui a cabeça e beijei seus lábios. Eu o beijei com delicadeza, e ele, ainda sonolento, se entregou ao beijo. De repente meu beijo ficou mais intenso, porque dormir era a última coisa que eu tinha em mente. Minhas mãos encontraram seu peito enquanto sua língua separava lentamente meus lábios. Fiquei meio tonta, como se estivesse sob o feitiço daqueles doces beijos. Eu queria me sentir conectada a ele até o sol nascer. Queria sentir seu calor quando ele pressionou o corpo no meu. Queria sentir o tremor em minhas pernas enquanto ele explorava todas as possibilidades.

As mãos dele começaram a percorrer meu corpo. Eu me arqueei mais e mais. Sua pele pressionava a minha enquanto eu sentia sua rigidez crescendo junto à minha coxa. Eu gostava daquilo. Gostava de sentir que o corpo dele reagia a meus avanços. Gostava de sentir suas mãos explorando cada centímetro meu.

Eu gostava dele.

Meu Deus, como eu gostava dele.

Eu gostava tanto de Kai que aquilo foi quase o bastante para me fazer surtar e querer fugir. *Quase.*

Aqueles beijos estavam se tornando meu novo fenômeno favorito. Ele alcançou a barra da minha camiseta e deslizou a mão por baixo dela até chegar aos meus seios. Com os dedos começou a massagear meus mamilos intumescidos, e eu gemi de desejo, de urgência. Eu queria sua boca em meus seios. Queria que sua boca os chupasse, que mordesse. Que fizesse o que bem entendesse com eles.

Kai abriu os olhos, e eu vi o lampejo daquela ânsia em seu olhar. Logo que ele acordou, tive a impressão de que ele estava sonolento, mas, naquele momento, era evidente que estava bem desperto.

Ele girou nossos corpos, e agora pairava sobre mim. Despiu minha camiseta e a jogou no canto do quarto. Fiquei deitada ali, completamente exposta, mas me sentindo confiante e sexy enquanto os olhos de Kai varriam meu corpo. O pequeno sorriso que fez seus lábios se curvarem quando ele abaixou a cabeça na direção dos meus seios também fez meu coração parar. Eu também gostava daquilo. Gostava de como ele me olhava. Como se eu fosse sua refeição favorita, e ele estivesse ansioso para me devorar, esperando o dia todo. Nenhum homem havia me olhado como Kai me olhava, gerando um frenesi de emoções que me tomavam por inteiro. Meu corpo todo fervilhava de tesão, ansiando para que ele possuísse cada pedaço de mim.

Ele abocanhou meu mamilo esquerdo intumescido. Um gemido me escapou dos lábios quando ele agarrou meu peito. A outra mão deslizou para baixo, para dentro do meu pijama. Então Kai puxou minha calcinha, afastando o tecido para o lado, permitindo que o polegar roçasse meu clitóris.

— Você está molhadinha — sussurrou ele, sua boca agora no lóbulo da minha orelha. Ele a chupou de leve e rosnou de tesão na minha pele, enviando uma onda de calor direto até meu âmago. — Sou eu que faço isso com você? Eu te deixo molhadinha?

— Aham — gemi, projetando os quadris contra seu polegar, que se movia ritmicamente de um lado para o outro.

Ele parou no segundo em que percebeu que eu tentava apressar suas carícias. Kai estava me provocando, e tudo bem. Eu adorava uma boa provocação, se ela levasse a um "felizes para sempre"... também conhecido como orgasmo. Mas não a qualquer tipo de orgasmo. A provocação tinha de levar a um orgasmo fantástico, alucinante, de fazer os dedos dos pés virarem garras, de cravar os dedos das mãos nos lençóis e gritar no travesseiro.

Não havia dúvidas de que Kai me levaria até lá. Eu já estava no limite apenas com o tom aveludado com o qual ele falava comigo.

— Que bom. — Ele deslizou um dedo para dentro de mim, seguido de outro... e outro... — Agora, abra as pernas e me deixe provar você.

Fiz o que ele me pediu, e Kai rapidamente tirou minha calça de moletom e minha calcinha, jogando as peças no chão. Dobrei meus joelhos enquanto ele se posicionava entre as minhas pernas. Sua boca deixava uma trilha de beijos na parte interna das minhas coxas enquanto ele deslizava o quarto dedo para dentro e para fora. Para dentro e para fora... Para dentro e para fora... Para dentro e...

— Ai, que delícia — gemi, sentindo meu desejo por ele crescer a cada milissegundo.

Meu corpo arqueou, implorando para que aqueles dedos continuassem naquele ritmo, minhas costas se vergaram, implorando silenciosamente para que ele não parasse.

— Aí, aí, aí — implorei.

Ele olhou para mim, e senti uma explosão de êxtase quando ele fez outra exigência.

— Aconteça o que acontecer, não se afaste enquanto estiver gozando, ok? Fique aqui comigo. Você entendeu?

Assenti depressa, pressionando meu quadril para cima enquanto os dedos dele me tocavam ainda mais fundo.

— Sim, sim, entendi — murmurei freneticamente. Eu mal conseguia me concentrar o suficiente para formar uma frase, mas não me importava. Quem queria saber de palavras?

— Eu sabia que você ia entender. — Ele tirou os dedos de dentro de mim e os lambeu lentamente, com aquele sorriso diabólico no rosto. Limpou os dedos com a própria língua sem desviar os olhos dos meus.

— Eu sabia que ia entender, porque você é uma boa menina — afirmou ele, então abaixou a cabeça entre minhas pernas e começou os trabalhos.

Boa menina.

Ok, talvez as palavras não fossem tão dispensáveis assim.

Quase tive um orgasmo apenas com suas palavras, mas então a língua de Kai entrou em cena...

E, ai, meu Deus, aquela língua...

Seria uma noite muito, muito longa.

Eu seguiria todas as ordens de Kai sem reclamar. Ele começou a me devorar como se eu fosse sua nova sobremesa de Natal favorita. Eu não conseguia parar de balançar meu quadril contra sua boca enquanto gritava de prazer no travesseiro, controlando meus berros para não acordar ninguém na casa.

Quando minhas pernas começaram a tremer, quase consegui sentir o sorriso de Kai em mim. Comecei a fechar as pernas, mas ele agarrou minhas coxas e as abriu ainda mais, se permitindo mais espaço para explorar.

— Kai, eu... eu vou...

Ele rosnou de desejo na minha carne enquanto eu gozava, então provou cada pedaço meu. Quando terminou, Kai se afastou com um sorriso perverso. Passou o polegar em seu lábio inferior e depois o lambeu. Em seguida, se inclinou na direção da minha boca e sussurrou:

— Amo quando você me alimenta assim tão bem. — Ele pressionou sua boca na minha, me permitindo saborear suas recentes explorações.

— Agora você — sussurrei, ainda querendo mais.

— Seu desejo é uma ordem. — Ele riu com malícia, se ajeitando antes de deslizar sua rigidez para dentro de mim.

A sensação do membro dele me penetrando foi quase o suficiente para me levar a outro orgasmo. Ele me olhou nos olhos enquanto puxava minhas pernas para seus ombros, então começou a meter em um ritmo maravilhoso. Quando chegou sua vez de gozar, ele se inclinou para a frente e mordeu meu ombro de leve para tentar não fazer muito barulho.

Quando terminamos, Kai deixou uma trilha de beijos por meu corpo, assim como fizera no dia em que ficamos juntos pela primeira vez. Uma onda de conforto varreu todo o meu ser com aquele gesto. Kai era incrível falando sacanagem, mas seus beijos gentis depois? Aquele nível de intimidade era meu lance da vez.

— Holly... — Ele ofegava, beijando meu ombro enquanto me puxava para perto. — Quero fazer isso com você para sempre.

Eu sorri e me aconcheguei mais a ele.
— Feliz véspera de Natal, Kai.
Ele deu um beijo suave na ponta do meu nariz e fechou os olhos.
— Feliz véspera de Natal.

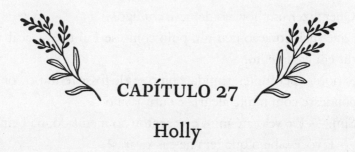

CAPÍTULO 27

Holly

Acordei mais tarde que o normal e culpei a madrugada com Kai por isso. Assim que rolei para o lado, percebi que ele não estava na cama, e a primeira coisa que minha mente fez foi sentir sua falta. Eu senti sua falta, mesmo ele tendo passado a noite toda comigo. Eu nunca tinha me envolvido com uma pessoa de quem sentisse saudade em tão pouco tempo.

O sol brilhava através das cortinas quando me sentei para me espreguiçar. Eu não conseguia parar de pensar na noite anterior. Não conseguia parar de sorrir com a lembrança de me deitar junto ao peito de Kai, ouvindo seus batimentos cardíacos enquanto ele me aninhava em seus braços.

— Você está acordada — disse ele ao entrar no quarto. Ele se apoiou no batente da porta, com duas canecas térmicas na mão. Estava agasalhado da cabeça aos pés, com roupas de inverno.

— Estou. Mas você parece um pouco mais desperto que eu.

— Tem cerca de quarenta centímetros de neve lá fora. Estamos oficialmente ilhados. Estava ajudando o seu pai a tirar um pouco da neve, mas não conseguimos fazer muita coisa. Vamos ter que esperar um limpa-neve passar.

— Sinto muito que você tenha sido obrigado a trabalhar.

— Não estou reclamando. — Ele esfregou o nariz com o polegar e inclinou a cabeça para mim. — Quer fazer uma coisa brega que é bem o seu estilo?

Meus olhos se arregalaram de empolgação.

— O quê?

— Quer fazer um boneco de neve comigo?

Por que meu coração deu um pulo como se Kai tivesse acabado de me pedir em casamento?

— Sério? — perguntei, tímida, como se ele fosse retirar o convite se eu respondesse com muita alegria e entusiasmo.

— Sim. — Ele veio até mim e se sentou ao meu lado, na beirada da cama. — E você sabe o que tem nessas xícaras?

Esbocei um beicinho, fazendo charme.

— Chocolate quente?

— Aham — assentiu —, é chocolate quente. E você sabe o que vamos fazer depois do boneco de neve?

Comecei a bater as mãos nos joelhos, parecendo uma criança de três anos.

— Biscoitos de baunilha, depois nós vamos sentar perto da lareira e esquentar nossos dedos congelados usando meias combinando?! — Tentei adivinhar.

— Exatamente — concordou ele.

— Pensei que você achasse essas coisas cafonas e irreais.

— Bom, eu... o que posso dizer? Você me faz acreditar em conto de fadas.

Se ele soubesse o que suas palavras despertavam em minha alma.

Kai esperou no quarto enquanto eu fui tomar uma chuveirada e me preparar para um dia ridiculamente coberto de neve. Eu era do tipo que congelava depois de dois segundos ao ar livre, mas meu eu interior tinha cinco anos. Logo, eu viraria picolé, mas, ainda assim, continuaria aproveitando por horas, com o nariz ranhento congelado e tudo o mais.

A maioria dos caras acharia descabida minha empolgação em fazer um boneco de neve na madura idade de vinte e cinco anos, e talvez Kai se sentisse assim também, mas não tentou cortar minha onda nem por um segundo.

A vida já era muito difícil. Fazer um boneco de neve era como um raio de luz em um mundo sem brilho.

— Como estou? — perguntei a ele, quando apareci no quarto com calças de neve rosa-shocking e botas roxas. Também tinha botado um casaco de inverno roxo largo, um chapéu cor-de-rosa, cachecol e luvas. Se havia uma coisa para a qual eu sempre estava preparada, era fazer um boneco de neve em temperaturas extremas.

— Parece que você esperou por esse dia a vida toda.

— Exatamente. — Sorri e fui andando até ele. Kai me entregou um chocolate quente, e tomei um gole. Levantei uma sobrancelha. — Tem licor no meu chocolate quente?

— A única vantagem da vida adulta.

Eu sorri e o beijei.

Eu o *beijei*.

Aquilo não foi encenado. Não foi para exibir nosso relacionamento falso para as pessoas e fazê-las acreditar que éramos um casal de verdade. Eu o beijei porque aquilo era algo que fazíamos agora. Nós nos beijávamos sem ninguém ver. E, com base na noite anterior, Kai era muito bom em beijar todas as partes do meu corpo.

Aquilo parecia tão certo...

A melhor parte de beijar Kai era que ele se entregava ao beijo. Havia algo muito gratificante em beijar um homem que você sabia estar presente por completo, integralmente, sem dúvidas. Depois daquela noite, eu soube que Kai gostava de mim tanto quanto eu gostava dele. Talvez fosse por isso que os beijos pareciam diferentes agora... porque eram reais.

Ele me puxou para si, abraçando meu corpo e aqueles cinquenta quilos de roupa que me cobriam.

— Sabe — sussurrou ele na minha boca. — Em vez de fazer um boneco de neve, podíamos fazer como ontem à noite. Gostei do que rolou.

Eu ri e esfreguei meu nariz no dele.

— Você faria aquela coisa com a língua de novo?

— Ah, eu faria aquilo com a minha língua de novo.

— Girando, girando, deslizando?

— Posso girar, girar, deslizar o dia todo, a noite toda.

Descansei minha testa na dele, fechei os olhos e soltei um leve gemido.

— Que tentador. Mas pense na família de bonecos de neve que estamos prestes a formar.

— Uma família?

Eu me afastei um pouco dele.

— Você pensou que íamos fazer um boneco de neve solitário?

Kai levantou a sobrancelha.

— Achei que o plano fosse esse, sim.

— Para ficar sozinho, parado lá, sem ninguém com quem assistir ao pôr do sol?

— Agora nosso boneco de neve vai assistir ao pôr do sol?

— Dependendo da direção em que ele estiver, sim. Além disso, precisamos de cenouras e echarpes para eles. Ah! E alcaçuz preto para o sorriso. E olhos de botão e...

— E não vou fazer o lance do gira, gira, desliza, vou? — perguntou Kai, com o nariz franzido.

Eu o soltei e balancei a cabeça.

— Não, agora não. — Comecei a seguir em direção à porta, mas hesitei. Olhei para trás e vi Kai sorrindo para mim. Era um sorriso que eu não deveria ter testemunhado. Um sorriso que deveria ser de Kai, só dele, e aquele sorriso se abriu por minha causa.

Eu esperava que ele continuasse me olhando daquele jeito. Como se eu fosse sua surpresa aleatória favorita.

— Mas nós podemos fazer isso tudo que você quer depois das aventuras na lareira — sugeri.

Ele andou até mim, me deu um tapinha na bunda e sorriu de orelha a orelha.

— Contanto que você acaricie, acaricie e aperte, temos um acordo.

Construímos uma família de bonecos de neve com cenoura e tudo, de frente para o poente. E fiz Kai me prometer que assistiríamos ao primeiro pôr do sol com nossas criações naquela tarde. Naquele momento, enquanto colocávamos todas as nossas roupas de inverno pela segunda vez no dia, percebi o quanto Kai gostava de mim.

Você sabe que um homem adulto está a fim de você quando se mostra disposto a se agasalhar duas vezes no mesmo dia para enfrentar temperaturas congelantes e assistir a um pôr do sol com uma família de bonecos de neve. Eu poderia morrer feliz só com essa lembrança. Aquele era o tipo de coisa que eu escrevia nos meus romances. Nunca imaginei que também poderia vivenciar momentos assim.

No entanto, minha parte favorita do dia não foi fazer aquela família de bonecos de neve. Foi ver Kai, aos poucos, se abrindo cada vez mais para mim.

— Acho que não a amei do jeito que o amor deveria ser amado — confessou ele, quando estávamos sentados nos balanços de pneu no quintal, embrulhados em nossas roupas de inverno.

Balançávamos para a frente e para trás, observando a paisagem coberta de neve. Nossas bochechas estavam vermelhas, beijadas pelo ar frio. Nossos narizes também exibiam um vibrante tom de maçã.

Kai não falava de seu relacionamento anterior com frequência, então eu era toda ouvidos.

Minhas mãos envolveram a corrente do balanço, e me inclinei para ele, descansando a cabeça no metal.

— Como assim?

— Ela foi minha primeira e única parceira. Quando eu me mudei para Chicago, aos dezoito anos, comecei a trabalhar em um restaurante modesto, que era do pai da Penelope. Nossa sintonia foi imediata, e me apaixonei por ela de cara. Eu me sentia bem ao lado dela, e ela parecia muito envolvida comigo. Nunca tinha sentido aquilo antes. Nunca ninguém... havia se importado comigo.

Escutei atentamente, com a cabeça baixa, enquanto Kai prosseguia, encarando a grama coberta de neve.

— Meus pais estão melhores agora. Com o tempo, eles acabaram resolvendo suas questões. Mano ficou com a melhor parte dos dois, o que é ótimo. Fico feliz que meu irmãozinho tenha crescido em uma situação melhor que a minha, mas também... sinto um ciúme estranho.

— Pela forma como eles tratam o Mano?

— Ele ficou com a versão sã dos nossos pais. Eu tive a versão verbalmente abusiva. Vi toda a bebedeira, as brigas, as ausências por longos períodos. Durante toda a minha infância, eu me criei sozinho. Eu me lembro de ficar sozinho em casa com apenas quatro anos e preparar ovos com fiambre. Me lembro de ir para a cama sozinho às sete, de ler histórias sozinho. Eu me lembro de quando me escondi no armário durante dois dias uma vez, para ver quanto tempo levaria para que meus pais percebessem que eu tinha desaparecido, e, bem... eles não perceberam. Eu era invisível para eles.

Fiz uma careta, sentindo a dor de Kai.

— Deve ter sido bem difícil.

— Foi, no começo. Então fiquei insensível a tudo. Eu tinha quinze anos quando o Mano nasceu. Meus pais estavam determinados a tomar juízo. Pararam de beber, começaram a frequentar sessões de terapia, então criaram meu irmão do jeito que eu sempre desejei ter sido criado. Não me entenda mal. Amo o meu irmãozinho. Ele foi a única razão de eu continuar seguindo em frente nesses últimos anos, mas, naquela época, eu o odiava. Eu odiava o fato de que o Mano era amado. Odiava que ele tivesse um álbum de fotos, registros de cada movimento. Eu odiava uma parede da nossa sala de estar na qual nossos pais marcavam a altura dele ano após ano. Então, quando tive uma chance, aos dezoito anos, arrumei minhas malas e fui embora para Chicago.

— Alguma vez os seus pais se desculparam com você? Pelo modo como te trataram?

— Minha mãe até tentou, quando saí de casa, mas sempre começava a chorar. Meu pai diz que passado é passado, e que não era justo da minha parte culpá-los por não terem sido capazes de fazer o melhor.

— Isso não é justo com você.

— Esse é o problema do trauma. Aqueles que o infligem não são os mesmos que precisam desfazer a bagagem emocional para se curar.

Estendi o braço e segurei a mão dele. Todo o seu corpo estava tenso, mas vi seus ombros caírem no segundo em que nossas mãos se entrelaçaram. Então Kai relaxou por completo. Eu gostaria de poder fazer aquilo por ele pelo restante da vida... aliviar a carga mais árdua.

— Enfim, vim para Chicago, conheci a Penelope e fiquei obcecado com a ideia de alguém se importar comigo. Ela era uma namorada amorosa. Queria ter certeza de que eu estava comendo direito todos os dias. Toda noite ligava para me perguntar como tinha sido o meu dia. Mandava mensagens "sem motivo" e dizia que eu era importante e talentoso, e que era capaz de fazer qualquer coisa. Depois de uma vida sem nunca ter escutado nada daquilo nem sequer vendo alguém se importar comigo, tanta atenção acabou me deixando confuso. Tudo o que eu podia fazer era amá-la ao máximo e tentar me agarrar a esse amor com todas as forças, o que acho que acabou sendo sufocante para ela. Eu era exagerado, e ela me traiu porque eu não a amava do jeito que o amor deve ser amado.

— Como o amor deve ser amado?

— Não sei. Em silêncio. Com calma. Sem afobação. Eu pedi a Penelope em casamento um ano depois. Tínhamos apenas dezenove anos quando ficamos noivos, porque eu não queria esperar nem mais um segundo para ser marido dela. Ela me fez esperar alguns anos, mas eu queria me casar. Pensei que significasse a vitória. Amar e respeitar até que a morte nos separasse me parecia o objetivo final da vida. Tudo o que eu sempre quis fazer foi ser cuidado por alguém e cuidar de quem eu amava.

— E você conseguiu isso.

Ele sorriu, mas seu sorriso era tão triste...

Aquilo me magoava... que as pessoas fossem capazes de sorrir enquanto os olhos sofriam em silêncio.

— Não acho que você a amou demais — argumentei. — Acho que, às vezes, a pessoa não sabe aceitar o amor que lhe é oferecido. E, se foi esse o caso, ela deveria ter deixado você. E ela errou ao te trair e ao ser infiel. Não se prenda à ideia de que o seu amor foi demais. Ele simplesmente foi dado à pessoa errada.

Kai não retrucou, o que me dizia que ainda se sentia culpado.

Parei de me balançar e puxei o meu balanço para mais perto do dele, a fim de encará-lo.

— Kai, preciso que você entenda uma coisa. E isso é uma lição que eu também estou tentando aprender, e minha mãe vive repetindo a mesma coisa. Ela diz que a sua cara-metade nunca vai te achar demais. Ela vê suas particularidades e ainda as acha bonitas. Não estou falando mal da Penelope, mas preciso que você entenda que o seu amor não a afastou, e sim a covardia dela.

Ele balançou a cabeça lentamente, absorvendo minhas palavras em silêncio.

Então eu disse as palavras mais importantes:

— Vale a pena amar você, Kai. Você é o ser humano mais leal, gentil e bonito que eu já conheci. Preciso que saiba que você é amável em todos os sentidos, e odeio qualquer um que tenha feito você duvidar de si mesmo.

Ele se inclinou para mim e descansou a testa na minha enquanto nós fechávamos os olhos. A brisa de inverno soprou em nós, mas todo o meu ser estava em brasa. Aquele homem me fazia sentir calor no dia mais frio.

— Holly — sussurrou ele. — Estou tão feliz por ter te conhecido.

Antes que eu pudesse responder, ouvimos alguém gritando:

— Saia!

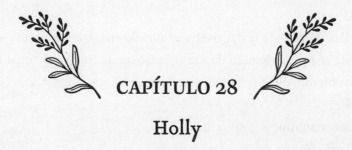

CAPÍTULO 28

Holly

Kai e eu nos entreolhamos e fomos correndo para a porta dos fundos da casa. Seguimos até o hall de entrada e encontramos Alec e MJ discutindo. Pelo visto, Alec tinha perdido a paciência com o ridículo do MJ.

— Saia! — gritou Alec, apontando para a varanda da frente. Fiquei parada ali, congelada no lugar, enquanto meu irmão chutava MJ para fora de casa. — Não quero nada com você.

MJ abriu a boca para discutir com Alec, mas meu irmão se manteve firme.

— Saia. Agora — ordenou ele, colocando a mala de MJ na varanda.

Antes que MJ pudesse retrucar, Alec fechou a porta na cara dele. A postura de Alec murchou no segundo em que ele achou que não era mais preciso bancar o forte. Sua mão descansava na maçaneta, como se ele cogitasse abrir a porta outra vez. Ele fechou os olhos conforme as lágrimas escorriam por suas bochechas. Depois soltou a maçaneta, deu um passo para trás e enxugou as lágrimas.

Alec fungou, então se virou e deu de cara comigo em pé ali no hall de entrada.

— Nossa, Holly. Será que não posso ter um momento de privacidade? — bufou, ainda secando os olhos. — Você é muito intrometida.

Ele parecia tentar fingir que não estava sofrendo, mas eu sabia o quanto seu coração devia estar magoado.

— Alec...

— Não. Não. — Ele apertou a ponte do nariz e suspirou. — Não preciso da sua piedade nem da sua opinião agora, tá? Você tinha razão. Ele é um merda, ok? Só me deixe em paz, Holly.

— Não.

Ele arqueou uma sobrancelha.

— Como é?

— Eu disse não. — Em vez de sair dali e deixá-lo sozinho, eu me aproximei do meu irmão e o abracei. Para ser franca, não éramos o tipo de irmãos que se abraçavam. Acho que a última vez que Alec e eu nos abraçamos foi depois de alguma briga quando ainda éramos crianças, forçados pelos nossos pais.

Alec ficou parado, sem saber como reagir àquele estranho gesto.

— O que você está fazendo?

— Abraçando você.

— Por quê?

— Porque você está triste.

— E...?

— É isso que devemos fazer pelas pessoas que amamos. Devemos abraçá-las.

— A gente não se abraça.

— É, eu sei. Mas talvez a gente possa fazer isso só hoje.

O corpo dele estava tenso no princípio. Parecia que eu estava abraçando um muro de pedra. Mas não recuei. Continuei ali e não o soltei. Então ele se derreteu e me abraçou também. Alec tinha parado de chorar, mas eu sabia que o coração dele estava doendo.

— Sinto muito pelo MJ.

— Tudo bem. Ele era ruim de cama, então não foi uma grande perda.

Eu ri.

— Bom saber. Ele também tinha cara de dedão do pé, se você olhasse para ele inclinando um pouco a cabeça.

Alec relaxou os braços e sorriu.

— Acho que daqui a um ano ele já vai ter entradas no cabelo.

— Seis meses, no máximo. E a lasanha dele é horrível.

— Não é ele que faz. Ele compra pronta. Eu o peguei empratando uma vez, como se ele mesmo a tivesse preparado.

Estalei os dedos.

— Eu sabia que conhecia o gosto! Não se preocupe, Alec. Você se livrou de uma.

— Eu sei. Mesmo assim, é difícil. Nosso coração é burro.

— Muito burro.

Alec esfregou o nariz com o polegar.

— Sinto muito, Holly.

— O quê? Pelo quê?

— Me desculpe por não ter te abraçado. Depois do casamento... eu... — Seus olhos estavam marejados de lágrimas, e ele arrastava os pés no chão. — Eu não sabia o que fazer. Nosso relacionamento sempre se deu em torno das nossas implicâncias e bobeiras. Teria parecido forçado se eu dissesse que me senti péssimo pelo que aconteceu. A sua vida mudou naquela noite, e eu queria manter o status quo da nossa relação, pelo menos. Eu deveria ter te abraçado. Lamento não ter feito isso.

— Eu ouvi você — confessei. — Na noite em que aconteceu. Eu te ouvi do lado de fora do meu quarto.

Ele ergueu o olhar, surpreso.

— Você ouviu?

— Ouvi. A mamãe me deu um remédio para dormir para que eu pudesse descansar, mas não tomei. Fiquei chorando com a cara no travesseiro e ouvi você do lado de fora, por volta de uma da manhã. Ouvi você falando que lamentava muito. Ouvi você deslizar até o chão e ficar sentado lá, chorando. Eu me senti mais abraçada do que nunca. Eu estava sentada na cama, com o coração partido, e você apareceu para me lembrar de que eu não estava só.

Alec me deu um pequeno sorriso e encolheu o ombro esquerdo.

— O que eu posso dizer? Só demonstro emoções quando acho que as pessoas estão dormindo.

Eu ri e apoiei o braço no ombro dele.

— Não se preocupe. Sempre sinto o seu amor, mesmo quando você não sabe como expressá-lo.

— Ah, Holly?

— O quê?

— Podemos parar com esse negócio de abraço agora? Já está demais — comentou, pegando meu braço e o desenganchando de seu ombro.

Eu ri. Justo.

— Esse é um momento exclusivo entre irmãos ou os pais podem participar? — perguntou mamãe, por trás da gente. Papai estava a apenas alguns passos atrás dela.

— Ai, Deus — gemeu Alec. — Vocês dois vão querer me abraçar também?

Mamãe e papai correram até nós dois, nos envolvendo em um abraço coletivo gigante, que quase nos sufocou. Mamãe estava chorando, o que não era surpresa, visto que seus olhos sempre transbordavam de emoção. Papai fez carinho na cabeça de Alec e disse que ele encontraria a pessoa certa um dia. Eu apenas aceitei o abraço da minha família.

Eu me sentia um pouco tola por ter ficado tão paranoica com a ideia de ter um parceiro para desviar minha atenção das festas de fim de ano. Não me interpretem mal. Eu estava muito grata por Kai e pelo amor que ele tinha me dado nos últimos dias. Ele era o homem dos meus sonhos, e eu ainda não conseguia acreditar que o havia encontrado. No entanto, mesmo que ele não tivesse vindo comigo para o Natal, eu teria ficado bem, porque minha família não era nada além de amor. Eles teriam feito de tudo para que eu me sentisse bem. Fosse pelo choro solidário de mamãe, pelas garantias de papai de que tudo daria certo ou pela implicância amorosa de Alec... eu teria ficado bem, porque o amor que eles me dedicavam sempre seria o suficiente para me manter de pé dia após dia.

Os dias restantes da visita foram só com jogos de tabuleiro, chocolates quentes e risadas. Minha família e Kai faziam com que fosse fácil ignorar as sombras do meu passado. Eles eram bons em me fazer aproveitar o momento.

Alec voltou a implicar comigo, e fiquei grata por isso. Alfinetadas eram nossa linguagem de amor favorita.

Kai e eu arrumamos a bagagem para voltar para casa, e ele abraçou minha família toda e agradeceu a todo mundo pela hospitalidade.

— Foi o Natal com o qual sempre sonhei. Só faltou o meu irmão — disse ele, ao abraçar minha mãe.

— Então traga o seu irmão no ano que vem — sugeriu ela. — Você é nosso convidado. — Em seguida, apontou para mim. — Não se atreva a partir o coração desse doce rapaz.

Joguei as mãos para o alto em sinal de rendição.

— Não era minha intenção.

Kai abriu a porta do carona para mim, e me acomodei no meu lugar. Ele fechou a porta e se dirigiu para o lado do motorista. Ao entrar no carro, ele tremia um pouco por causa do frio.

— Está congelando lá fora — comentou ele, esfregando as mãos antes de ligar o carro. Então aumentou a temperatura e acionou o aquecimento dos bancos para nós.

— Então...

— O que foi?

— Sei que você só interpretou o papel de meu namorado nesses últimos dias, mas achei que seria melhor avisar que estou me apaixonando por você. O que é assustador para mim, mas não tão assustador assim, porque, afinal, é por você que estou me apaixonando.

Ele se virou para mim, a doçura em seus olhos me envolvendo.

— Que bom!
Ele pegou minha mão e a beijou.
— Porque eu estou me apaixonando por você também.
Abri um sorriso, me derretendo no banco enquanto ele dirigia de volta para Chicago.

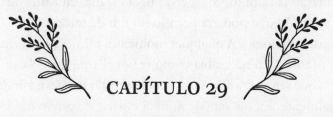

CAPÍTULO 29

Kai

Voltar para casa depois daqueles dias com a família da Holly foi algo meio agridoce. Mesmo com todo o drama e as emoções envolvidas, era bom estar perto de uma família tão unida. Aquelas pessoas se amavam da forma como o amor deveria ser compartilhado.

Eu mal podia esperar para que Mano voltasse hoje, mais tarde, e eu pudesse desfrutar da sensação de ter minha família reunida novamente. Parecia bobagem, mas eu sentia muita saudade do meu irmão toda vez que ele viajava. Mano era mais que um irmão, era meu melhor amigo. Uma parte de mim estava grata por meus pais terem tomado jeito. Se eles não tivessem feito isso, talvez houvesse uma chance de Mano não existir. Meu mundo precisava de Mano. Ele era o melhor de mim.

Depois de deixar Holly em casa, fui até o restaurante para ter certeza de que tudo estava em ordem. É claro que Ayumu havia se saído muito bem tomando conta de tudo sozinho. Dei uma risada assim que vi o bilhete do meu amigo na caixa registradora.

Não, nós não incendiamos o lugar. De nada.
Feliz Natal, seu animal imundo!

Amassei o papel e o joguei na lixeira. Então fui para o escritório e passei algumas horas ali, colocando a papelada em dia. De repente notei o envelope pardo no canto da mesa. Ao abri-lo, vi o formulário do divórcio. O documento já estava assinado desde a noite em que Penelope o havia trazido para mim. Mais cedo naquele dia, eu tinha ligado para ela e comunicado que poderia pegá-lo no fim da tarde.

Olhei para o relógio. A qualquer momento, minha ex iria entrar pela porta do Mano's. Eu não sabia como reagir diante daquela situação, a única coisa que sentia era alívio por Penelope estar prestes a sair da minha vida oficialmente. Eu me sentia em uma espécie de prisão desde que ela me deixou, todos aqueles anos antes. Então, de repente, Holly apareceu com a chave e me libertou. Eu devia muito à Holly. Nem sei se um dia conseguiria pagar. Ela encontrou minha alma vazia e a encheu de amor.

Fui para a entrada do restaurante esperar por Penelope. Dez minutos depois, ela apareceu. Abri a porta e a deixei entrar.

Ela sacudiu a neve do casaco e me deu um leve sorriso.

— Oi, Kai.

— Olá. — Estendi o envelope para ela. — Imagino que você tenha vindo até aqui para buscar isto. Está tudo assinado. Você só precisa assinar em uns poucos pontos.

— Obrigada.

— Sem problemas. — Esperei que Penelope fosse embora, mas ela ficou ali parada, me encarando, como se tivesse um peso nos ombros.
— O que foi? — perguntei.

— Eu te devo desculpas.

— Eu não quero.

— Sim, mas... — Ela inspirou fundo. — Você ficou comigo quando não tinha mais ninguém do meu lado, Kai. A maioria das pessoas dificilmente faria algo assim.

— Você não precisa me dizer que tipo de marido eu fui para você. Eu sei. É da minha vida que estamos falando.

— Sim, mas... — Ela parecia nervosa. Eu não sabia por quê. Ela poderia muito bem ter ido embora e evitado aquela situação constrangedora. Ela era boa em deixar as coisas para trás. Era um ótimo exemplo, na verdade. — Com o meu caso e o Lance...

— Não quero falar sobre isso, Penelope. Você pode ir agora.

— Ele me deixou — confessou ela, em um tom que sugeria que eu deveria reagir àquelas palavras. — Depois que o bebê nasceu. Ele disse que as coisas tinham acontecido rápido demais entre a gente e que não estava pronto para ser pai. Argumentou que ainda tinha a vida toda pela frente e disse que não conseguia se imaginar com uma família naquela idade. Então foi isso que aconteceu, o Lance nos deixou.

Lágrimas escorriam pelo rosto de Penelope, e eu odiava o fato de que uma parte de mim ainda desejava consolá-la. Ela estava me contando sobre o amante, que ele a traiu depois que ela me traiu e, ainda assim, eu sentia pena. Talvez eu sentisse pena por causa da criança. Talvez porque eu soubesse como era ser deixado para trás. Eu conhecia bem o poder que aquela mágoa tinha de virar o mundo de alguém de cabeça para baixo.

— O que você espera que eu faça com essa informação, Penelope? Por que está me contando isso tudo?

— Os últimos dois anos foram um inferno, Kai. Tentei entrar em contato com você várias vezes, mas não consegui. Estava envergonhada de tudo o que eu tinha feito e sabia que não tinha o direito de pedir para voltar para a sua vida.

Voltar para a minha vida?

Aquilo era alguma piada?

De jeito nenhum ela faria parte da minha vida outra vez.

— Você desapareceu por dois anos, Penelope, me deixou na mão. Não pude nem pedir o divórcio, porque você virou um fantasma. Teve uma época em que ter notícias suas significaria algo para mim. Mas essa época passou.

Ela abaixou a cabeça por um segundo e, então, com os olhos azuis carregados de emoção, ergueu o olhar.

— Eu ainda te amo, Kai.

Bufei. Penelope deve ter bebido.

— Acho que está na hora de você ir embora.

— Não, não, escute. Pensei que tivesse sufocado o que eu sentia por você. Achei que meus sentimentos por você tivessem acabado, mas, depois de voltar para a vida de solteira, depois de dois anos vendo o que há por aí, me dei conta de como o que nós tínhamos era bom. Você é o amor da minha vida.

— Precisou de dois anos de relacionamentos de merda para você perceber que eu era um bom partido? — zombei, sentindo a raiva crescer dentro de mim. Odiava o fato de me sentir frustrado ouvindo aquilo. Eu tinha quase certeza de que todos os meus sentimentos por aquela mulher já haviam se exaurido. No entanto, lá estavam eles. Raiva. Irritação. Decepção.

— Não, Kai. Precisei chegar ao fundo do poço para perceber o que havia perdido.

— Que engraçado. Achei que você tivesse chegado ao fundo do poço quando estava com câncer e eu cuidei de você, te carreguei pela casa quando estava muito fraca para se locomover... quando eu raspei a minha cabeça para que você não se sentisse sozinha. Eu cuidei de você quando ninguém mais ficou ao seu lado. Achei que isso havia sido o seu fundo do poço.

— Eu era jovem e burra.

— Isso foi há dois anos. Você não era tão jovem e nunca foi burra.

— Eu sei, eu sei... cometi erros graves.

— Você teve um caso com um cara e me deixou quando engravidou dele. Isso não é um erro grave. Isso é uma escolha. Você escolheu esse cara, e tudo bem. Eu superei.

— Pensei que eu também tivesse superado. De verdade, mas então vi você há algumas semanas e... — Ela pousou o envelope no balcão do bar, se aproximou de mim e segurou minhas mãos.

O que raios estava acontecendo?

— Eu te amo, Kai! — exclamou ela.

— Você está bêbada?

— Não. Estou atordoada desde que te vi de novo. Tentei expulsar você dos meus pensamentos. Eu queria entregar os papéis do divórcio e seguir em frente com a minha vida, mas aí vi você, e só o que me deu vontade de fazer foi... — Suas palavras morreram, e ela ficou na ponta dos pés em segundos, me dando um beijo.

Antes que eu pudesse reagir, escutei a porta da frente do restaurante se abrir. Eu me afastei de Penelope e vi Holly parada ali, com uma bola nas mãos. Ela estava boquiaberta e começou a gaguejar na mesma hora.

— Desculpe, eu estava desfazendo as malas e vi que a bola de futebol tinha ficado na minha bolsa, então resolvi trazê-la para você colocar na lareira e... desculpe, desculpe — balbuciou Holly, nervosa, à beira das lágrimas.

Ela deixou a bola de futebol cair no chão, deu meia-volta e saiu do restaurante.

— Merda — resmunguei, sabendo exatamente como a situação parecia ruim. — Você precisa ir embora — eu disse a Penelope, passando por ela para pegar o celular e as chaves que estavam no balcão. Eu podia imaginar o que estava se passando na cabeça de Holly depois do que havia testemunhado.

— O quê? Não. Vamos terminar a nossa conversa, Kai. Passamos dez anos juntos. Acho que mereço uma conversa.

Meu sangue ferveu quando vi que Penelope não pretendia ir embora. Marchei até ela, peguei a papelada do divórcio e a coloquei em suas mãos.

— Vá embora — exigi, em um tom nada gentil.

Seus olhos se arregalaram. Eu nunca havia levantado a voz para ela, mas não consegui evitar. Penelope havia ultrapassado todos os limites, e eu não podia sequer imaginar como a mente de Holly estava fervendo.

— Kai...

— Saia agora. Não vou repetir.

Ela bufou e saiu do restaurante. Levei apenas alguns segundos para trancar tudo e correr até o prédio. Eu já estava impaciente esperando o elevador. Assim que cheguei ao apartamento de Holly, comecei a esmurrar a porta.

— Holly, abra a porta — gritei. Eu podia ouvi-la andando de um lado para o outro lá dentro, então continuei batendo. — Holly, por favor, me deixe explicar. Não foi o que pareceu. E, acredite em mim, eu sei o que parecia.

— Vá embora, Kai — disse Holly do outro lado da porta.

— Não posso. Não até conversarmos.

— Eu não vou falar com você.

— Você está falando comigo agora.

Ela ficou em silêncio.

Suspirei e continuei socando a porta.

— Por favor, Holly. Abra.

Um dos vizinhos de Holly abriu a porta e olhou para mim.

— O que você está fazendo? — perguntou ele, todo mal-humorado.

— Ah, vá cuidar da sua vida, tá? — resmunguei.

— Você está incomodando o andar inteiro. Não me faça interfonar para a portaria...

Joguei as mãos para o alto, em um gesto de rendição.

— Ok. Tudo bem. Vou parar. Pode voltar para o seu noticiário — disparei.

Ele me fuzilou com o olhar, mas voltou para seu apartamento, fechando a porta ao entrar.

Encostei na porta de Holly e falei mais baixo.

— Holly. Ela me beijou. Não significou nada. Ela não significou nada. Por favor. Abra a porta.

Fiquei parado ali por um tempo, esperando, rezando para que Holly abrisse a porta e me deixasse explicar tudo cara a cara.

A porta nunca se abriu.

Meu coração começou a se despedaçar conforme eu descia as escadas para meu apartamento. Desabei no sofá e peguei o celular. Tentei ligar umas dez vezes para Holly. Todas as vezes, caía na caixa postal. Todas as vezes, deixei uma mensagem tentando explicar.

Mandei mensagens de texto também, mas tive um mau pressentimento quando vi que não haviam sido entregues.

Existia uma grande chance de ela ter me bloqueado. Senti o estômago embrulhar. Tudo porque deixei Penelope chegar perto demais. Merda, a conversa com Penelope nem era algo que eu estava esperando. Pensei que ia entregar a papelada do divórcio para ela e que não nos veríamos nunca mais. Era essa minha esperança. Queria terminar aquele capítulo da minha vida para que eu pudesse escrever um novo com Holly.

Agora, tudo era uma grande bagunça.

E o dia só piorou quando Mano apareceu no apartamento naquela noite, depois de vir de táxi do aeroporto. Quando ele abriu a porta, eu me virei e logo vi o pedido de desculpas estampado em seu olhar, antes mesmo que dissesse uma palavra.

Será que ele tinha falado com a Holly?

Ele sabia o que havia acontecido?

Não.

Não era nada daquilo.

— Sinto muito, irmão — balbuciou, enquanto puxava a mala para dentro. Meu estômago deu um nó quando vi outras duas malas atrás dele. Perplexo, encarei as duas pessoas que só iam piorar minha noite de merda.

Eu me ajeitei melhor no sofá quando o nó em meu estômago se apertou.

— Mãe. Pai. O que vocês estão fazendo aqui?

— Como nunca vai nos visitar nas festas de fim de ano, pensamos em dar um pulinho aqui para ver você e ficar no seu apartamento até o Ano-Novo.

Que merda de vida.

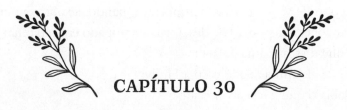

CAPÍTULO 30

Kai

— Me avisar com antecedência teria matado você? — sussurrei meio que gritando para Mano, enquanto ele me ajudava a preparar meu quarto para nossos hóspedes da semana.

— Foi mal, cara! A mamãe disse que, se eu contasse que estavam vindo comigo, eles me tirariam da escola e eu voltaria a estudar em casa. Eles me ameaçaram porque imaginaram que você encontraria uma maneira de evitá-los, se soubesse.

Eles chantagearam Mano, lógico. Eu nem podia culpar meu irmão por ter ficado calado, com a ameaça pesando sobre seus ombros. Eu sabia o quanto a escola significava para Mano. Ele tinha amigos aqui e o futebol. Era cruel da parte dos nossos pais o ameaçarem assim. Era de se imaginar que fariam aquele tipo de merda comigo, mas não com Mano.

Eu me sentia mal por ele ter tido um vislumbre dos pais com os quais cresci. Aquele mesmo comportamento manipulador com o qual me levavam a crer que eu era uma criança má quando, na verdade, eles eram péssimos pais. Sempre faziam parecer que eram as vítimas quando, na verdade, não passavam da parte abusiva. Eu ainda arrancava as mesmas reações dos meus pais até a presente data. O que quase não me incomodava, pois eu já estava acostumado, mas percebi que aquilo magoava Mano. Não era justo e me irritou o suficiente para que eu quisesse expulsá-los do apartamento e acomodá-los em um hotel.

— Quanto tempo eles estão planejando ficar mesmo? — resmunguei.

— Até o Ano-Novo. Sinto muito, Kai. Sério.

— Não precisa se desculpar. A culpa não é sua. São só nossos pais sendo nossos pais.

— Fiz reserva em um restaurante cinco estrelas para um jantar amanhã — avisou mamãe, invadindo meu quarto. Ela olhou para o cesto de roupas para lavar, onde eu havia colocado as peças sujas da minha viagem a Wisconsin, e empinou o nariz. — Este é o chiqueiro em que você está deixando o seu irmão viver? — perguntou-me ela.

Os palavrões que passaram pela minha cabeça pareciam dignos de me garantir uma passagem só de ida para a masmorra de Satanás, então mordi a língua.

— Que isso, mãe. Ele acabou de chegar de viagem — explicou Mano, apontando para minha mala aberta no chão.

— Não se preocupe, Mano — insisti.

Não valia a pena discutir. Meus pais veriam o que quisessem ver, independentemente de qualquer coisa. Ela provavelmente se esquecera de todos aqueles anos em que eu varria nossa casa, recolhendo suas roupas sujas e encharcadas de álcool, depois lavava tudo, porque os dois estavam bêbados demais para qualquer coisa.

Cara, eu precisava falar com a Holly.

A última coisa que eu queria era lidar com meus pais pelos próximos dias. Eu precisava falar com a Holly e explicar a situação com a Penelope. Em vez disso, estava escutando dois adultos criticando meu modo de vida, que não estava à altura de suas recém-descobertas personas arrogantes.

— Não posso jantar com vocês amanhã. Preciso trabalhar nos próximos dias — expliquei. — Vocês não podem simplesmente aparecer na casa de alguém e esperar que essa pessoa mude toda a sua rotina.

— Seu restaurante só abre às cinco da tarde. Podemos almoçar juntos — ofereceu mamãe. — A menos que você não almoce. — A mamãe passivo-agressiva estava a todo vapor.

— Ok. A gente combina — murmurei.

— Seu pai e eu estamos exaustos da viagem. Se puder acelerar a arrumação do quatro, será ótimo, querido — disse ela, antes de sair do cômodo.

Mano olhou para mim e franziu o cenho.

— Foi mal, Kai.

— Mais uma vez: você não precisa se desculpar.

Eu estava pronto para dormir no sofá, mas Mano arrancou o protetor de cima de seu colchão e improvisou uma cama ao lado da dele em seu quarto para mim. Quando me deitei no chão, ele disse:

— Você poderia simplesmente dormir com a Holly e voltar de manhã.

— Essa não parece ser uma possibilidade.

— Por que não? Vocês não fizeram uma ótima viagem juntos?

— Fizemos. Aí a Penelope apareceu no restaurante me dizendo que ainda tinha sentimentos por mim.

Mano se endireitou um pouco na cama.

— O quê?

— E ela me beijou.

Ele se sentou na cama.

— O quê?

— E a Holly viu tudo.

Ele se levantou de um pulo.

— *O quê?!*

— Foi exatamente essa a minha reação.

— Ei, ei, ei, peraí. O que a Holly disse quando você falou com ela?

Afofei meu travesseiro e me deitei de novo.

— Nada. Ela me bloqueou. Tentei esmurrar a porta do apartamento dela pouco antes de você chegar, mas ela não atendeu.

— Cara! O que você está fazendo aqui, dormindo no chão do meu quarto? Você precisa falar com aquela garota. *Digam o que quiserem*! Pegue uma caixa de som, vá para a varanda e implore para que ela converse com você!

— Não estamos em um filme, Mano. Você não pode simplesmente fazer essas coisas. De qualquer modo, quase recebi uma reclamação de barulho por esmurrar aquela porta. Vou pensar em alguma coisa amanhã. Vá dormir. Está tarde.
— Mas, Kai...
— Boa noite, Mano.
— Mas, Kai!
— Boa noite.

— Ei, kai? — sussurrou Mano, me cutucando. O sol já se infiltrava pelas persianas da janela, mas meu corpo queria dormir por mais dez horas.
Resmunguei e me virei para o lado, dando as costas para ele.
— Ainda estou cansado.
— Tá bom, entendi. Saquei. Mas quero que saiba que eu estava apenas tentando melhorar as coisas.
— Do que você está falando? — murmurei, bocejando no travesseiro.
— Talvez eu tenha entrado em contato com a Holly pelo aplicativo de relacionamento, já que não tenho o número dela para mandar mensagem. E eu falei para ela que era eu, e que você gostava muito dela e que estava arrependido, e expliquei o que aconteceu com a Penelope e reforcei que aquilo não significou nada, e que a Penelope é uma maluca.
Aquilo me deixou bem desperto.
Eu me sentei no colchão.
— O quê? O que ela falou?
— Bem... — Ele fez uma careta, o que significava que não tinha boas notícias. — Ela perguntou se era eu no aplicativo o tempo todo. Depois perguntou se a ideia de ir para a casa da família dela no feriado foi sua... Antes que eu pudesse responder, Holly sacou a verdade e me excluiu do app.

Passei a mão pelo cabelo bagunçado. Aquilo não era nada bom. Agora tinha dado duas bolas fora com a Holly, e ainda não eram nem sete da manhã. Eu me joguei de volta no colchão, sentindo minha mente girar.

Antes que eu tivesse a chance de tomar fôlego, meu pai gritou da sala.

— Vocês vão dormir a manhã toda ou podemos tomar café?

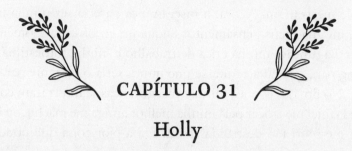

CAPÍTULO 31

Holly

As últimas horas pareceram um terrível pesadelo. Senti um peso no estômago quando entrei no Mano's e vi aquela mulher beijando Kai. Foi como se eu tivesse voltado no tempo, assistindo a Daniel me deixar por Cassie.

A dor surreal de uma conhecida traição havia se alojado na boca do meu estômago, e minha mente surtava enquanto eu estava ali, sozinha no meu apartamento. Sem pensar, bloqueei Kai no telefone. Então, quando Mano me mandou uma mensagem no aplicativo de relacionamento, me senti ainda mais idiota. Kai nunca quis passar o Natal com a minha família, para começo de conversa. Foi tudo uma encenação. Que idiota eu tinha sido por ter acreditado naquilo.

Um adolescente sentia tanta pena de mim que forçou o irmão mais velho a passar as festas de fim de ano com a minha família. Eu não conseguiria superar tamanho constrangimento. Para piorar, a pessoa que estava beijando Kai não era nenhuma mulher aleatória... era Penelope. Sua Penelope. A mulher que ele amou por quase dez anos. Não havia como sequer competir com a conexão que ambos tinham estabelecido.

Eu o conhecia fazia apenas alguns meses, e já o tinha irritado durante metade daquele tempo.

Ela era bonita.

Eu odiava o modo como minha mente me intimidava. Nunca fui de me sentir insegura, até dezembro do ano passado, quando Daniel e Cassie me traíram. Agora, a insegurança parecia ser minha melhor amiga, invadia meus pensamentos enquanto eu buscava momentos de solidão. Bagunçava minha ética de trabalho e minha autoestima. Fazia bullying para que eu acreditasse que nunca seria o bastante para outra pessoa. No fim das contas, minhas inseguranças se mostraram corretas.

Ver Daniel me trocar pela minha melhor amiga me machucou muito. Nunca me senti tão destruída assim. Foi a pior coisa que poderia ter acontecido comigo.

Mas quando flagrei Kai com Penelope?

Aquilo cortou um pouco mais fundo.

Kai me enxergou de uma forma que Daniel nunca seria capaz de fazer. Ele viu minhas particularidades e não tentou diminuí-las... abraçou todas. Kai me fazia rir como eu não ria havia anos. Ele fazia com que eu me sentisse bonita em dias nos quais me sentia um lixo. Ele me cobria de conforto quando eu mais precisava.

Meu coração já estava exausto quando conheci Kai. Eu tinha quase certeza de que não seria capaz de deixar o amor entrar nele novamente. Ainda assim, ele se abriu para Kai. Repleto de esperança de que ele não o partisse. Meu coração havia confiado nos tímidos batimentos cardíacos a ponto de se entregar a outra pessoa.

Então ele se despedaçou de novo.

Eu não sabia ao certo quanta mágoa um coração podia suportar, mas o meu estava na UTI.

DURANTE TRÊS DIAS, virei um caranguejo-eremita. Não saí de casa. Sempre que eu pedia comida, Curtis fazia a gentileza de levar os pedidos até meu apartamento, para que não tivesse a chance de eu esbarrar com Kai ou com Mano. Eu não estava pronta para encará-los. Eu me sentia muito envergonhada por ter deixado outro homem me humilhar.

— Está tudo bem, Srta. Holly? — perguntou Curtis, ao fazer a terceira entrega do dia. Comida chinesa, com rolinhos primavera extras e molho agridoce.

Peguei o saco de papel pardo das mãos dele.

— Tudo. Por que a pergunta?

— Bem, vi que está usando as mesmas roupas já faz alguns dias. — Ele olhou para mim de cima a baixo, em seguida franziu o cenho. — E o Kai tem perguntado por você. Vocês brigaram?

Sorri para o doce Curtis, sem querer chafurdar em minha mágoa.

— Está tudo bem comigo e com o Kai.

— Srta. Holly?

— O que foi, Curtis?

— Você tem muitas qualidades incríveis... você é engraçada, linda... mas para mentir você é péssima.

Meu sorriso desapareceu, e a tristeza tomou conta do meu olhar. Curtis se inclinou para a frente e colocou a mão em meu ombro, em um gesto de consolo.

— O Kai é um homem bom. Tenho certeza de que existe uma boa explicação para o que quer que tenha acontecido entre vocês. Fiquei observando vocês dois nos últimos meses. Vocês tinham algo especial. Não se esqueça disso.

— Eu vou ficar bem, Curtis. Obrigada pela preocupação.

Ele sorriu e fez que sim com a cabeça.

— Ok, Srta. Holly. Mas posso dar um pequeno conselho?

— Lógico.

— Talvez você devesse tomar um banho. Você está meio fedida. Te vejo mais tarde. — Curtis se virou e seguiu para o elevador, me deixando ali completamente atordoada e muda. Então levantei o braço e cheirei a axila. Fiz uma careta por causa do fedor.

Talvez ele estivesse certo. Acho que eu precisava mesmo de um bom banho.

Depois de meus rolinhos primavera, é claro.

Mais tarde naquela noite, vi um pedaço de papel deslizando por baixo da porta do meu apartamento. Quando peguei o bilhete, vi que era de Kai.

> Holly, sei o que você imaginou quando entrou no Mano's, mas eu não estava beijando a Penelope. Foi ela que me beijou. Sei que isso parece estranho, mas é verdade. Ela foi pegar a papelada do divórcio comigo e do nada confessou que ainda tinha sentimentos por mim. Mas aquilo não significou nada para mim. Olho para ela e não sinto nada. Lamento que você tenha visto a cena. Juro que não imaginava que ela ia fazer aquilo. Ela não significa mais nada para mim, Holly... já você? Você significa tudo. Por favor, me desbloqueie. Por favor, venha me ver. Por favor, me deixe voltar.
>
> Kai

Li o bilhete várias vezes. Lágrimas inundaram meus olhos enquanto eu mordia o lábio inferior. Meu estômago se contraiu com a náusea. Meu coração cansado ainda sussurrou: "Dê outra chance a ele." Mesmo depois de tudo pelo que havia passado, mesmo depois da mágoa, das dores e da exaustão que meu coração sofrera, ele ainda tinha esperanças de bater por amor.

No entanto, precisei acalmá-lo, porque meu coração sempre acabava me levando para o mau caminho. Era hora de ouvir meu cérebro. Era hora de ignorar meu coração e seu amor.

Por volta das dez da noite, o interfone começou a tocar sem parar. A princípio, pensei que fosse Kai, tentando dar um jeito de me ver, mas, quando recebi também uma mensagem de texto no celular, soube que não era ele.

ALEC
> Me deixe entrar, idiota.

Meio que sorri com a mensagem do meu irmão, então apertei o botão, liberando a entrada dele. Quando ele bateu à porta, verifiquei o olho mágico para ter certeza de que estava sozinho.

— O Kai não está comigo, não — disse ele, do lado de fora. — Mas eu trouxe cheesecake. Me deixe entrar.

Abri a porta, deixando meu irmão entrar no apartamento. Então, a fechei depressa.

— O que você está fazendo aqui? — perguntei. Não era sempre que Alec aparecia para uma visita.

— Ouvi dizer que você está passando por uma fase difícil. — Ele deu uma olhada ao redor, no apartamento bagunçado, e fez uma careta. — E parece que os boatos são verdadeiros.

Corri para a cozinha e comecei a recolher as embalagens vazias de delivery e a jogá-las no lixo.

— Estou no modo escritora, só isso — menti. — Não tive tempo de limpar.

— Tá bem — retrucou Alec, sem acreditar muito em mim. Ele colocou o cheesecake na mesa da sala de jantar, então cruzou os braços e ficou olhando para mim. — O que está acontecendo, Holly? O Kai me ligou e me pediu que viesse ver como você estava. Fiquei sabendo que você está chateada com ele.

— Não estou chateada. Só não estamos mais juntos. E eu já superei. — Minha voz falhou um pouco e senti meu estômago começar a dar um nó. — Mas não quero falar sobre isso. Meu cérebro já não aguenta mais pensar nesse assunto. Então, se você veio aqui para falar sobre isso...

— Não. E também não vim aqui para te abraçar, já que nosso abraço da década aconteceu no Natal.

Estreitei os olhos.

— Então o que você veio fazer aqui?

Ele foi até o armário da cozinha, pegou dois pratos limpos e dois garfos.

— Vim comer cheesecake e assistir a reality shows toscos na televisão com você.

Soltei um leve suspiro de alívio. Aquilo, sim, eu poderia fazer. Alec não era muito bom em dar apoio moral ou ouvir confidências sentimentais. Mas ele sempre aparecia quando eu precisava de alguém. Assim como ficou sentado na porta do quarto depois da minha grande decepção no ano passado, agora ele estava acomodado no meu sofá.

Ter alguém ao seu lado durante os momentos difíceis parecia o melhor remédio.

Já tínhamos assistido a lixo televisivo demais ali no sofá quando Alec se levantou e começou a arrumar a cozinha.

— Você não precisa fazer isso — falei, mas ele continuou colocando a louça na máquina.

Naquele momento, ficou evidente que a linguagem de amor de Alec eram gestos de gentileza. Ele também me mandou cair fora quando tentei ajudá-lo a dar um jeito na cozinha.

Quando terminou, eu o convidei para passar a noite no quarto de hóspedes, e ele aceitou. Eu me deitei na minha cama, já pronta para dormir, quando meu irmão apareceu na porta do meu quarto.

— Tente descansar um pouco, tá? — disse ele. — Como a mamãe costuma dizer, o sol sempre nasce pela manhã.

Era uma boa reflexão.

— Ah, Alec?

— O que foi?

— Você acha que somos amaldiçoados? Quando se trata de amor?

Ele deu uma risada.

— Isso foi a coisa mais estúpida que eu já ouvi.

— Não, estou falando sério. Você acha que o amor da mamãe e do papai é tão forte que nada que encontrarmos pela frente pode ser comparado a essa energia?

— Óbvio que não, Holly. Não tem nenhuma maldição bizarra pairando sobre nós. Acho que, às vezes, pessoas más fazem coisas más e partem corações. Mas, outras vezes, acho que a gente se atrapalha mesmo.

— Como assim?

— Pensei que não íamos fazer o lance do papo reto — brincou ele.

— Ah, bom... — Um suspiro pesado escapou dos meus lábios. — Meu coração está um pouco cansado. Acho que eu quero é colo.

Ele sorriu, porém parecia mais uma careta. Meu irmão cruzou os braços e se encostou no batente da porta.

— O Kai é um cara legal, Holly. Tudo bem, ele tem bagagem, e a ex dele fez uma idiotice mesmo, mas não foi culpa do cara. Ele se preocupa com você de verdade. Nunca vi ninguém se preocupar com uma pessoa assim... só o papai e a mamãe. Acho que você deveria considerar dar outra chance para ele. Ele é um dos mocinhos. Você sabe que esse tipo de homem é uma raridade, principalmente nesta cidade. Agora durma um pouco. Está tarde.

Segui o conselho dele, levando suas palavras a sério. Ao fechar os olhos, rezei pedindo discernimento. Com a certeza de que, embora meu coração estivesse cansado, o sol ainda nasceria pela manhã.

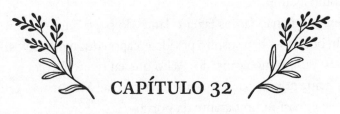

CAPÍTULO 32

Kai

De algum modo, eu havia conseguido evitar jantar com meus pais até a véspera do Ano-Novo. Escutei meu pai dizer à mamãe que eu estava sendo ingrato por não dar atenção aos dois nos últimos dias. Como se eles não tivessem sido rudes por invadir minha vida sem serem convidados. Mano se esforçou para manter a paz em nossa casa, mas foi quase impossível. Meus pais pareciam ter uma opinião sobre tudo o que eu fazia.

Por que você está abrindo essa lata com um abridor de latas automático? Os comuns são muito melhores.

Está na hora de limpar seu triturador de lixo.

Você vai estragar suas camisas com esses cabides de plástico.

Essa televisão é muito pequena para sua sala de estar. Vou te dar uma nova. Sei que você não faria o mesmo por nós, mas gostaria de te dar uma TV nova.

Seus gestos aparentemente gentis eram carregados de uma aura passivo-agressiva que me dava arrepios. A capacidade deles de criticar tudo era impressionante. Quem diria que o modo como alguém posicionava um rolo de papel higiênico poderia levar à Terceira Guerra Mundial?

Eu estava contando os minutos para que eles fossem embora mais tarde, naquela noite. O plano era que pegassem um táxi para o aeroporto logo depois do jantar, e eu mal podia esperar para despachá-los rumo a sei lá onde iriam se enfiar depois de terem arruinado meu fim de ano.

— Já era hora de você jantar com a gente — comentou mamãe, quando entramos em uma das melhores churrascarias da cidade. Pelo menos eu ia desfrutar de uma bela refeição naquele terrível espaço de tempo na companhia dos meus pais.

— Eu já expliquei que ando meio ocupado — falei. — Eu teria tirado uns dias de folga se vocês tivessem me avisado com antecedência que viriam para cá.

— Sim, bem, então nos perdoe por pensar o contrário, considerando que você faz de tudo para nos evitar sempre que estamos aqui na cidade.

Não argumentei. Não contestei absolutamente nada. Coloquei meu guardanapo no colo, peguei o cardápio e rezei para que o tempo passasse rápido.

Mano se sentou ao meu lado e sorriu, fazendo de tudo para tornar o jantar agradável.

— Eu estava pensando em me inscrever no Habitat para a Humanidade no semestre que vem — revelou ele, tentando preencher o silêncio constrangedor.

— Ah! Isso é incrível, querido! Você sempre teve um coração generoso. É bom ver que quer se doar para a comunidade — disse mamãe.

— Foi ideia do Kai. Ele estava me ajudando a decidir o que fazer no meu tempo livre, já que o futebol logo vai acabar. Ele foi voluntário do Habitat para a Humanidade quando estava na faculdade. Vocês sabiam disso? Ele me contou tudo sobre o projeto, e parece bem legal — comentou Mano, tentando fazer com que eu parecesse impressionante para as duas pessoas nada impressionadas com a minha existência.

— Isso é ótimo. Eu gostaria que o Kai compartilhasse a vida dele com a gente assim como compartilha com você, querido — alfinetou mamãe, sorrindo para mim.

Aquele sorriso pareceu uma adaga entrando em meu coração.

— Ah, mãe, não comece — insistiu Mano. — O Kai tem sido ótimo comigo.

— Bom, sim... Talvez a gente não tenha acesso ao mesmo Kai que você tem, Mano — argumentou ela.

Senti a raiva borbulhando dentro de mim.

— E talvez eu não tenha os mesmos pais que o Mano tem — retruquei.

Eu me arrependi no momento em que proferi aquelas palavras. Não queria discutir com eles. Não queria nem mesmo estar naquele jantar. Só concordei em ir por causa do Mano. Ainda assim, o fato de meu irmão me defender perante os dois foi munição suficiente para que meu pai contra-atacasse.

— O que você quis dizer com isso? — rosnou papai para mim.

— Nada. Deixe pra lá.

As narinas de papai começaram a dilatar.

— Não! Ao que tudo indica, você quer abrir seu coração. Pode desabafar, Kai. Diga que tipo de pais você teve comparado aos do Mano.

— Pai, vamos esquecer isso — sussurrou Mano.

— Ele tem razão. É melhor a gente mudar de assunto — falei, tentando me recompor. — Vamos terminar o jantar.

— Terminar o jantar — bufou papai. — Como se fôssemos uma tarefa para você. Você é muito ingrato, e isso me enoja.

— Ingrato? — Eu me recostei na cadeira, chocado com aquelas palavras. Eu podia ter explodido.

Podia ter jogado tudo na cara dele, mas isso não traria nada de bom. Por anos, eu lembrei àqueles dois o dano que haviam me causado, mas eles não queriam nem ouvir. Não há nada a se conversar com quem escolheu ser surdo a suas palavras. Não havia nada que eu pudesse dizer que os faria admitir a própria culpa. Eles eram orgulhosos demais para reconhecer qualquer falha. A seus olhos, eu sempre seria o vilão; e eles, os únicos que sofriam com um filho indiferente.

— Sinto muito, Mano, para mim não dá — sussurrei, me afastando da mesa. Eu me levantei e encarei meus pais. — Espero que façam uma boa viagem.

Eu me virei para ir embora, e meu coração se partiu ao meio quando ouvi minha mãe dizer:

— Você é uma grande decepção.

— Qual é o seu problema?! — gritou Mano, me fazendo hesitar.

Olhei para trás e vi que meu irmãozinho estava com o rosto vermelho. No começo, pensei que ele estivesse me criticando por ter me levantado da mesa, mas era o contrário. Ele estava me defendendo.

— Mano, sente-se imediatamente — ordenou papai, mas meu irmão se esticou ainda mais. — E baixe a voz.

— Não. Não sei qual é o problema de vocês, mas vejo que tratam o Kai de uma forma bem diferente da que me tratam. Eu amo os dois, mas vocês são muito cruéis. Vocês menosprezam o meu irmão o tempo todo. Julgam todas as escolhas dele. Vocês nem deram parabéns para ele pelo restaurante, que é incrível. Nem demonstraram interesse em conhecer, e olha que é na esquina do apartamento para o qual vocês mesmos se convidaram. Vocês invadiram a vida dele e ficaram fazendo comentários maldosos nos últimos cinco dias, e Kai não revidou. Ele nem ergueu a voz para vocês. Como vocês têm coragem de chamá-lo de ingrato e ainda dizer que ele é uma decepção?!

— Mano. — Coloquei a mão em seu ombro. — Está tudo bem.

— Não. Não está. Eles são muito babacas com você, como se eles não tivessem te dado uma infância de merda — gritou Mano. As emoções pareciam sair pelo ladrão enquanto ele apontava para os dois. — Por que é tão difícil para vocês, hein? Por que é tão difícil para vocês admitirem que cometeram erros? Que os seus erros podem ter magoado outras pessoas? O ego enorme de vocês os impede de confessar que estragaram tudo com o Kai? Porque foi o que fizeram. Vocês estragaram tudo, e ele merecia muito mais do que vocês deram a ele.

Nossos pais permaneceram sentados, a boca dos dois em uma linha fina, sem dizer uma palavra.

Mano engoliu em seco e balançou a cabeça.

— O Kai não teve o que eu ganhei na infância. Ele não recebeu o mesmo amor, o mesmo apoio nem conviveu com os mesmos pais. No entanto, ele se tornou o melhor irmão que eu poderia ter desejado. Então, me desculpem, mas não vou ficar sentado aqui ouvindo vocês desmerecerem uma das melhores pessoas que eu conheço, porque são orgulhosos demais para admitir a culpa. — Ele pigarreou. — Eu amo vocês, mamãe e papai, amo de verdade. Mas não vou ficar aqui vendo vocês massacrarem meu melhor amigo. Portanto, façam uma boa viagem. A gente conversa depois.

Mano se virou para mim e me deu um meio sorriso.

Devolvi na mesma moeda.

— Vamos — chamou ele, seguindo em direção à saída.

Fui atrás dele, sem saber o que dizer depois da cena que havia presenciado. Nunca na vida pensei que Mano enfrentaria nossos pais para me defender. Ele sempre foi o pacificador, o nosso equilíbrio. No entanto, naquela tarde, senti mais amor do que jamais sentira antes por ele.

Quando chegamos ao carro, Mano se sentou no banco do carona.

— Você não precisava ter feito isso — falei, enquanto manobrava o carro e me afastava do meio-fio.

— Precisava, sim. — Ele sufocou as emoções e abriu um sorriso radiante. — E aí, vamos encher a cara na véspera do Ano-Novo ou o quê?

Dei uma risada.

— Só se for nos seus sonhos, garoto. Mas podemos parar no mercado e comprar um espumante sem álcool para estourar na virada.

— Eu seria contra, mas espumante lacra, então não vou me opor.

— Lacra?

— Significa que é bom, vovô.

— Você podia só ter falado que era bom, sabe? Lacrar não faz sentido nenhum.

— Às vezes você é tão millennial que chega a ser até ofensivo.

Abri um sorriso irônico.

— Eu vivo para te ofender — falei, brincando, então encarei Mano. — A propósito, obrigado por aquilo. Por ter ficado do meu lado.

— Você teria feito o mesmo.

Aquilo era um fato.

Passamos a noite zapeando entre especiais de fim de ano e jogando partidas de videogame. Eu me orgulhava de Mano não conseguir me vencer no *Mario Kart*, por mais que tentasse. Minhas habilidades millennials de vez em quando eram úteis.

Por volta das onze e meia, a pizza que pedimos horas antes finalmente chegou, então pausei o jogo para ir buscá-la na portaria. Quando estava subindo com a pizza, olhei ao redor e vi Holly de pijama, tirando uma pilha de envelopes de sua caixa de correio.

— Holly — chamei.

Ela olhou para mim, arregalou os olhos e correu para o elevador. As portas se abriram imediatamente e ela pulou para dentro. Mas não foi rápida o bastante, eu a alcancei antes que a porta do elevador se fechasse.

— Oi — suspirei.

— Oi, Kai. — Ela apertou o vigésimo quarto andar para mim, depois o vigésimo quinto.

— É assim? Não vai falar mais nada? Nós precisamos conversar — insisti.

Ela estava linda. Caramba, tinha só uns quatro dias que eu não a via, e ela estava tão bonita naquele moletom que fiquei desconcertado e quase comecei a chorar. Até aquele momento, eu não sabia que era possível sentir falta de alguém que estava parado à sua frente.

— Não, não precisamos.

— Precisamos, sim.

— Tivemos um curto e bizarro romance fake de Natal, Kai. Não há mais nada a dizer. — Ela apertou os números de nossos andares outra vez, como se aquilo fosse fazer o elevador subir mais rápido.

Sem pensar, apertei todos os botões no painel, tentando fazer com que demorasse mais para chegar.

— Mas o que você está fazendo? — perguntou Holly, atônita.

— Não sei. Eu não sei, ok? Preciso falar com você.

— Kai, não estou pronta para conversar.

— Então quando?

A porta do elevador abriu em um andar aleatório, depois fechou.

— Não sei. Preciso de espaço.

Dei um passo para trás.

— Isso é o suficiente?

— Kai, pare.

— Não — falei. — Eu não vou parar, Holly. Não vou desistir até você falar comigo — avisei, apertando o botão de emergência e fazendo o elevador parar completamente.

— Você está louco?! — exclamou ela, e, para ser sincero, sim, eu estava.

Naquele exato momento, eu era um lunático. E me dei conta de como foi ridículo apertar todos os botões do elevador apenas para passar alguns segundos a mais com a Holly. De repente me dei conta de que estava parecendo um selvagem aos olhos dela, mas eu não tinha como evitar. Estava perdidamente apaixonado por aquela mulher e, se o único modo de fazê-la conversar comigo era prendendo-a no elevador, então paciência.

Eu era capaz de fazer coisas muito mais loucas por um verdadeiro amor.

Eu era capaz de fazer qualquer coisa para convencer Holly a me dar outra chance.

— Não há nada entre mim e a Penelope, Holly. Juro, não há, e eu...

— Eu sei — interrompeu-me ela, apertando o botão do elevador para que ele voltasse a subir.

Bati no painel de controle para atrasar o elevador, confuso.

— O quê? Você sabe?

— Sim, eu sei. — Ela apertou o botão mais uma vez. Eu o pressionei novamente.

Com força.

— Então por que não estamos conversando? — Coloquei a caixa de pizza no chão e me postei na frente do painel do elevador, impedindo Holly de fazer com que ele subisse de novo. — O que não estou entendendo aqui?

Ela me encarou, e vi o tremor em seu lábio inferior. O nervosismo evidente quando seus olhos encontraram os meus.

— Acho que não conseguiria lidar com isso — respondeu ela, com um leve aceno de cabeça.

— Lidar com o quê?

— Com o dia em que você acordar e não me escolher. É isso que significa amar alguém no fim das contas... é um risco. Significa se arriscar diante da possibilidade de alguém acordar um dia e decidir que não quer continuar naquela relação. Aconteceu com o Daniel e comigo. Aconteceu com a Penelope e com você. Então, quando eu vi aquela mulher beijando você, me senti destroçada. Por uma fração de segundo, parecia que estava acontecendo tudo de novo, e acho que meu coração não vai ser capaz de suportar esse tipo de dor outra vez, Kai. Então, é melhor a gente terminar tudo antes de começar.

— Não. Isso não está acontecendo.

Ela me deu um sorriso suave, impregnado de tristeza.

— Infelizmente, a sua opinião não importa. A escolha é minha.

— Não, não é. Não vou deixar você escolher isso.

— Kai...

— Não. — Meu coração batia forte no peito. — Você não pode desistir de nós, não antes de termos uma chance real. Você não pode fugir só porque está com medo. Eu também estou com medo, Holly. Você acha que o que temos não me assusta? Acha que não penso o tempo todo no que poderia dar errado de um milhão de maneiras? Acha que não penso que um dia você pode querer me deixar, também? Eu analisei cada resultado. Repensei cada detalhe... imaginei que tudo pode acabar mal, e ainda assim eu te quero. Quero cada pedaço de você. E sabe por quê? Porque você é tudo. Você é o sol, você é a lua, você é o estúpido boneco de neve no quintal de alguém, com o estúpido sorriso torto de alcaçuz. Você é todos os dias bons e todas as noites ruins... e todas as tardes banais no meio. Então, desculpe, mas você não pode escolher me deixar. Não é uma opção. Faça o que tiver que fazer para superar. Fique com raiva de mim, me dê um perdido de um ou dois dias, me xingue e me afaste de você, mas não me deixe, Holly, por favor. — Minha voz falhou quando me aproximei dela. — Porque, sem você, não há nada.

Vi a boca de Holly se abrir enquanto ela procurava as palavras. Como não as achou, eu encontrei outras mais.

— Você está com medo — argumentei. — Eu entendo. Não estou pedindo que não tenha medo. Não estou pedindo a você que seja outra coisa. Se tiver que ter medo, então tudo bem. Tenha medo. Mas, por favor, Holly... tenha medo comigo.

Mesmo assim, ela não abriu a boca, mas eu conseguia ver que sua mente estava processando tudo.

Esperei, tenso, com medo de que ela me contestasse novamente. Estava aterrorizado com a possibilidade de Holly não me dar outra chance, porque estava preocupada com o que nosso futuro poderia nos reservar.

Ela não disse uma palavra.

Nada.

Nenhuma.

Em vez disso, ela se endireitou, se aproximou e me beijou.

Não hesitei nem por um segundo, com medo de que ela pudesse mudar de ideia. Eu me joguei naquele beijo. Meus braços a envolveram enquanto seu corpo se moldava ao meu.

Suas costas pressionando o corrimão do elevador.

Apoiei a mão na parede, acima de sua cabeça, e a beijei com mais vontade ainda.

Minha outra mão levantou a perna dela na altura da minha cintura enquanto eu ficava duro dentro da calça, colado ao corpo dela. Os braços dela enlaçaram meu pescoço quando um leve gemido de prazer escapou de seus lábios. Dei um passo para a esquerda tentando me equilibrar, mas meu pé parou no meio da caixa de pizza, amassando-a por completo.

Holly deu uma risadinha, sua boca roçando na minha, achando graça do incidente, mas eu a trouxe de volta à realidade quando meus lábios desceram até seu pescoço, beijando sua pele, sugando-a delicadamente. Sua boca encontrou meu ouvido, e a intensa sensação me fez querer arrancar sua calça de moletom ali, na hora, e possuí-la no elevador mesmo. Ela prendeu as duas pernas ao redor da minha cintura e se apoiou no corrimão. Minha mão subindo pelo tecido de sua camiseta. Para minha surpresa, ela não estava de sutiã. Minhas mãos tocaram seus seios, e a reação instantânea de Holly quando os massageei fez meu pau ficar mais duro ainda. Levantei sua camiseta e abocanhei seus mamilos, minha língua os provocando e se revezando entre os dois. Ela gemeu no meu ouvido, implorando por mais enquanto eu ficava cada vez mais louco por ela. Seu prazer apenas intensificava o meu. Eu queria agradá-la. Queria adorá-la. Queria...

Antes que eu pudesse ir mais longe, o elevador deu um solavanco e começou a subir de novo. Rapidamente, abaixei a camisa de Holly. O elevador parou, e a porta se abriu.

Holly ainda estava com as pernas trançadas com firmeza em minha cintura. Seu gosto ainda me adoçava a língua.

— Bem, fico feliz que vocês dois não tenham pirado por terem ficado presos no elevador — disse Curtis com um sorriso, parado do lado de fora.

Coloquei Holly no chão e ela ajeitou o cabelo, ainda em um frenesi. Curtis sorriu para nós e colocou as mãos na cintura.

— Vocês sabem que há câmeras nesses elevadores, não é?

De imediato, o rosto de Holly ruborizou com a ideia de que alguém pudesse ter nos visto cheios de tesão, ali dentro. Eu não conseguia nem fingir que também não estava um pouco constrangido.

Peguei a caixa de pizza amassada e dei um sorriso bobo para Curtis.

— Feliz Ano-Novo, Curtis.

— Feliz Ano-Novo para você também. Um pequeno conselho — disse ele, entrando no elevador para reiniciá-lo com uma espécie de chave mágica. — Apertem só o andar de vocês. E não usem o botão de emergência para fazer as pazes.

— Anotado — concordei, me divertindo com a intensidade daquele tom de vermelho do rosto de Holly.

Curtis apontou um dedo severo para mim.

— E não parta o coração da Srta. Holly. Entendeu?

Olhei para Holly e envolvi sua cintura com o braço livre, então me inclinei e lhe dei um beijo na testa.

— Sim, senhor.

Assim que nos despedimos de Curtis, fomos para meu apartamento. No segundo em que abri a porta, Mano pulou do sofá.

— Por que demorou tanto? — bradou. Quando seus olhos encontraram os de Holly, ele ergueu as mãos em um gesto de vitória. — Holly! Você voltou. — Ele correu até ela e lhe deu um abraço apertado. — Obrigado por ter voltado. O Kai tem sido um bosta deprimido nos últimos dias.

— Ei, olha a boca! — avisei.

Mano se afastou da Holly e pegou a embalagem de pizza. Então olhou para a caixa deformada com desconfiança e, ao abri-la e ver seu conteúdo amassado, arqueou uma sobrancelha.

— Talvez seja melhor pedir um reembolso por esta pizza. Parece que alguém se sentou nela.

— Ou pisou nela — brincou Holly. Ela tirou os sapatos e colocou o cabelo atrás da orelha, sabendo muito bem que tinha sido meu pé que deixara aquela marca na caixa da pizza. — Reza a lenda que vocês dois estavam jogando *Mario Kart*. É isso mesmo? — perguntou ela, mudando de assunto.

— Estávamos! Quer ver quem ganha? Kai trapaceia, mas aposto que você poderia vencê-lo, se tentasse.

— Ah, não duvido de que poderia vencê-lo. Sei que posso — declarou Holly, confiante.

Estufei o peito.

— Isso é um desafio?

— Não, é um fato.

— Então manda ver, Ho Ho Holly. Manda ver.

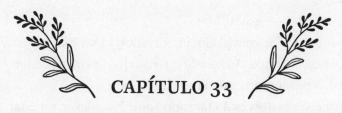

CAPÍTULO 33

Kai

Acordei na manhã seguinte com Holly deitada tranquilamente em meus braços. Não podia imaginar uma maneira melhor de começar o novo ano. A luz do dia se infiltrava pela janela, mas tudo o que eu queria fazer era ficar aconchegado a ela. Holly se aninhou junto a mim, em um encaixe perfeito. Sem pensar, eu a abracei, puxando-a para mais perto.

— Bom dia — bocejou ela, ainda de olhos fechados.

— Bom dia. Fico feliz em ver que ainda está aqui. Por um segundo, pensei que tivesse sonhado que você tinha passado a noite comigo — sussurrei no ombro nu dela, beijando sua pele gentilmente.

— Não vou a lugar nenhum até que você me expulse.

Eu a enlacei com as pernas, acomodando-a junto ao meu corpo.

— Você nunca deveria ter dito isso, porque agora é minha para sempre. Para sempre.

Gostei de como soou.

— Então a noite passada marca o início do nosso relacionamento oficial? — perguntou ela.

— Acho que sim. Que maneira de virar o ano.

— Ei. — Ela se sentou ligeiramente na cama e me encarou. — Obrigada por não me deixar fugir disso.

— Obrigado por escolher ficar.

Antes que ela pudesse responder, alguém tocou a campainha do apartamento.

— Eu atendo! — gritou Mano.

Com a chegada de convidados inesperados, Holly e eu nos levantamos da cama e nos vestimos. Ao sair do quarto, tive um mau pressentimento, pois vi meus pais novamente na soleira da porta.

— O que vocês dois estão fazendo aqui? Não deveriam estar voando agora? — perguntei.

Mamãe parecia acanhada.

— Deveríamos, mas mudamos de ideia. — Seus olhos se voltaram para Holly. — Olá. Desculpe se estamos interrompendo. E você é?

— Holly — respondeu ela.

— Minha namorada — emendei.

Os olhos de Holly se arregalaram, e um sorriso fez seus lábios se curvarem.

— Sua namorada?

Eu sorri também.

— Minha namorada.

— Prazer em conhecer você, Holly. Sou a Lani, e este é o Keanu, meu marido. Somos os pais do Kai e do Mano.

— Ah, uau! Oi. — Holly olhou para mim. — Seus pais estão aqui.

— Meus pais estão aqui. — Cocei o queixo. — Só não tenho certeza do porquê estão aqui.

— Voltamos para conversar — respondeu meu pai. As sobrancelhas dele estavam franzidas, e os braços, cruzados. — Estamos aqui para conversar. Em particular, pode ser?

— Sim, claro. Preciso mesmo trabalhar. Você daria um pulinho lá em casa mais tarde? — perguntou Holly.

— Com certeza.

Ela me deu um beijo na bochecha e passou por mamãe e papai.

— Foi um prazer conhecer vocês, Lani e Keanu. Feliz Ano-Novo.

— Feliz Ano-Novo para você também, Holly — desejou mamãe.

Quando Holly saiu, Mano e nós três ficamos parados no meio do cômodo, em silêncio. Papai se virou para Mano.

— Gostaríamos de falar com o Kai a sós, Mano.

Meu irmão gemeu.

— É sério? Justo agora que estava ficando bom.

— Vá para o quarto, agora, Mano — dissemos mamãe e eu ao mesmo tempo.

Mano resmungou e foi arrastando os pés até o quarto.

— Tudo bem, mas para que não reste nenhuma dúvida, minha orelha vai ficar pressionada contra a porta o tempo todo.

Eu não esperava outra coisa. Assim que ele fechou a porta do quarto, apontei para a mesa da sala de jantar para que meus pais se sentassem. Eu estava no nível alerta máximo, pois não tinha ideia de como seria a conversa entre nós. Conhecendo meus pais, tudo poderia desandar muito depressa.

Eu me sentei com toda a calma e esperei que começassem a falar.

— Sinto muito — começou papai. — Pelo nosso comportamento quando você era criança. Tentei não pensar nisso por um bom tempo, pois foi uma época muito sombria da minha vida, mas não fui o pai de que você precisava e que merecia. E, com o passar dos anos, passei a não gostar quando você trazia à tona essas coisas, não quando eu já tinha mudado, porque não parecia justo que eu tivesse que reviver aquele tempo.

— Imagine como era sofrer na carne — comentei.

— Exatamente. Nem posso imaginar. Então, quando sua mãe e eu estávamos no aeroporto esperando nosso voo, percebi como eu tinha sido egoísta. Meu orgulho não me permitiu me desculpar com você. Você teve uma infância de merda, e não há nada que eu possa dizer nem fazer para corrigir isso. O tempo passou, e você cresceu, mas quero me desculpar por qualquer dano que eu tenha causado.

— Eu também — falou mamãe. — Você merecia mais de nós, filho, e nós não podíamos dar na época.

— Isso foi uma grande mudança de atitude em menos de vinte e quatro horas — comentei, desconfiado de toda aquela sinceridade.

— Bom, talvez o Mano tenha nos mandado algumas mensagens, nos colocando em nosso devido lugar. Ele fala com você sobre terapia o tempo todo? — perguntou papai.

Eu ri, balançando a cabeça.

— O tempo todo. Acontece que a geração do Mano é obcecada por saúde mental.

— Que coisa estúpida — comentou papai, me fazendo rir ainda mais.

— Concordo plenamente.

— Nós amamos você, Kai — disse mamãe, retomando o assunto. — E gostaríamos de pedir desculpas por qualquer coisa que fizemos que possa ter te machucado ao longo de todos esses anos.

— Obrigado. — E estava sendo sincero também. Aquilo era tudo o que sempre quis dos meus pais. Um pedido de desculpa. Ouvi-los admitir o que fizeram.

— Não queremos tomar muito do seu tempo, então já vamos indo. Esperamos que este ano seja o início de um novo relacionamento para nós. Aos poucos, é claro. E não queremos impor nada a você. Mas talvez, um dia, possamos passar as festas juntos, como uma família. Nós quatro — sugeriu mamãe, se levantando da mesa.

— É. Talvez.

Eles chamaram Mano, e ele veio correndo do quarto para se despedir.

— Vamos ficar na cidade por mais um dia antes de voltar para casa, se quiser bater um papo — ofereceu papai.

Cutuquei minhas unhas e arranquei uma pele do polegar.

— Ou vocês podem ficar e tomar café da manhã comigo e com o Mano. Eu ia fazer waffles.

Mamãe olhou timidamente para papai, e ele assentiu, se virando para mim.

— Se tiver o bastante para nós, ficaremos.

— Sim, claro que tem. Fiquem à vontade.

Nós quatro nos sentamos à mesa da sala, desfrutando de uma refeição em família. Mano falou a maior parte do tempo, o que para mim foi bom. Talvez eu precisasse de algum tempo para me abrir com meus pais. Aquele tipo de relacionamento era novo para nós, e eu costumava pecar pelo excesso de cautela. Eu sabia que seria preciso tempo e esforço para ver se as mudanças prometidas pelos dois seriam reais mesmo. Não era fácil mudar, e às vezes era desconfortável. No entanto, eu não estava pronto para desistir dos meus pais. Aquilo só levaria um tempo.

Depois que eles foram embora, fiquei ali com Mano por mais um tempinho. Então resolvi dar um pulo no apartamento da Holly. Ela abriu a porta usando uma blusa de seda coral e jeans justos, linda como sempre.

— Ei. Como foi com os seus pais?

— Acho que foi um passo na direção certa. Mas não é por isso que estou aqui.

— Ah, não? E por que, então?

— É oficialmente minha vez.

— Sua vez de quê?

— Um encontro com Holly. — Eu estava segurando uma pilha de livros às minhas costas, que passei para a frente, estendendo os exemplares na direção dela. — Fiquei vendo você com dezenas de homens no Mano's em primeiros encontros...

— Ok, quando você fala dezenas parece meio demais...

— Foi demais...

— Falando assim, parece que sou a rainha do primeiro encontro...

— Você era a rainha do primeiro encontro...

— Aonde você quer chegar com isso mesmo? Acho melhor ir direto ao ponto...

— Estou te convidando para um primeiro encontro...

— Humm... me fale mais.

Balancei a cabeça, assimilando aquele diálogo ridículo.

— Quer jantar comigo no Mano's?

— Quando?

— Agora.

— Pensei que o restaurante fechasse no Ano-Novo.

— Ele fecha, mas acontece que conheço o dono.

Ela sorriu com doçura enquanto pegava os livros das minhas mãos. Então os cheirou, como se fossem rosas, e suspirou, toda feliz.

— São lindos.

— Como você.

Ela se retraiu.

— Ai, meu Deus, quando você ficou tão meloso?

— Quando comecei a ler romances.

— Já chega. — Ela entrou no apartamento e colocou os livros em cima da mesa de centro. Em seguida, pegou o sobretudo e as chaves no aparador e veio até mim. — Para sua informação, não vou pagar nada neste primeiro encontro. Meu coach de namoro me disse para não fazer isso nunca.

— Ele parece ser um homem sábio.

Ela sorriu para mim e deu de ombros.

— Ele é o maior.

Nosso primeiro encontro foi em uma mesa no canto do bar. Preparei o jantar e os drinques enquanto Holly fazia sua especialidade... tornava minha vida melhor. Sua risada era contagiante, e eu estava viciado naquele sorriso. Após o primeiro encontro, eu a levei para casa e lhe dei um beijo de boa-noite.

Então, fizemos planos para um segundo encontro.

E um terceiro.

E um quarto também...

Seis meses depois

Holly e eu parecíamos colados um no outro desde que começamos a namorar oficialmente, a não ser quando estávamos ocupados trabalhando, o que era bem recorrente nos últimos tempos. Holly passava o dia escrevendo seus romances, e o Mano's estava bombando.

Holly me acompanhou até o escritório no dia da última audiência do meu divórcio. Ela me deixou na porta e me desejou boa sorte, dizendo que estaria na cafeteria da esquina, trabalhando, quando eu terminasse.

Eu estava pronto para colocar um fim no lance com a Penelope, e aquela seria a última reunião entre nós e nossos advogados, quando a porta seria fechada para sempre. Já estava na hora de dar um fim a tudo.

Eu me sentei na sala de reuniões, em frente à Penelope, enquanto os advogados discutiam entre si. Eu não queria nada dela, e ela não queria mais nada de mim. Saímos de lá sem trocar muitas palavras. Quando estávamos a caminho do saguão para pegar o elevador até o térreo, Penelope finalmente me dirigiu a palavra.

— Fiz meu acompanhamento anual dia desses — começou ela, timidamente. Quase como se estivesse com medo de falar comigo. — O câncer não voltou. Não sei por que achei que deveria te contar, mas... bem, sim. Ainda estou sadia.

Assenti. Sem saber o que ela queria que eu dissesse, sem saber o que eu deveria falar. As palavras pareciam me escapar naquele exato momento.

Saímos do elevador.

Sua voz falhou ligeiramente quando ela deu um passo em minha direção. Recuei na mesma hora.

— Desculpe — lamentou ela por ter se aproximado de mim.

— Prefiro que você mantenha distância.

— Você está feliz, Kai? — perguntou, chorosa.

Eu não sabia por que ela estava à beira das lágrimas. Talvez a ficha dela tivesse finalmente caído quando o divórcio foi finalizado. Talvez ela estivesse revivendo os últimos anos que passamos juntos. Ou talvez a culpa de suas escolhas enfim estivesse pesando. Não importava, não era mais minha responsabilidade consolá-la. Ela não era mais meu amor. Na verdade, ela nada mais era que uma estranha.

— Estou — respondi. E foi bom saber que minha resposta era a verdade. Durante uma época, a ideia de eu ser feliz parecia algo muito distante, uma meta inatingível. — Estou mais feliz que nunca.

— Existe uma mulher na sua vida?

— Isso não é da sua conta, Penelope.

— Tudo bem. Certo... — Ela retorceu as mãos e balançou a cabeça.

— Desculpe. Melhor eu ir. — Ela ajeitou a alça da bolsa no ombro e seguiu para a entrada do prédio.

Apertei a ponte do nariz quando ela abriu a porta para sair. Um suspiro carregado sacudiu meu corpo.

— Penelope?

— Sim?

— Seu cabelo cresceu.

— Sim. Tem crescido bem.

Cruzei os braços.

— Fico feliz pela oportunidade de odiar você enquanto está viva. Espero poder odiar você por muitos anos ainda.

Ela deu uma risada e colocou o cabelo atrás da orelha.

— Esse é seu jeito de dizer que está feliz porque o câncer não voltou?

— Estou feliz porque o câncer não voltou.

Ela sorriu para mim.

— Obrigada, Kai. Por tudo. Não sei se ainda estaria aqui se não fosse por você. Sei que provavelmente você não acredita em mim, mas eu te amei da melhor forma que pude.

Eu acreditava nela. Durante um momento da vida, não acreditei nisso. No entanto, estava aprendendo que as pessoas só eram capazes de amar os outros na mesma medida em que amavam a si mesmas. Penelope lutou com seu amor-próprio. Quanto mais eu olhava para ela, mais aquilo ficava evidente. Só porque alguém amou você da melhor forma que podia, não significava que aquela pessoa merecia você, ou que sabia como tratar você bem. As pessoas não conseguiam nem tratar a si mesmas da forma correta.

Dei meu último adeus a Penelope, encerrando aquele capítulo para sempre.

— Tudo certo? — perguntou Holly, quando eu a encontrei no café, na esquina do lugar onde tinha acontecido a reunião. Ela estava sentada a uma mesa com seu laptop, digitando.

— Tudo certo, mas não pare de escrever se estiver no embalo. Posso ficar sentado aqui tomando um café tranquilamente.

— Não — disse ela, fechando o laptop. — Já mandei a entrevista de volta para o meu editor. Sou toda sua agora.

Holly tinha oficialmente terminado de escrever seu último romance. A *Publisher's Weekly* já o considerava o livro do verão. Seria publicado no próximo trimestre, e eu estava animadíssimo para vê-la ocupar seu lugar de direito como autora solo. Tive a sorte de ler o livro antecipadamente, e tudo o que posso dizer é que ela era boa antes, escrevendo junto com Cassie. Mas aquele romance? Era algo especial. Posso dizer que ela derramou todo o seu coração e a sua alma naquelas páginas, e mal podia esperar para que o restante do mundo também lesse aquele livro. Holly estava destinada a ser a estrela mais radiante da galáxia, e era um privilégio vê-la brilhar.

— Como está se sentindo? — perguntou ela, quando saímos do café e seguimos até o ponto de ônibus para voltar para casa.

Inspirei fundo e senti meu sorriso se abrir como nunca.

— Livre — respondi. — Eu me sinto livre.

O sorriso dela me aqueceu. Holly estava na ponta dos pés e beijava minha bochecha.

— Amo que a liberdade cai muito bem em você.

A coisa mais louca naquela situação era Holly ter entrado em minha vida para fazer com que eu me lembrasse da liberdade. Foi ela que me ensinou a voar de novo. Sem ela, eu ainda seria o homem rabugento e fechado que esqueceu como amar.

Eu sabia que haveria dias em que um de nós — ou ambos — teria de se esforçar para fazer aquele novo relacionamento funcionar. Os gatilhos que nossas relações passadas geraram iriam exigir que trabalhássemos várias de nossas dificuldades. Confiança seria necessária; paciência, um pré-requisito. No entanto, aquilo não me assustava. Eu não tinha medo de trabalhar duro para ter certeza de que eu era o parceiro que Holly não apenas queria, mas que ela merecia.

Se aprendi alguma coisa na vida, foi que nada era garantido. Todos nós tínhamos as mesmas vinte e quatro horas por dia, mas eu queria fazer valer cada segundo do meu tempo. Queria passar todos os momentos possíveis amando Holly, porque ela nunca fez meu amor parecer demais. Ela nunca fez meu amor parecer um fardo. Quando você encontra uma pessoa capaz de proporcionar isso a você... quando encontra um amor que lhe permite ser você mesmo, completamente...

Bem, esse é o tipo de amor que você vai querer ter por perto.

EPÍLOGO

Holly

UM ANO DEPOIS
VÉSPERA DO ANO-NOVO

Depois de um dia bastante produtivo, fui até o Mano's, onde todos sabiam meu nome, e me sentei no meu lugar cativo, no canto do bar. O restaurante só abriria dali a trinta minutos, então os funcionários estavam nos últimos preparativos para a grande festa de Réveillon programada para aquela noite.

O restaurante virou um sucesso recentemente, e foi ótimo ver quando Ayumu e Kai comemoraram um ano do empreendimento. Eles não só não precisavam de um plano B, como estavam prosperando de maneiras que eu não conseguia nem imaginar.

Falando em prosperar, meu agente me informou que meu romance continuava na lista de mais vendidos do *New York Times* pela vigésima semana. A vida tinha sido boa comigo nos últimos meses, e eu não tinha como agradecer o suficiente a Kai por ser meu maior incentivador. Quando eu não acreditava no meu talento, ele o fazia por mim. Havia algo muito especial sobre alguém que acreditava em você quando você mesmo não sabia como acreditar em si. Aquele era meu Kai. Meu fã número um e meu grande muso inspirador.

Eu me acomodei em meu lugar de sempre, e Kai sorriu docemente atrás do bar.

— Ei, você. Quer um drinque? — perguntou.

Eu havia colocado minha bolsa na bancada e desabado na banqueta. Com pressa, estalei os dedos no ar.

— Você sabe do que eu gosto.

Kai começou a me preparar o de sempre, o Holly, e fiz uma ligeira dancinha quando ele pousou o copo na minha frente.

— Sabe, algumas pessoas podem achar meio egocêntrico pedir sempre a bebida que foi batizada em sua homenagem — comentou ele.

Kai estava bonito aquela noite. Não me entendam mal, ele estava sempre gato, mas, hoje cedo, ele havia cortado o cabelo e aparado a barba. E estava usando um terno de veludo verde-floresta que o fazia parecer um deus grego. Eu mal podia esperar para despi-lo depois da meia-noite.

— O que eu posso dizer? Não tenho problemas no quesito amor-próprio. — Tomei um gole do drinque, e estava tão delicioso quanto na primeira vez que ele o preparou para mim, um ano antes. — Por favor, prometa que esta bebida vai ficar no cardápio para sempre.

— Enquanto você quiser, vai ficar.

— Você deve gostar de mim — brinquei.

— Eu amo você — corrigiu-me ele. — Falando em amor... Hoje é nosso aniversário de namoro.

— É mesmo. Feliz aniversário — falei, me inclinando sobre o balcão para lhe dar um beijo na boca.

— Feliz aniversário — respondeu ele, me beijando. — Tem sido um ano excelente, não?

— Não tenho queixas. E você?

Ele ergueu um dedo no ar.

— Eu tenho algumas.

Eu me ajeitei no banquinho, perplexa.

— O quê?

Ele foi até a caixa registradora e tirou um pedaço de papel de lá. Depois pegou uma caneta.

— Bom, já que se passou um ano, acho que devemos fazer uma lista do que pode e do que não pode no nosso namoro. Como aquela que fizemos para você no ano passado.

— Você está falando sério?

— Estou. — Ele começou a rabiscar. — A primeira coisa a fazer é continuar cantando no chuveiro quando você fica lá em casa. Mano e eu achamos isso muito divertido.

Dei uma risada.

— Eu posso fazer isso.

— O primeiro "não"... não me pergunte se você ficou gorda com uma roupa. Eu não sou burro. Sei que é uma pergunta capciosa; a única resposta certa é que você está sempre perfeita, o que é verdade. Você está sempre perfeita.

— Você tem razão. — Joguei o cabelo para o lado. — Estou mesmo. Ok, o que vem depois?

— Aperte a pasta de dentes na ponta.

— Só lamento. Sou uma espremedora de meio de tubo até meu último dia de vida.

Ele balançou a cabeça, desapontado.

— Justo. Depois temos: não cair no sono durante uma maratona de *O senhor dos anéis*. Isso é desrespeitoso.

— Você me faz assistir às versões sem cortes. São horas de duração.

— São obras-primas.

— São medíocres na melhor das hipóteses.

Ele apontou um dedo severo para mim.

— Morda a sua língua ou eu detono *Harry Potter*.

— Não seja louco. — Fiz um gesto com a mão para que ele parasse. — Ok, qual é o próximo item da lista do que fazer?

Kai franziu as sobrancelhas, parecendo perdido em pensamentos, então começou a escrever uma anotação.

— Tá, essa é boa. — Ele escreveu alguma coisa no papel e depois o entregou para mim. — Case comigo.

Meu coração parou, e eu congelei. Baixei o olhar e vi as palavras "Quer se casar comigo?" escritas no papel. Quando levantei o olhar, Kai estava segurando uma caixinha.

— Está falando sério? — perguntei.

— Sim, eu ficaria de joelhos, mas o balcão do bar está meio que no caminho, então...

— Está falando sério?! — exclamei novamente, enquanto as lágrimas me inundavam os olhos.

— Ele está falando sério! — gritou todo mundo atrás de mim.

Eu me virei depressa e dei de cara com várias pessoas paradas ali. Não eram simples pessoas, e sim o meu pessoal. E o pessoal do Kai. *A nossa galera.*

Meus pais e meu irmão estavam ali, assim como Mano e os pais de Kai. Todos os funcionários e Ayumu, todos grandes amigos, parados ali, na expectativa, parecendo animados.

Eu me virei para encarar Kai e, em uma explosão de alegria, pulei em cima do balcão e o abracei.

— Sim! Sim!

Todos à nossa volta comemoraram quando Kai colocou o anel no meu dedo. Continuei beijando seu rosto como uma louca, o amor que eu sentia por ele era tanto que eu não sabia ao certo o que fazer com todo aquele sentimento.

— Acho que a festa de Ano-Novo é uma celebração de noivado — comentei, enquanto Kai me abraçava.

— É isso mesmo.

Maravilhada, eu observava a nova joia em meu dedo anelar. Meu coração parecia dar cambalhotas. Finalmente era minha vez e de Kai de termos nosso "felizes para sempre", e eu não poderia ter escolhido um parceiro melhor com quem enfrentar o mundo.

Naquele momento, compreendi por que tudo aconteceu da maneira que aconteceu.

Compreendi cada péssimo encontro e cada homem errado que encontrei ao longo dos anos.

Compreendi os percalços em meu caminho.

Compreendi a decepção.

Se não fosse por todas as coisas ruins que aconteceram no passado, eu duvidava de que realmente seria capaz de dar valor ao bem que havia encontrado.

Se eu precisasse passar por mais um milhão de péssimos primeiros encontros para acabar com Kai, faria tudo de novo em um piscar de olhos. Enfrentaria cada desilusão se aquilo me levasse até ele.

Kai Kane... Meu presente de Natal favorito.

Sra. Kane.

Ah, sim.

Gostei da sonoridade.

Kai

Três anos depois
Véspera de Natal

— Tem que marcar mais, Kai. Senão ele vai passar por você a cada jogada — repreendeu-o Mano. Ele se virou para nosso pai na lateral esquerda e também lhe deu uma bronca. — E, pai, se você deixar a mãe da Holly interceptar a bola mais uma vez, vou colocar você no banco.

— Achei que era só para eles se divertirem — comentou mamãe, esfregando as mãos, sentindo a neve começar a cair.

As narinas de Mano começaram a se dilatar.

— Agora temos três bolas de futebol na lareira do Mano's por conta das vitórias no jogo de Natal, e me recuso a perder este ano. Vamos trazer aquele bebê para casa, não importa o que aconteça. Então, joguem como uma equipe, pessoal! Vocês parecem aqueles cachorros que caíram do caminhão de mudança. Estamos jogando futebol!

O engraçado era que ele parecia muito compenetrado. Mano levava o jogo de futebol de Natal a sério. Desde que minha família começou a se juntar à de Holly em Birch Lake, jogávamos futebol na véspera de Natal. Era uma ótima maneira de criar lembranças. O único porém era que eu não esperava que Mano fosse levar tão a sério sua posição de quarterback em nosso time de quinta categoria. Ele estava agindo como um louco. Começou a dar muita importância ao esporte desde que entrou em uma faculdade da primeira divisão com uma bolsa de atleta.

— Vou fazer uma pausa para beber água. Meus pés estão doendo — avisou mamãe, saindo de campo.

— O quê?! Mãe! — gemeu Mano, jogando as mãos para cima em um gesto de rendição.

O avô de Holly apitou.

— Intervalo! — pediu o homem.

Mano resmungou e saiu da quadra arrastando os pés.

— Quando nós voltarmos, quero ver um time de verdade aqui — falou ele.

Dei uma risadinha enquanto seguia em direção às arquibancadas, onde Holly estava sentada. A cada ano, nossos jogos aumentavam em tamanho. Alguns amigos da cidadezinha da família de Holly começaram a se juntar a nós. Estávamos em times com dez pessoas de cada lado. Os jogos estavam ficando mais divertidos, isso era certo.

— Você viu quando peguei aquele passe? — perguntei a Holly, desabando no banco ao seu lado.

— Também vi você atrapalhar alguns — comentou ela, me dando um cutucão no braço.

— Você não deveria estar assistindo a essa parte. Eu disse para desviar o olhar quando parecer que vou estragar tudo a qualquer momento.

— Prometo melhorar. Mas, para ser sincera, o jogo deste ano está um saco — disse ela, fazendo um beicinho e cruzando os braços. — Quero jogar também! Não é justo.

— Sim, bem, nada de mulheres grávidas em campo. Desculpe. Regras são regras.

Ela revirou os olhos.

— Quase não estou grávida.

— Você está com oito meses e meio. Duvido que consiga correr pelo campo.

— Pelo menos a minha mão não é furada — disse ela, zombando dos meus erros.

— Você fica cruel grávida — brinquei.

— Não estou apenas grávida. Estou com fome de bola. Estou *com fome*.

— Foi por isso que trouxe uma coisa para você. — Alcancei minha mochila sob o banco e peguei uma barra de chocolate.

Os olhos de Holly brilharam quando ela arrancou o chocolate da minha mão.

— Chocolate! — gritou.

Não, sério

Ela gritou.

Explosões repentinas de lágrimas estavam sendo frequentes nos últimos meses. Eu só embarquei na onda, buscando sempre ter guloseimas à mão. Ao olhar para o outro lado do campo, vi Alec conversando com Ayumu.

— Olhe aquilo ali. — Apontei para os dois. — Acha que vai dar em alguma coisa?

— Do jeito que o Mano está empurrando um para o outro, eu não ficaria chocada se estivessem apaixonados no próximo Natal — respondeu Holly. — Talvez eu tivesse me dado melhor com ele como coach de namoro. Mano parece um ótimo casamenteiro.

Eu ri, passei meus braços em volta dela e a puxei para um abraço.

— Seu coach de namoro fez o que precisava ser feito.

— Sim, mas se o Mano não tivesse criado aquele perfil fake para você no aplicativo de relacionamento... — começou ela.

De certa maneira, ela não estava errada. Eu pensava naquilo com certa frequência. Se não fosse por Mano e sua estratégia de fazer um catfishing, eu poderia nunca ter tido coragem de dizer à Holly o que eu sentia por ela. Às vezes na vida precisamos de um empurrãozinho. Ou quem sabe até de um safanão.

— Bem, um dia, vou retribuir o favor e bancar o casamenteiro para Mano — jurei.

— Seria uma história e tanto. — O bebê começou a chutar, e Holly levou as mãos à barriga. — Já pensou em outras opções de nome? — perguntou ela.

— Na verdade, pensei, sim. Poderíamos chamar o bebê de Kai Junior. — Eu sorri. — Mas nós o chamaríamos de KJ para abreviar.

Holly me lançou um olhar severo. Ela não gostava nada da ideia de ter as iniciais como nome.

— Isso é quase como se você me odiasse.

Eu me inclinei e a beijei.

— Não estou nem perto disso.

— Kai! Desça já aqui! Vamos voltar! — gritou Mano, acenando para mim.

Eu me levantei e me inclinei para dar mais um beijo em Holly.

— Traga essa bola de futebol para nossa casa — ordenou ela, me dando um tapa no traseiro assim que me virei para retornar ao jogo.

Ao voltar para o campo, percebi que minha vida tinha tudo o que eu queria: riso, família e amor. Não conseguia pensar em nada melhor. Eu era o homem mais sortudo do mundo e devia tudo à mulher que escolheu me amar. Ela me ensinou aquela lição... que o amor era uma escolha, que era algo que escolhemos dia após dia. Amar era um verbo. Ativo, que crescia e evoluía, e fiquei feliz por poder explorar o amor com Holly.

Eu mal podia esperar para envelhecer junto dela. Mal podia esperar para ver quem nós dois iríamos nos tornar. Mal podia esperar para ter encontros românticos com ela pelo restante de nossas vidas.

Minha Ho Ho Holly.

Meu encontro eterno.

Até que a morte nos separe.

Este livro foi composto na tipografia ITC Galliard
Pro, em corpo 11/16, e impresso em
papel off-white no Sistema Cameron da
Divisão Gráfica da Distribuidora Record.